小說創作的方法與技巧

陳碧月 著

坐看雲起時

悠遊在小說的森林裡，

一路上的景緻美不勝收，

可以在想像的無限時間中徜徉；

在廣闊的文字空間裡飛舞。

想望　與林黛玉同悲；

為白流蘇慶幸；

和哈利波特一起騰空飛翔。

讓自己和小說的心情不期而遇，

擁抱著既孤絕又豐饒的靈魂；

耽溺在激越又空靈的情欲中。

眾情喧嘩間，

隨著小說的閱讀，穿越時空的長廊，

在生命的躍進中，

等待屬於自己的靈犀，以卓絕的風姿展現。

承諾也許會變質；約定可能會過期，

只有「小說反映人生」的真理永不變。

目次

緒論

你是否曾有這樣的經驗，空有滿腹的情感，卻難以形諸筆墨。大學二年級時，我就開始創作，但因為沒有人導引，總是自我摸索，一直到上了張曉風和張曼娟兩位老師的小說課後，才對小說創作有了初步的認識，再到自己進入研究所，開始研究小說後，才稱得上對小說有了進一步完整的瞭解。

拿到博士學位後，在中國文化大學中文系教授「小說創作」的課程，有感於小說寫作方法與技巧的相關資料，各自獨立，缺乏統整性，且時代在進步，新的資料的累積與其可用性與日俱增，有不少與世推移的資料可供舉證利用，因此，乃欲摘引前人研究的成果，再加以平日研究所得，提供創作者完整的內容，以為小說寫作與研究之用，因此，有了編著本書的念頭。

本書對於小說理論與技巧分析和說明，沒有嚴肅的學理，而且舉了很多古今中外的小說為例，淺顯易懂，相當適合初創作者閱讀，對於正摸索創作小說的人，有輔佐之功。

本書的價值在於鑑賞小說寫作方法與技巧之優劣，且於賞析小說時能深層地探究並貼近作家創作的本意，進而提昇小說創作能力。

當你對寫作技巧有所認識後，將能很容易進窺小說藝術之堂奧，更作為自己實際創作時的參考，提昇其小說的藝術境界，所以，這本書可以說是提供給有志於小說創作者一把開啟寫作之門的鑰匙。

首先先為小說定義及對其類型作介紹——

一、小說的定義

王鼎鈞說:「凡小說都含有故事。」彭歌說:「小說,用簡單的話來說,乃是用自由體的散文寫成,有人物、有結構、有情節的創作故事。」謝活利(M.Abel Chavelley)說:「小說是用散文寫成的某種長度的虛構故事。」佛斯特(E. M. Forster)說:「小說的基本面是故事,而故事是一些依時間順序排列的事件的敘述。」[1]

二、小說的類型

古繼堂在《台灣小說發展史》中為小說分類:

1. 按篇幅長短或規模大小分為:大河小說、長篇小說、中篇小說、短篇小說、極短篇小說。
2. 按題材分為:愛情婚姻小說、武俠小說、歷史小說、神魔小說、戰爭小說、政治小說、商業小說、農業小說、科幻小說。
3. 按表現方法分為:現實主義小說、現代派小說、新古典小說、魔幻現實小說、錄影小說。
4. 按語言文字的通俗程度和讀者對象分為嚴肅小說、大眾小說、流行小說等。[2]

以下茲舉例加以說明。

長篇小說字數約在十萬字以上。因其廣大的容量,所以可以在眾多的人物形象中充分表現人物性格,且展現深廣而複雜的人生或社會面貌,例如:曹雪芹《紅樓夢》、老舍《駱駝祥子》、林語堂《京華煙雲》和張愛玲《半生緣》。

---

[1] 黃武忠:《小說家談寫作技巧》,台中:學人文化事業有限公司,一九八〇年八月,頁十~十一。

[2] 古繼堂:《台灣小說發展史》,台北:文史哲出版社,一九九二年三月,頁八。

中篇小說字數約在五萬字左右，最多不超過十萬字。雖不及長篇小說反映社會層面那樣寬廣，但卻比短篇小說更有彈性餘地。情節較為集中，可以描寫社會生活中的一組事件。例如：魯迅《阿Q正傳》、沈從文《邊城》和黃春明《鑼》。

短篇小說字數約在三千至二萬字左右。情節單純緊湊，結構不複雜，事件單一，所刻劃的人物也是單一性格。其特色在於截取人生中具有意義的瞬間，加以描述。例如：魯迅〈藥〉、白先勇〈寂寞的十七歲〉和王禎和〈嫁妝一牛車〉。

小小說又稱為「極短篇」、「微型小說」，字數約一千字左右，以二千字為上限。以速寫的方式來塑造人物，講究結構，所截取的題材往往只是生活中的一個鏡頭，講究結構技巧，主題意義深遠，高潮通常出現於最後，且馬上戛然而止，結局往往出人意外，有餘不盡，引人深思。其特色在於：從小中見大。

現代派創新小說隨著社會的發展和科學技術的進步，作家的表現手法不斷在人們審美趣味的提高下而創新，例如有意識流手法、運用超現實的變形與誇張手法及變換敘述角度。女性主義小說——李昂《殺夫》；「語言流」的寫法——高行健的《靈山》、《一個人的聖經》；「魔幻現實」手法——張大春《將軍碑》；扭曲式實驗風的小說——王文興《家變》。

而今年所出版的《冷靜與熱情之間》，則又是一部特別的作品。作者是日籍的江國香織和韓籍的辻仁成，兩人在兩年內通力完成此同名小說，說是同名小說是因為作者分別站在男女主角的觀點，以第一人稱來描述對彼此的感情，紅色本的《冷靜與熱情之間》是女主角的心聲，而藍色本的《冷靜與熱情之間》則是男主角的情緒。閱讀該小說可由紅色本進入女主角的生活與內心去了解這一段愛情，接著在藍色本中男主角會為讀者解答所有的疑惑。這種表現手法也是獨具特色，可算是另類的「現代派創新小說」。

第一章　小說創作的方法

第一節　關於材料

一、累積材料

累積材料，是寫作的基礎和起點。所謂「巧婦難為無米之炊」，所以作者必須以敏銳的觀察力，深入生活，獲取創作素材，博觀約取，從日常生活中，日積月累地去蒐集和累積材料，把「蒐集」當做是經常的必須工作，拓展生活領域，結交生活圈以外的朋友，透過和他們談話，記下觀察所得，及其體驗和感受到的。舉例來說，小說人物形象的成熟，就必須是經由小說家生活經驗所獲得的。

生活是創作的唯一泉源，小說家必須留神蒐集各種自然與社會的特色與人事，人與人之間的矛盾衝突，不僅要詳實記載，還可加以集中、概括或分類，甚或記下聯想到的或預設到的。

在大腦中積存生活感受就是作家最大的財富，將生活感受提煉，構思成文學作品，深入生活，觀察生活，寫自己熟悉的生活，從平凡中發現不平凡，從生活的啟示中去創作小說。

小說，fiction，就其英文直譯為「虛構」。虛構是和生活有著密切的關係，怎麼說呢？作家在生活中體會得愈深刻，那麼對他所認識的事物就越有感情，就有更多的材料可以虛構，且虛構的本領就越大。因此，作家必須培養自己善感易動的心。

作者直接或間接獲得的生活經驗，就是他的生活材料。而究竟什麼是材料呢？凡是可以提供作為寫作的現象、事實以及根據，都稱為「材料」，「材料」又包括兩個層次：

第一個層次是「素材」，指的是沒有經過分析研究的原始材料。

第二個層次是「題材」，指的是從素材當中所提煉出來，而寫到作品中，可以表現中心思想的具體對象。

一個有遠見的作家，會隨時在生活中記錄一些可以利用的材料。契訶夫就是隨時將筆記本帶在身邊，隨時記錄所見所聞的成功作家。

英年早逝的唐代詩人李賀，在他二十七年的生命中寫了二百多首詩，他在文壇上的佳話是「騎馬覓詩」。在《新唐書》中記載，李賀總是一大早帶著書僮，騎著馬，背著古錦囊出門，並將在一路上的觀察體驗或觸發所得，隨時記下。

大陸作家艾蕪以他的「膝蓋筆記」寫成了轟動文壇的《南行記》。艾蕪在他二十歲時，漂泊到緬甸，在艱苦的環境中，仍寫作不輟，他在脖子上掛了一罐墨水瓶，是用細麻繩拴住的，為的是方便隨時記錄旅途中的見聞。

書到用時方恨少，況且生活中的某些現象，稍縱即逝，一時間並不一定能把事物之間的聯繫給找出來，因此，材料的累積就顯得相當重要了。況且材料的累積，有時還會有意想不到的收穫呢！

利用隨身筆記或日記記錄下生活中令你感動的事物，當然你所記下的東西不一定全都有用或者立刻能用，但是隨著你的記錄的習慣，你會在不自覺中，養成留心觀察、思索生活的習慣，進而累積生活素材，當你實際提筆時，你所經歷過的人物、表情、場景、對話或情節，便全都湧入你的思維。

大陸當代作家趙本夫的短篇小說《賣驢》的形成過程，便是一個具有說服力的例子。

趙本夫曾聽過這樣一個故事：一個老漢駕著驢車在回家

的路上，因為疲憊，躺在平板車上睡著了。老漢的毛驢在路上遇見另一頭毛驢，牠正拉著死人去火化，老漢的毛驢跟著同伴走。老漢醒來發現自己在火葬場，覺得非常不吉利，便打了毛驢一頓。就在老漢準備回家時，竟被受了驚嚇的毛驢在額頭上踢了一下，當場斃命，果然被送進了火葬場。

幾年後，趙本夫被調到一處公社蹲點，在那裡認識了一位經驗豐富而獨到的獸醫，比如說，他可以在像馬之類的牲畜脫胯的時候，只要站在牲畜的斜前方，一鞭打去，不用推拿或針藥，便能使其腿骨復位。

趙本夫在不同的時間記下了這兩個素材。

就在農村政策放寬、農民生活有所提升後，一九八〇年，流傳著農村政策又要變，這是農民心中最擔心的。趙本夫聯想到：這就像迷信的老漢將誤入火葬場一事視為不祥，那是因為老漢曾受過批判的折磨。因此，事件與事件有了聯繫，而不是孤立的。趙本夫將後一件奇事，連同前一件事改寫整合成一個故事。老漢沒有被「踢死」，而是被「踢傷」了，後來老漢找到了獸醫，不但醫好了毛驢的腿，同時也在無形中治療了老漢的「擔心政策會改變」的疑慮。

如果趙本夫不是在幾年前記下了這兩個材料，又怎麼會在幾年後完成《賣驢》這篇小說呢！

除此之外，閱讀也是非常重要的。茅盾曾在〈創作的準備〉一文中提到，在從事寫作前，必須廣泛地誦讀名著。他說：「誦讀的範圍愈廣，則愈能得受多方面的啟迪，他的寫作的準備項下的積蓄亦愈厚愈大。誦讀和研究之中就包含著『學習』。然而『學習』是把前人的名著拿來消化，作為自己創作時的血液，並不是剽竊前人著作的皮毛和形骸，依樣畫起葫蘆來。由學習的結果而使自己在前代某一大作家的影響之下寫作，並不是壞事，然而切要的是要分別出什麼是在創作方法上受影響，而什麼是僅在作品形式上成了類似。前者方是『學習』的真諦。」[1]

二、直接材料

直接材料，又稱為第一手材料，基本上是一些形象性的素材，可能是一個美好的畫面，隨意聽來的一個動人的故事，一個給人印象深刻的人物，或者是因外界所引發的情緒和回憶，這些材料經由作者的構思改造，便可以成為作品中的藝術形象。

法國的短篇小說大家莫泊桑，受他的老師福樓拜影響鉅深。福樓拜教莫泊桑如何觀察事物，他要莫泊桑努力去發現別人沒有發現的、沒有書寫過的特點。有一次，莫泊桑拿著構思好的故事去請教福樓拜，福樓拜搖搖頭，要他騎上馬到外面跑一、兩個小時，然後再把所有的見聞書寫下來。往後，他便用此法去訓練自己捕捉事物形象的能力。一年後，他便完成了《點心》這篇小說。

從小流浪俄國各地的高爾基，雖然生活經歷豐富，卻不忘時時鍛鍊自己的觀察力。有一次，他和兩位作家在餐廳用餐，便提議在三分鐘內，對進入餐廳的所有客人說出自己的印象。還有一次，高爾基仰頭對著一棵樹，自言自語，原來他很專注地在捕捉狂風吹著大樹的形象，直到朋友喊他，他才回過神感嘆其力量之大。

平常養成仔細觀察的習慣，似乎是職業作家的天職。

聰明的作家會盡量寫自己生活中的特點。因為每個人的

---

[1] 德慶路主編：《作家談創作》，廣州：花城出版社，一九九六年八月，頁七。

生活遭遇皆有異，寫自己熟悉的事情，較易達到事半功倍之效。

五四時期的女作家——廬隱和石評梅有著特殊的生活際遇，自身就是小說故事的女主人公，她們以自己的親身經歷寫小說，她們取材於自身，集中體現其所熟悉的生活領域，大膽地袒露自己的追求與苦悶，著力表現了女性的命運和情感。

廬隱在「五四」的女作家中算是自覺得最徹底的一個。

廬隱出生那天，正好外婆過世，母親認定她是個不祥的小生物，可以想見廬隱童年生活的悲慘。母親對她總是冷若冰霜，沒給過她幾天好臉色。

十七歲那年，認識了姨母的親戚叫林鴻俊，他把自己父母雙亡的遭遇告訴廬隱，廬隱十分同情他，而他也對廬隱產生了愛情，並極力向她求婚，廬隱的母親覺得他沒什麼前途，堅決拒絕，並要廬隱的哥哥為她另尋對象。面對勢利的母親，使得還不曾想過要結婚的廬隱竟賭氣地寫了一封信給母親，表示:「我情願嫁給他，將來命運如何，我都願承受。」母親瞭解廬隱的個性，於是提出了一個條件要林鴻俊大學畢業後才能結婚，於是他們便先訂婚了。

中學畢業後，母親要求她出去工作賺錢，在母親的活動下，她進入了北京一所女子中學任教，但由於教學理念與一些思想封閉的舊教員格格不入，廬隱有著強烈的無力感，輾轉換了幾所學校後，她決心省吃儉用考大學。

廬隱考取北京國立女子高等師範學校後，在這裡受到當時所謂新學的啟迪，積極地投身到社會活動中，性格產生了很大的變化。這時未婚夫從大學畢業，要求結婚，廬隱想等她大學畢業再說，誰知未婚夫竟勸她思想不要太新，女人在外奔走是可笑的，廬隱自覺看錯了人，決心與他解除婚約；

同時廬隱以對包辦婚姻的控訴作為題材，開始小說創作。

之後，廬隱結識了北京大學的郭夢良，兩人真心相愛，但郭夢良在故鄉卻已有個家庭包辦的妻子，他們兩人不顧雙方家族的斥責，毅然決然地結婚了，這種行徑無法見容於當時的社會，於是兩人開始了奔波的生活。兩年後，郭夢良病逝，廬隱含悲扶柩回其家鄉，受到郭家人的唾罵與拳足交加，如果不是為了他們的女兒，她是會自殺殉夫的。

然而，李唯建的出現使得廬隱的生活出現了很大的轉折，她的愛情又死灰復燃。

廬隱和李唯建結識時，李唯建還是個清華大學的學生，年紀比廬隱小八歲，他的感情熱烈純真，有著詩人的浪漫氣質，廬隱曾掙扎地婉拒他的追求，但終究還是抵擋不了李唯建的熱情攻勢。兩人婚後有了一個女兒。然而，廬隱在生第二胎時，因難產而死，為她三十五歲的生命劃下休止符。

廬隱在一九三一年發表〈玫瑰的刺〉這篇自傳性小說，小說中傳達了女性為求獨立而離婚的訊息。女主人公嫁了一個人人誇獎的丈夫，可是在丈夫的保護下，她有著沒有自由的痛苦，她感受到愛情絕不是金錢和權勢所能替代的，她決定飛出鳥籠，以行動來證明自己是可以和男性平起平坐的。

石評梅是廬隱《象牙戒指》中的女主人公張沁珠的原型，她和廬隱同窗，同樣是一位早夭的作家，其詩歌、散文和小說都有相當的評價。

石評梅兒時受到父親嚴格的教育，培養了她的文學根底。因為她母親是續弦，所以和兄嫂間有著隔閡，再加上母親和父親年紀差了二十五歲，母親常因夫妻觀念不合而傷心，石評梅看在眼裡，也常跟著母親落淚。家中總是籠罩著陰雨的氣氛，這造成她憂鬱的特質。五四時期，曾因是鬧學風潮的主力份子，差點被學校開除。

大學時期經歷了兩次戀愛，初戀對象是隱瞞已有妻室的吳天放，結婚的事實披露後，石評梅痛苦地和他分手，可是不願離婚的他還是苦苦糾纏；就在石評梅為所付出的真情療傷時，有了第二次的戀情，誰知這個革命家高君宇也是個有婦之夫，可是高君宇真心愛著石評梅，還為她離了婚，反倒是石評梅遲遲無法接受他的愛。

高君宇於西山養病時，在一片紅葉上題了「滿山秋色關不住，一片紅葉寄相思」兩句詩，寄給了石評梅。石評梅在紅葉背面題了一句話——「枯萎的花籃不敢承受這鮮紅的葉兒」，寄還給高君宇。原本因革命鬥爭積勞成疾的高君宇，在此情況下，突然病逝，這對石評梅造成相當大的打擊，很長的一段時間，她都在痛苦中渡過，可惜就在她決心從傷痛中站起來不久，便以二十七歲的年輕生命死於腦膜炎，友人按照她的遺願，將她葬在高君宇的身旁。

廬隱筆下的《象牙戒指》裡的沁珠，就是石評梅的化身。

沁珠在「有了愛人是體面」的社交初公開期，開啟了她情竇初開的心，誰知讓她付出感情的伍念秋，竟是有婦之夫。因是初戀，再加以伍念秋糾纏不休，使得沁珠一直無法拿起慧劍斬斷情絲。

伍念秋的妻子來信要沁珠顧念兩個小孩，離開伍念秋。沁珠寫了一封信給伍念秋，正式分手，但卻感到心灰意冷，此時她結識了曹子卿，他給她全心的愛，誰知他也是使君有婦，後來曹子卿為表示對沁珠的誠意，和妻子離了婚。但是伍念秋帶給沁珠的傷害太大，她遲遲無法接受曹子卿的愛——

我太野心，我不願和一個已經同別的女人發生過關

> 係的人結合；還有一部份是我處女潔白的心，也已印上了一層濃厚色彩，這種色彩不是時間所能使它淡褪或消滅的；因此無論以後再加上任何種的色彩，都遮不住第一次的痕跡。[2]

最後，深情的曹子卿抱憾而終；而沁珠不久也在懊悔中走完了她的一生。

於一九九九年過世的國寶級文學大師蘇雪林，唯一的一篇長篇小說《棘心》寫的便是她自己的故事，所以從女主人公杜醒秋的身上便可想見作者的影子。

杜醒秋出生於舊式家庭，父親長年在外作官，母親是個賢妻良母。醒秋從十五歲起就離開家在省城讀書，為了實現自己數年來乘長風破萬浪的夢想，她瞞著她最愛的母親，飄洋過海到法國留學。到了法國後，在一個叫秦風的青年的熱烈追求下陷入了情網，但是她不忍違背母親從小就為她訂下的婚約，經過一場自我內心的掙扎，她拒絕了秦風的追求，開始和素未謀面的未婚夫——叔健通信。經過幾次書信往來後，發現兩人性格上的差異，她想解除婚約卻遭到父母強烈的反對，在萬念俱灰之下，她皈依了天主教，但並不是出於敬愛耶穌基督的誠心，而是為了要彌補愛情的缺憾，想利用宗教找一個安身立命之地，為此有人罵她是五四的叛徒。最後，她回到了病重的母親的身邊，乖乖地和叔健結婚。母親過世後，她和叔健從此過著「和和睦睦」的生活。

二〇年代末崛起的女作家丁玲，也是一個以自傳寫作的作家。

丁玲的家在祖父時代還是家大業大，但父親是個典型的

---

[2] 郭俊峰、王金亭編：《廬隱小說全集》，長春：時代文藝出版社，一九九七年三月，頁九四九。

世家子弟，不但無所作為，而且吸毒，剛過三十歲就染病身亡，家道也就中落了，這時丁玲才四歲。父親除了留給母親一個遺腹子，還有一大堆的債務。

丁玲的母親原本就是個積極上進、有知識、有見地的女性，丈夫過世後，她決心擺脫孤兒寡母的慘況，當她得知故鄉的師範學校在招生，她說服族伯，變賣家產還債，帶著子女，回到故鄉。

六歲的丁玲跟著母親在常德女子師範學校的附設幼稚園上課。母親珍惜就學的機會，並不理會親戚對她這個年輕寡婦拋頭露臉的批評。

母親深受西方民主思想影響，常常利用課餘時間對丁玲講些西方著名的女性運動家的事蹟，例如羅蘭夫人；母親尤其力主男女平權，認為女性不可依靠男性，應該自立自強。丁玲受到母親反抗封建禮教的束縛及追求獨立自主精神的影響相當深遠。

「五四」運動爆發時，丁玲十五歲，為了強烈表示與封建傳統觀念的決裂，她二話不說剪掉辮子，積極參加演講、遊行，並閱讀當時的進步書刊——《新青年》和《新潮流》。

丁玲回常德看望母親，並告訴母親，她受到友人的邀約，要一起到上海的平民女校學習，決定放棄只差半年就可以得到的中學文憑。這遭到舅舅的強烈反對，他說上海是十里洋場，不准她去，要她畢業後就和他兒子結婚。母親為丁玲辯護，說她到上海是要找出路、求知識。丁玲與舅舅發生了衝突，在母親的支持下，她搬出了舅舅家，並解除了由外婆作主的和表哥的婚約。後來，她在《民國日報》上發表文章，揭發舅舅虐待傭人，借辦育嬰堂等慈善事業剝削窮人的惡劣行為，這是丁玲公開發表的第一篇文章。

一九二七年冬，丁玲發表了她早期的代表作〈莎菲女士的日記〉，大膽而深刻地揭示了「五四」以來在新思潮影響下衝出封建家庭的知識女性的精神苦悶與其對個性要求解放的強烈訴求。

曹禺為了寫好〈日出〉，親自到妓院體驗其生活；老舍因為住在北京大雜院裡，有機會和洋車夫接觸，深入了解他們的生活，才寫出〈駱駝祥子〉。

大陸深受文化大革命迫害的作家，王安憶便是一例，她本身的生命歷程就是很好的小說素材。

王安憶的童年正值「左」傾思潮濫觴時期，因為劇作家父親的耿直口快，又加上僑居海外的背景，一九五七年被打成了「右」派，受到相當嚴重的處分；小學五年級的王安憶，開始經歷「文化大革命」政治動亂，但是，在那樣混亂的年代裡，王安憶的母親——也就是著名的女作家茹志鵑，她寧可「自己肩著重閘」，讓孩子們「在閘下遊戲」，送給了王安憶「一些看不見、摸不著的東西」——一種感情的陶冶和精神的鼓舞。[3]

在當時無學可上的情形下，母親為保女兒的心靈不受外界動亂的污染，傾其所有為女兒買了一架舊手風琴，讓王安憶和姊姊能安心地待在家裡看書、練琴。儘管，後來，十六歲時，王安憶含淚離開了已經成為「牛鬼蛇神」和「文藝黑線的金字招牌」的母親，到安徽五河縣農村插隊，經歷了艱辛的歲月，但她的心靈仍有一塊淨地被完整地保存了下來。也許正因為是這樣的因緣，所以，王安憶在她初出茅廬的作品中所刻劃的雯雯，仍保有赤子的情懷，一點也不受外界世俗的現實感染。

王安憶受到她作家母親茹志鵑的影響很深，她說：「媽

---

[3] 呂晴飛主編：《當代青年女作家評傳》，河北：中國婦女出版社，一九九〇年六月，頁七五。

媽對我的文學影響既是自覺的又是不自覺的。我的文學修養是靠一種文學氛圍的長期薰陶。小時候，媽媽讓我背唐詩，李白的、杜甫的，寫下來貼在床頭。我也常在大人的書櫥裡翻些書看。大人聚客，他們在一塊談論文藝創作的事，天長日久我也就耳濡目染地受了影響。」[4]她和母親一樣正式受教育的時間很短，茹志鵑是因為出身於貧困的家庭，王安憶則是因為文革，可她們全靠艱苦自修、學習和摸索來成就自己的寫作事業。

王安憶曾表示：文化大革命使她更多地體驗了生活，也給了她一個獨立思考的機會。正是由於這些體驗和思考，她決定提起她的筆來。而她認為文學最為必要的素質，就是體驗和思考。她認為文學應該啟迪人心。

王安憶在《這七顛八倒的世界》中提到：「十年的文化大革命，是我生命中的十二歲到二十歲。我從一個不懂事的孩子長成了一個懂了點事的大人。這十年裡，我沒有受教育……連張初中畢業的證書也沒有，應該懂的一概不懂。不該懂的，懂了不少：我在馬路上拾過傳單，寫過老師的大字報，上街讀過大批判的刊物，參加過鬥爭會，喊過“打倒×××”，看過抄家，插過隊，看到過農民要飯，看到過幹部貪污，為了招工給幹部送禮……我經驗著這十年的罪惡和痛苦長大成人了。可以無視和否定這十年裡的一切。可是，我的長成，是不容否定和蔑視的。在這是非顛倒、黑白混淆的年代，我們不得已地學會了用腦袋思考。」[5]

王安憶在一次愛荷華「國際寫作計劃」的發言稿中說，

---

[4] 謝海泉：〈“我喜歡把筆觸伸進人的心靈”——訪青年女作家王安憶〉，哈爾濱《小說林》，一九八三年二月，第十七期，頁七一～七二。

[5] 二十所高等院校《中國當代文學作品選評》，河北：河北人民出版社，一九八五年十二月，頁六一七～六一八。

「無產階級文化大革命」給予她那個世代的年輕人的重大的影響。他們受了傷害，變得忿怒、灰心、感傷……。但是一點一滴地，他們勝過了個人的傷痕和悲哀。他們終於站起來，更嚴肅認真地思考、寫作和生活。[6]

因為這樣的歷練，我們才得以見到王安憶那些撼動人心的作品。

大陸的新寫實作家池莉經常強調的是寫實，自稱「不篡改現實」所做的「是拼板工作，而不是剪輯，不動剪刀，不添油加醋」[7]——

> 我的好些小說寫得實實在在，但它卻起源於從前某一次浪漫空靈的撞擊。凡是震撼過我的任何一個人，一件事，一段河流，一片山川，我都無法忘記。它們像小溪一樣伴隨著我的生命流淌，在流淌的過程中豐厚著，演變著，有一天就成了一篇或幾篇小說。[8]

以〈太陽出世〉為例，池莉在當實習醫生時經歷了十二小時的接生工作，一個小生命終於降臨，我們來看看當時池莉的心情：「護士推走了幸福的產婦，我來到陽台上，深深呼吸著清晨的空氣。我一身血污一身臭汗，疲憊不堪。突然，我看見了太陽。東方正好是一片園林，新生的太陽正在燦爛的雲霞裡冉冉上昇。我的淚水再也忍不住滾了下來。初次接

---

[6] 陳映真：〈想起王安憶〉，台北《文季》，第二卷第三期，頁十。

[7] 轉引自唐師翼明：《大陸「新寫實小說」》，台北：東大圖書股份有限公司，一九九六年九月，頁九五。

[8] 於可訓：〈池莉的創作及其文化特色〉，《中國現代、當代文學研究》第十期，一九九六年十月，頁一二〇。

出一個新生命的強烈感受與這太陽出世的景象不知怎麼就契合在一塊兒，自己被感動得不行。」[9]於是，在池莉的筆下產生了這樣一個故事——

李小蘭和趙勝天準備搭飛機去度蜜月，卻發現懷孕了，因為經濟考量，決定拿掉小孩，就在重要關頭，李小蘭反悔了。她「邁著母親的穩重步態走出了人流室。全世界困難重重，可嬰兒仍雨後春筍般冒出來。困難算什麼！」[10]

趙勝天細心地照料李小蘭的生活起居，並搶著做家事，趙勝天不再是那個年輕力盛，粗俗無禮的毛頭小伙子了——結婚當天與另一個迎娶隊伍，一言不合，拳頭相向。

瘦了一圈的李小蘭不但承受害喜的痛苦，而且工作的職位也被人頂替，心情惡劣，常找趙勝天發洩，這一回趙勝天忍無可忍奪門而出。後來，李小蘭被肚子的胎動所牽引，決心重新調整自己，趙勝天得到了他夢寐以求的溫柔的妻子。

李小蘭沒有達成婆婆的期望，生了個女孩。按習俗，婆婆應該為她坐月子，但婆婆找藉口推掉了。趙勝天擔起了照顧妻女的責任。隨著女兒的成長，他們夫妻也跟著成長了，在現實平凡生活的磨練中愈見成熟，心靈同時也受到淨化了。

趙勝天決定報考成人大學，他要努力成為一名工程師，改善家裡的經濟，他相信自己會有所作為。李小蘭的轉變更是大，她的精神因為當了母親而得到了昇華——「懷孕真是一種奇特的經歷，女人既造就了一個新生命又造就了一個新自己。」[11]

---

[9] 同前註，頁一二一。

[10] 池莉：《一冬無雪/池莉文集 2》，江蘇：江蘇文藝出版社，一九九九年四月，頁一二五。

[11] 池莉：《真實的日子/池莉文集 4》，江蘇：江蘇文藝出版社，一九九九年四月，頁二六三。

除了前面所說的因為池莉的一時觸發寫了這篇小說外，我們不能忽略掉她自己的妊娠經驗。在池莉〈怎麼愛你也不夠——獻給我的女兒〉的這篇散文中，池莉真實地記錄了她自己在妊娠時的種種——享受丈夫細心的呵護；噁心嘔吐的痛苦；憂心孩子出世後沒人帶，請保姆帶又沒有房子、沒有錢；買不起小孩昂貴的衣物，便找出破舊的棉衣褲，做成一塊塊的尿布，買絨面棉布親自為小孩做衣服、鞋襪——這些情緒和細節都一一出現在〈太陽出世〉中。

三、間接材料

間接材料，又稱為第二手材料，是具有真實性的，因為是經由前人所證明的現象或發生在別人身上的事實，那是一種有所根據的直接經驗。

俄國有名的作家果戈里的小說《外套》，就是從他聽來的一個故事所改寫的。

原來的故事是說：一個省吃儉用的公務員買了一支獵槍，後來不小心在打獵時弄丟了，他因此一病不起，同事們募捐又為他買了一把新槍，最後才挽救他的性命。

而果戈里將其改寫為：一個省吃儉用的公務員買了出入官場必備的外套，有一次外套竟被人搶走了，他向一位權貴說明原委，卻遭到厲聲斥責，當場他嚇昏了，回家不久後就斷氣了。

果戈里改寫成這個故事後，很明顯地，具有強烈的諷刺意義，除了表現「原型」故事沙皇時代小公務員的貧困生活，同時還表現了小公務員低微卑下的政治地位，相當深刻地把沙皇貴族官場的冷酷無情揭露了出來。

白先勇曾談起他幾篇小說的創作因緣：「有一年，智姐回國，我們談家中舊事，她講起她從前有一個保姆，人長得很俏，喜歡戴白耳環，後來出去跟她一個乾弟弟同居。我沒有見過那位保姆，可是那對白耳環，在我腦子裡卻變成了一種蠱惑，我想戴白耳環的那樣一個女人，愛起人來，一定死去活來的那便是玉卿嫂。在憲兵學校，有一天我上地圖閱讀，我從來沒有方向觀，不辨東西南北，聽了白聽，我便把一張地圖蓋在稿紙上，寫起『寂寞的十七歲』來。我有一個親戚，學校功課不好，家庭沒有地位，非常孤獨，自己跟自己打假電話，我想那個男孩子一定寂寞得發了昏，才會那樣自言自語。有一次我看見一位畫家畫的一張裸體少年油畫，背景是半抽象的，上面是白得熔化了的太陽，下面是亮得燃燒的沙灘，少年躍躍欲飛，充滿了生命力，那幅畫我覺得簡直是『青春』的象徵，於是我想人的青春不能永保，大概只有化成藝術才能長存。」[12]

間接材料，是第二手以上的材料，所以累積的方法就是要收集整理，要使雜亂零碎的資料有系統，條理分明，當然必須分門別類地整理。有些材料乍看起來不相關，可是如果經過引伸、整理和組織，就有可能會找到彼此間的聯繫。

四、選取材料的重點

司馬遷相當善於選取材料，《史記》的《孫子列傳》整篇就只寫了這麼一件事。

孫武向吳王獻《兵法》，吳王看了兵法之後問孫武說：「能

---

[12] 白先勇：〈驀然回首——[寂寞的十七歲]後記〉，《寂寞的十七歲》，台北：遠景出版社，一九八二年二月，頁三三九。

不能將兵法拿來操演陣勢？」孫武說：「可以。」吳王馬上集合了後宮婦女一百八十人讓孫武指揮。

孫武選派了兩個吳王的愛妃當隊長，婦女們聽到口令，笑得人仰馬翻，孫武再次申明軍令，婦女們仍然笑不可抑。孫武便下令將兩位隊長斬首，接著又選了兩位隊長，再次發號口令，這一次，全部的婦女沒有人再敢出聲，一切按照孫武的口令動作。

司馬遷非常準確地運用了這一個材料，連後宮最難擺平的婦女都能搞定，便不必再多說孫武異於常人的軍事才能了。

因此，當我們在選取材料時，選擇重要關鍵之點才能說服讀者，引起讀者的興趣，不必拉拉雜雜說一些不必要的東西。

比如，筆者曾在一篇拙作中，為表現女主角是一個勇於爭取的現代新女性，便運用以下一個材料——

> 妳是一個很有主見的女孩，那日一客早餐吃完，然後妳從容不迫地說要去找經理，我說算了，反正我們也吃飽了，妳持反對的意見，說這應該要反映的。
> 「您就是經理嗎？對不起喔！我們點了兩客早餐，我們都吃完一客早餐了，另一客還沒來，我們不想吃了，而且只打算付你一客的錢。」
> 經理十分抱歉地說：「真是非常對不起，那一客早餐就算是我們飯店請客，作為補償。」
> 「那不行，我們吃了一客早餐，就要付一客的錢，謝謝您的好意。」妳拿出錢包，堅持付了一百八十元。
> 當時我很欣賞妳的作風，至少這是向來不善表達的

我，所不敢去做的。可是我萬萬沒想到妳的這種性格，卻造成我們婚姻的裂縫。

小說站在男主角的立場，以倒敘的方式，描述已故的妻子，是個現代職業女性，但卻嫁入他們傳統家庭，現實的生活，造成身心窘困，夫妻兩人的隔閡，越來越深。小說起頭便先以該材料加強女主角的性格，接著讀者便較容易瞭解小說人物間的衝突緣起。

第二節　關於主題

一、主題的必要性

主題思想是小說的靈魂，一篇作品如果沒有一個中心主題，就像一個人沒有了靈魂，主題的呈現，讓讀者能感受到讀完該篇作品的主要收穫與觸發。

今試舉五〇年代台灣文壇上最重要的作家——林海音的小說為例加以說明。

林海音以身兼作家、編輯、出版者的身分，縱橫台灣文壇半世紀。在她的小說中很容易見其「主題」。她的小說在女性議題方面有特殊的表現，反映出對女性問題、婚姻生活的關注，在其所披露的女性經驗，我們見到了在性別壓迫中掙扎，且無法翻身的女性，也看透了女性所面對的桎梏與困境，林海音可說是開創了具有「性別符號」的女性文學，算得上是新時代女性的先鋒。

〈惠安館傳奇〉裡的女主人公秀貞和從外地到北京來讀書的大學生相戀了，而且還懷了他的孩子，但他卻在被家裡人召回後，音訊全無。在秀貞生產後，保守的父母趁著天未亮把剛落地的小嬰兒包裹起來丟到城門底下，秀貞在受不了這樣的雙重打擊下，瘋了！

〈蘭姨娘〉裡的蘭姨娘在她三歲時便被賣到北京，為的是要醫治哥哥的病。二十歲時，很「幸運」地遇上了一位六十八歲的有錢男人，他為她贖了身，成了他的姨太太。

〈驢打滾兒〉裡貧窮的村婦宋媽，嫁了一個好賭的丈夫，只好忍痛捨下自己的小孩，到城裡工作。她在城裡照顧的小女孩問她，為什麼放著自己的兒女不照顧，卻跑來照料他們，她只含糊地說是，丈夫沒出息動不動就打她，所以一氣之下就跑出來當奶媽自己賺錢。

她辛苦賺錢養家，但丈夫卻因賭錢，導致他們的兒子在意外中溺斃，甚至還把剛出生的女兒，隨手送給路人。

在《城南舊事》的這三篇小說中，我們見到命運被大環境所操控的三名悲劇女性，她們被男尊女卑的傳統觀念長期迫害——不能自主於命運的秀貞和蘭姨娘；雖然宋媽的女性意識的覺醒從「物質經濟」開始，但還是逃不了男人的「控制」——她們都成了時代的犧牲者。

《曉雲》講了一對母女不幸的婚姻，曉雲的母親算得上是「五四」的新女性，在北京才剛成為大學新鮮人，便愛上了一位文學教授，決心要嫁給他。七七事變突發，文學教授趁勢丟下家中老小，帶著曉雲的母親到台灣，生下曉雲後，「第三者」的不幸延續到下一代，曉雲只是小太太的女兒沒有名份、地位，當大太太的女兒到台灣來爭財產時，她們母女也莫可奈何。

曉雲從事家庭教師的工作，她所任教的小孩的母親，是個精明幹練，有權有勢的女人，但曉雲卻很悲情地愛上了這個女強人的丈夫。

女性的傳統認知，並不會隨著時代的發展而有大的變動，作者在這篇小說中並不迴避女性自身對愛情的盲從，同時也展現了妻妾的卑賤與哀苦。

《春風》裡的女性教育工作者，春風化雨，用心辦學，努力構築她理想的事業，但卻疏忽了婚姻的經營，她竟不知道，文弱的丈夫早在外地有了新歡，還養大了一個女兒。

這應可算是台灣女性文學中第一篇提示了女性要兼顧婚姻與事業的辛苦與兩難的小說。

〈殉〉裡的女主人公是一位出身於書香門第的女性，雖然，當時正值五四改革時期，但她還是守信地履行「沖喜」的婚約，才新婚不久，便成了寡婦。她利用精緻費時的刺繡，打發時間，但她只是個凡人，也有七情六慾，她不自主地暗戀著英姿勃發的小叔。

作者宛如舉著反封建、反傳統的大旗，對迷信、對包辦婚姻提出了強烈的質疑。

〈燭〉裡的大戶人家的太太，為了成全自己賢慧的美名，她不敢對丈夫要納妾有任何的異議，但她只能藉由假裝癱瘓，讓丈夫感到內疚，每當丈夫與得寵的侍妾在享受魚水之歡，她就裝作不舒服，引起注意，藉以打斷他們，可是久而久之，沒有人再理會她，而她也假戲真做，後半輩子都癱在小小的床褥上，陪伴她的只是一截暗沉的蠟燭。

〈金鯉魚的百襉裙〉中的金鯉魚六歲到許家，因為被太太視為是她的自己人，百依百順，逃不過她的手掌心，便收房給老爺做姨太太。年頭收到房，年底便給許家添了個唯一的男孩。大家都說金鯉魚有福氣，她自己也這樣認為，但是她以為自己的幸運並不是遇上了太太，而是她肚皮爭氣，生了兒子。

兒子十八歲那年，準備成親。她長久等待的一天終於來了，她可以在兒子的婚禮上，穿上只有正室才可以穿的百襉裙。她自認為是她的兒子要結婚，理當可以穿上百襉裙，於是去做了一件大紅的百襉裙。

太太看出她的心思，特別在婚禮前夕，發布了一個命令，說是娶親那天，家裡的女人一律穿旗袍，一是因為現在是民國了，大家都穿旗袍了；二是因為兩位新人都是念洋學堂的，大家都穿旗袍，才顯得一番新氣象。

金鯉魚的夢想破滅了——旗袍人人都可以穿，但百襉裙可是有身分的區別啊！

金鯉魚到死都擺脫不了她的次等地位，因為不是正室，所以棺材不能從正門出去。兒子抑制著激動的情緒說，他是姨太太生的，是不是也不能走正門了？後來又為母親發出不平，乞求家人就讓他母親跟著他走一回大門吧！當他扶著金鯉魚的棺柩走過大門後，他才感到如釋重負。

在這裡我們見到了在傳統婚姻角色扮演下，喪失自我的女性，無論是大太太還是姨太太都有其悲哀，她們受到傳統觀念的捆束，甘願淪為男性（父親、丈夫）的附庸，為父權的需求去調整自己，認命於現實傳統的安排，充滿了無法掌握自己命運的不確定感。

屬於林海音的女性文學的內涵是女性的文學或女性表現自身生活的文學。其女性意識的呈現是女性對自己作為人的價值的體驗和醒悟。她在面對女性議題時，是相當有其自覺的，總能見到女性的弱勢。她所關心的是「女人」的命運，其女性解放是向社會疾呼，索回女性獨立自主的權利。

林海音反映其女性意識的小說，主要以女性的婚姻悲劇為題材，確實為戰後的台灣文學傳統，建立起具有文本價值的美學意義的女性書寫。

林海音筆下的女性形象是勤懇賢慧，刻苦認命的，然而她們的悲劇在於不自覺地認同了男性中心意識對女性的價值期待。讓我們見到封建禮教和封建倫理道德觀念不僅猖獗於舊中國，也遺毒於新社會，主宰著舊時代女性的命運，也影響新時代女性的生活。

中國女性處於漫長的封建傳統重壓中，其權利受到直接侵犯，她們辛苦地生存著，經由她們在尋找女性自我的過程中所遭遇的危機與坎坷歷程，我們見到了傳統婚姻的弊病，以及在父權體系下的女性所遭受的扭曲，呈現了顛覆父權傳統的主題意義。

再舉大陸當代作家程乃珊和王安憶的小說來看。

程乃珊的〈女兒經〉準確而深刻地揭示了上海市民的思想和生活風貌。

小說中的母親迫切希望三個女兒們都能找到有錢人結婚，以彌補她的遺憾——年輕時她家裡為了怕攀上大戶，陪嫁太花錢，回掉了好幾個大戶，最後給她找了一個聖約翰大學的畢業生；婚後她極羨慕那些嫁給資本家作太太的同學。因此，她的女兒們若能嫁到好人家，還能抵制她身邊一些有錢人對她的傲氣。

三十五歲的蓓沁是個醫生，設計師乜唯平是她的病人。乜唯平在他們第一次約會就讓她知道他是個有家室的人，妻子現在帶著兒子在美國。蓓沁知道她早已過了玩愛情遊戲的年紀，她告訴自己：「並不是很容易能碰上乜唯平這樣一個，可以很輕鬆地供養一個像她這樣很能花費的妻子的男人的。用如此冷靜的態度來分析自己的愛情，這實在有點令她心寒，不過，那愛得如癡如醉的年華，在她，已是過去了！」[13]

她希望有朝一日能成為乜唯平豪華公寓的女主人——

[13] 程乃珊：《藍屋》，台北：新地出版社，一九八八年二月，頁三五。

「她太喜歡這種高貴的場合了！媽媽說得對，她天生是一個享受這一切的夫人，和媽媽一樣！只是媽媽不幸喪失了機會，而她，可不能讓自己錯過機會！」[14]

乜唯平需要緊急動手術，蓓沁在眾目睽睽下代表他的家屬簽名。乜唯平感激於蓓沁對他的細心照顧，承諾準備和妻子離婚。誰知，當乜唯平的妻子回國後，他不敢得罪這位有錢的妻子，便把蓓沁給甩了。

而另一個女兒則是在愛情與麵包中選擇了前者，而且對她的前途充滿了希望，小說的主題思想由此展現。

而王安憶〈當長笛 SOLO 的時候〉也探究了愛情與麵包的問題。

桑桑愛上向明的笛聲，也愛上他的靈魂；向明雖然愛桑桑，但他深知愛情不能當飯吃，他不得不忍痛拒絕她的愛，原因是：他只是一個沒有戶口，沒有固定工作，一切都沒有保障的臨時工。

我們可以試著假設桑桑嫁給了一個有戶口、有固定工作，可以給她保障的男人，但是那種用物質所供奉的愛情，當停止物質給予時，愛情便很快地消失無蹤。

四人幫時期，有著黑暗政治和經濟危機的惡性循環。生產力的衰竭，使得不少舊社會貧苦的女子為了家計，不得不委身於男人；或者一些上流女子，害怕貧窮，把「物質功利」擺中間。

作品提示了愛情若取決於世俗的利益經濟，還有種種利害關係考量，那將是一種悲劇。

由此可看出小說主題的呈現及其必要性。

---

[14] 同前註。

二、主題的處理原則

小說家的任務在於透過作品呈現人生的真善美，因此，在他們作品中必有其人生觀與思想，該二者藉由小說型式與技巧表現出來，讓讀者在為故事感動之餘，還能有所啟發。

因此，創作者在處理主題時要特別注意。

楊昌年教授曾提過創作者在處理主題時須把握四點原則：

1. 不可利用主題作小說之開始，當由人物與故事來襯托，而不可由主題來牽引故事。
2. 主題之大小應與篇幅之長短配合。
3. 避免陳舊之主題，力求新鮮特殊。
4. 主題應是含蓄而非顯露：成功的小說中，沒有一個主題性的字句，要使讀者主動地去自己尋找。如藥溶於水有效而無痕。[15]

契訶夫的〈賭〉就是一個不錯的例子。該短篇小說的故事背景是在俄皇尼古拉一世，在當時中央集權的專制政體下，知識份子見到上流社會的落後無知的膚淺，試圖藉著文學作品來反映社會現象。

在一個家財萬貫的銀行家所舉辦的宴會中有了一場「死刑應該廢止，而以無期徒刑來替代」的辯論。有人認為死刑比無期徒刑更合乎道德、更近人情；也有人認為兩者都不合乎道德；一個年輕的律師在被徵詢意見後，表示他寧願選擇無期徒刑，因為活著總比死了好。

於是在其他來賓的推波助瀾下，銀行家和律師有了一場賭局。這一幕是作者很真實地展現了當時的社會風氣。

---

[15] 楊昌年：《現代小說》，台北：三民書局，一九九七年五月，頁一一。

有錢的銀行家拿出他擁有最多的金錢來當籌碼；年輕的律師則企圖以他的自由和時間（年輕、健康）來換取他所沒有的金錢，因此有了這樣的賭局約定，律師如果可以被關在小屋裡十五年，便可贏得銀行家的兩百萬元。

孰料人生的計劃怎趕得上變化。十五年之約即將到期，銀行家從一個自負而驕傲的事業家，變成一個平凡無奇的銀行從業員。股票交易的賭博、冒險性的投資，使得他的事業日趨衰敗。而面對賭局，他終將成為輸家，他決定逃避羞辱與破產的命運，他要偷溜進監禁律師的小房間，弄死律師，然後嫁禍給看守人。就在他打開鑰匙進入小屋後見到的律師是：一具皮包骨頭的骷髏，頭髮蜷長如婦人，鬍鬚粗長如山羊毛，臉色枯黃晦暗，兩頰凹陷，沒有人會相信這個衰老瘦弱的面孔會是個四十歲年紀的人。

律師趴著睡著的桌上，放著一張字條，銀行家拿起來看才發現原來那是一封律師預定要留給他的信，信中表示他已不把那當初視為珍寶的兩百萬賭金放在眼裡，他決定要放棄獲得這筆賭注的權利，他決定在約定時間的前五分鐘離開小屋，這樣算是他違約，銀行家就可以免付賭金。銀行家看完信後，把信放回桌上，吻了律師的頭，不禁哭了起來，走出去時，他為自己感到可恥，那是縱然他在交易中虧損慘重也沒有過的可恥。

隔天早上，看守人說律師從大門跑掉了，銀行家從桌上收起那封聲明放棄賭注的信，鎖進保險箱裡，以作日後廓清不必要的流言之用。

律師原本是為了現實利益或爭勝強出頭而賭，但中間過程沮喪痛苦，那時他已經不是和銀行家對賭，而是和自我比賽。閱讀帶給他積累的智慧，他開始去探詢生命的意義與價值，所以留下了一封充滿矛盾的信而去。

這篇小說的主題新穎，作者在處理時顯而不露，讓讀者自己去找尋其意義，不愧為膾炙人口的佳作。

三、主題的提煉

一篇沒有深刻的主題思想貫穿的小說，就像沒有血肉的軀幹，所以，作家沒有不精心提煉小說主題的。

小說具有教化的功能，如何使一篇小說寫得深刻動人，主題的提煉是很重要的一環。通俗普遍的事件，在人們的生活中不停地上演，是大家所熟知的，因此，要想深化主題，就要努力開發題材所要傳達的社會內涵，才能深刻而概括地反映生活的本質。

海明威的〈老人與海〉僅僅以一個老人、一個小孩、一條魚和數隻鯊，便表現了整個人類和人生，成為家喻戶曉的曠世巨著。

莫泊桑的《脂肪球》說明了人性的自私與醜陋。

小說以德法戰爭為背景，德軍進佔魯昂，法軍潰敗，幾個大商人利用職務之便，弄到離境許可證。在這群離境的人士中，包括了社會中的上流人士與下階層百姓——一個妓女，由於她身材矮小全身圓滾滾的，肥的要滴出油似的，所以外號叫「羊脂球」。在逃難的過程中，大家原本十分看不起羊脂球，但後來大家肚子餓了，冀望唯一擁有食物的她，可以分一些給他們，大家便說應該「互相幫助」;後來，大家閒聊得知羊脂球的身世後，便同情起她的不幸遭遇。

當車子行進到市鎮，卻碰上刁蠻的德國軍官，軍官看上了身材豐潤的羊脂球，並把這一車的人囚禁起來；當眾人知道德軍的故意刁難是希望羊脂球提供性服務時，剛開始非常憤慨，但後來為了能夠脫身，那些所謂的上流人士，便開始對羊脂球曉以大義，動之以情，希望她顧全大局，犧牲自己，終於羊脂球成了活生生的祭品。然而，當全車的人得以放行後，大家卻對她投以鄙視的眼光，因為她出賣自己的身體和敵人苟合。

魯迅的〈藥〉，不但反映了在舊中國社會人們受迷信思想的荼毒，還說明了革命家脫離低層勞動群眾的弱點。華老栓為了救治兒子的癆病，傾其所有買來蘸有人血的饅頭，那是一位革命烈士的鮮血啊！

琦君〈橘子紅了〉說的是這樣一個故事：老爺在外當官娶了個交際花當二房，誰知她也像大太太一樣，久婚不孕。大太太遵從老爺的指示，為他尋覓了一個鄉下女孩，這個買來的女孩的重責大任就是要為他們家傳宗接代，這事讓家裡接受新式教育的六叔和姪女十分不苟同。在等待老爺回鄉圓房期間，六叔和三太太之間產生了一段若有似無的情愫。老爺回到城裡不久，三太太懷孕的喜訊也隨著傳到。二太太親自下鄉，要將三太太帶回城裡，表面上是要照顧她，實際上是想監控她。三太太嚇壞了，流產了，她對大太太感到愧疚，最後抑鬱而終。

自古以來，在小說中不難見到女性被「物化」的買賣婚姻，但是琦君卻在這個傳統女性的悲情主題上，同時還呈現了女性受教育的必要性，還有婚姻必須建立在愛情的基礎上，以及兩性平等的重要。

大陸當代作家龍鳳偉在構思他的小說《愛情從這裡開始》時，也在主題的提煉上用了心思。

有一次龍鳳偉在回家鄉的路上，碰上熱鬧無比的娶親隊伍，但卻看見新娘子淚流滿面。探問下才得知，原來新娘子真正心儀的人是鄰村貧窮的小伙子，但父母嚴厲反對，逼她嫁給付得起聘金的陌生人。

這樣的愛情悲劇，古今中外不勝枚舉，說起來已不算新奇了，若要脫離因「貧窮」而產生的婚姻悲劇，勢必要加強主題的深度。

龍鳳偉很幸運地在幾年後，又找到另一個題材：一個回到家鄉的戰士，受到未婚妻雙親的奚落，雙親以一事無成為由，提出退婚。未婚妻的父親對戰士嫌棄說，他們家窮，一畝地也收不了三百斤糧。戰士誇口要他給他一年的時間，要是他能收五百斤糧，便要他將女兒嫁給他。

戰士回到村裡，自我推薦當上了隊長，發誓一定要娶到他的未婚妻。

故事的主題經由後面這個題材的提煉，就突破了前者的狹隘，令人印象深刻，其社會意義也從中揭露了。

張曼娟的〈珍珠眼淚〉雖然是以童話的愛情故事為基調，但卻在其中闡述了因果報應的道理，並且從另一個側面提示「保育動物」的關懷意識。

以前的人魚公主，為了愛人，甘願變成泡沫，因為她沒有溝通能力。

三年後，黎兒從巫師的水晶球中，知道了要找尋的人的下落。她從巫師那得到了一顆藥丸吃下去，就有聲音和語言的能力，只要找到他，就能讓他明白她的心意。而在這一個月的期限內，她會失去游泳的能力，在恢復原形以前，一下海就會淹死。

黎兒到陸上後，遇上了方思洋，他是她所要找尋的方若士的侄兒，在方思洋的帶領下，她見到了方若士，而他已經是個蒼老的老人了，原來海中三年是陸上的三十年。

方思洋說方若士年輕時風采迷人，每個碼頭都有等待的女人，但他卻在海上遇上了一個非常漂亮的女孩，為她念詩，吹口琴。後來女孩消失了，他一直尋找著她，沒有老闆肯雇用他，他回到陸地上，在岸邊望眼欲穿到瞎了眼。

黎兒落下的眼淚化成了珍珠，才知那可以賣錢。她把珍珠交給方思洋的母親補貼方若士的醫藥費。

生命只剩一個月的方若士表示想在海邊死去，黎兒和方思洋決定完成他的心願。

經過市集，黎兒目睹人性的醜陋。為了救一隻被關在籠裡的蒼鷹，她以老闆看上的她涼鞋上的金絲鞋帶，換得蒼鷹得以自由。

後來他們在一家旅舍住了下來。為了生活，方思洋天黑以後在夜市賣珍珠，交易的過程，黎兒的「超能力」被一位老闆識破，黎兒被抓了起來且受了傷，後來一個強壯的男人救了她，原來他是蒼鷹化身來報恩的。

一個叫黑翼格的年輕男人救了黎兒，並替她的傷口敷了藥，甚至她的金絲鞋帶也找了回來，涼鞋好端端地穿在她的腳上。

> 「你把他們怎麼了？」
> 「他們得到了應得的報應。」
> 「你不應該……」
> 「妳知道他們殺死多少我的族人嗎？」那凌厲的眼神和語氣，使我不敢再說。[16]

黎兒要返回海裡的時間，漸漸迫近，她和方思洋離情更濃。在黎兒離去前，方思洋和方若士都猜到了她的身分。方思洋喊著，總有一天，要去找她。

「因果報應」似乎亦是該篇小說所要深化的主題。

---

[16] 張曼娟：《喜歡》，台北：皇冠出版社，一九九八年八月，頁四六。

又如嚴歌苓的長篇小說《扶桑》，透過早期華人勞工和妓女的苦難生活，一方面，提示了東方文化的迂腐落後，西方文化自以為先進的野蠻所導致的種族歧視；另一方面，在主題的提煉上，又是不自覺地歌頌了東方民族在承載磨難時所展現的堅韌性格。

四、主題的虛實

茅盾的長篇小說《子夜》，題目是一虛題，表面上展現了三〇年代初期國共兩黨相爭的混戰，其實暗示「子夜」過去，便是「黎明」，中國革命將由黑暗走向黎明。

魯迅的短篇小說〈祝福〉，也是一個虛題，故事是以倒敘法介紹祥林嫂悲慘的一生。作者以魯四老爺家的「祝福」祭禮做為小說的題目，而被視為不祥之人的祥林嫂正是在魯鎮的新年「祝福」前夕窮死的；作者不直言勞動人民在舊中國的封建宗法制度下的悲苦，而利用此虛題，更可使讀者對祥林嫂產生悲天憫人的同情。

張曼娟的〈迷藏〉同樣也是虛題。小說的女主人公「喜歡躲藏起來的感覺，即使不遊戲的時候，她把自己藏在安全的地方，抬起頭，藍天上的白雲悠悠地滑過，只有這一段時間，是完全屬於自己的。她就從那時候起，養成沉思的習慣；養成與自己相處的習慣。」[17]她總是在碰到不能解決的事，不想面對的人，便用唯一的方法——躲藏，來解決問題。

而當她面對婚姻的抉擇時——對方在美國有穩定的工作和經濟基礎——她才突然驚覺一直陪在她身邊的那個好

---

[17] 張曼娟：《笑拈梅花》，台北：皇冠文學出版有限公司，一九九五年一月，頁一五～一六

友，卻是教她最思念的，於是，才從那樣一場愛情的「迷藏」中找到真愛。

作家若能善用「主題虛實」的特色，相信將會帶給讀者深刻的印象與難得的啟發。

第三節　關於創作之準備

一、創作提綱

所謂「構思」指的是將生活經驗的素材經過綜合、刪修和發展的加工程序。創作提綱就是一個最典型的構思手法。

大陸作家劉肇霖認為，創作提綱是一部作品的設計方案。他說：「作品的創作提綱，主要應在以下四個方面起到作用：

一、重點提示。由於創作一部作品，特別是篇幅較大的作品，並非一朝一夕之功，這就需要在動筆之前把構思已就的通盤打算記錄下來，其中特別重要的是，要把人物性格和故事情節發展的轉折點、矛盾衝突的突破點在提綱中有所體現。

二、比重安排。作品內容每個階段所包含的重點，在提綱中盡可能地作出恰當安排。

三、因果呼應。作品中有關人和事的發展，在什麼地方提出問題，在什麼地方解決問題，前後呼應的邏輯性，應在提綱中體現出來。

四、素材取捨。作者構思一部作品，都有一定的生活素材作為基礎。這些素材用於作品何處以及如何運用，擬訂提綱時要予以考慮。」[18]

---

[18] 同註一，頁一九九。

二、小說的體式

小說的體式大抵可分為以下四種：

1. 第一人稱的自述體：例如白先勇的〈寂寞的十七歲〉。
2. 第三人稱的他述體：例如張愛玲的《金鎖記》、白先勇的《孽子》。
3. 日記體：例如顧寧譯的《十五歲的遺書（愛麗絲的日記）》。
4. 書信體：例如歌德的《少年維特的煩惱》、張小嫻的《荷包裡的單人床》。

關於小說的體式，在往後的篇章會加以詳述，並舉例分析，今先不加贅述，以免重複。

三、小說的敘述手法

關於小說的敘述手法，楊昌年教授分為以下五種：

1. 平敘法：用平鋪直敘之口吻將故事從頭到尾陳述出來，容易寫，讀者也容易接受，但缺點是過於刻板。
2. 倒敘法：利用回憶方法將故事寫出。
3. 突起法：使用突出之一點開始，然後回溯或向後延伸。
4. 合攏法：雙管並進，漸漸合一。

錯綜法：以現在、過去、未來三種時態、人事間雜錯綜進行。或以主線、之線交叉進行。[19]

創作者若能善用小說的敘述手法將能使小說更引人入勝，令讀者印象深刻，可以極大地豐富藝術對生活的表現力。

---

[19] 楊昌年：《現代小說》，台北：三民書局，一九九七年五月，頁三〇。

四、結構的安排

結構上的巧妙安排，可以突顯事物所要傳達的本質意義。作者在安排結構之前，要把小說人物所行動的環境背景先決定好，然後才能配合小說主題及塑造人物的性格去安排結構。

長篇小說與短篇小說因篇幅大小之異，所以其結構當然也有所不同。

長篇小說的內容雖然複雜，但歸結來說不外乎是由主要情節和次要情節交織聯繫而成，因此，在安排長篇小說的結構時，更是要大格局地考量人物的性格發展軌跡、事件的因果聯繫與對應。

至於短篇小說的結構分為三個層次——

1. 開頭：有分為兩種——

(1) 以對話開始的：

為使情景浮現、描寫人物性格、引起讀者注意或暗示主題，而用對話開始；借對話說明以引起本文。

(2) 不以對話開始的：

使情景浮現夾敘人物；以描寫人物為主，用第三人稱開始；直接敘述事件；以描寫環境開始。

2. 本體：包括事實、情緒、危機、中間、頂點、收場。

3. 結尾：即收場的延長。[20]

魯迅的〈祝福〉，其層次的安排是按照祥林嫂一生所遭遇的時間順序來進行的。比較特別的是，小說的起頭，便把結局告訴了讀者——祥林嫂在魯鎮新年「祝福」之前死了，

[20] 同前註，頁三一～三二。

魯四老爺責怪祥林嫂早不死晚不死偏偏在就要祝福的時刻死去，不停嘴地罵她果然是個「謬種」。

故事一起，便把階級對立的藝術效果展現在讀者面前，因此，當我們在往後讀到，祥林嫂經歷了兩次喪夫，獨生子被狼吃掉，為了求生存，到魯家幫傭，這個被視為不祥的女人，逆來順受的孤苦；當我們又見到，臨死之前的祥林嫂，擔心死後靈魂還會下地獄，她還會見到當初折磨她的家人，她的苦難並不會過去。我們便可以更輕易地感受到封建制度對女性的壓迫之深。

這是魯迅對這篇小說結構的用心，所收到的效果。

又大陸作家航鷹〈東方女性〉層層遞進的結構，是作者為了全然展現女主角的心理轉折所設計的結構。

第二章　人物的刻劃技巧

小說中的人物幾乎總是與作者有別。他是作者為一特定的藝術目的所選擇的代言人。人物可以是有關作品中的一個角色，或僅僅是沒有具名的敘述者。

人物是故事的發動者，人物賦予情節以生命和意義——事件與動作本身並無意義，因而也不具趣味，只有當事件與動作關繫到人物時，才能引發讀者的興趣。

英國偉大的小說家佛斯特（E.M. Forster）將小說人物分為兩種——

一、扁平人物：又叫簡單人物或平板人物，屬性格單一化的人物，僅以某一態度或意念具現，其好處在易於辨認，只要他一出現即為讀者的感情之眼所察覺，且又因其性格固定不為環境所動，易為讀者所記憶，為喜劇典型。

二、原型人物：又叫複雜人物或圓整人物，屬二重或多重複雜性格結構的人物，審美價值高於扁平人物，為悲劇典型。[1]

第一節　主要的刻劃技巧

一、外在描寫法

[1] 劉再復：《性格組合論》下，台北：新地出版社，一九八八年九月，頁二六〇－－二八〇。

所謂「外在描寫」，又稱為「有形描寫」，係指人物的外觀，可用眼睛觀察的，此關係讀者對於人物的第一印象，讀者必先熟悉人物的形貌，然後對他的意向和動作才會發生興趣，也就是說，人物的外貌與其內心有相當大的關係。

（一）靜態的描寫

1.命名的深意

人物的命名，是人物刻劃所不容忽視的。在人物的命名上用心，可增加作品中人物姓名的美感，而且又可使讀者從中領悟其命名的含意，使得看見人物的名字就能大概瞭解他的身分、性格、命運、際遇和結局。

例如，《紅樓夢》裡的「晴雯」，楊昌年先生認為：晴雯——情文也，此一命名不是說她多情能文，而是作者借她來說明人間情事，她就是表徵情愛悲劇的題材。

而「元」春、「迎」春、「探」春、「惜」春四姐妹，諧音「原應嘆息」，從其四人的遭遇，可以想見作者悲憫之切。[2]

金庸《射鵰英雄傳》中楊康的母親「包惜弱」，她的名字預知了她往後的際運。她是一位儒生的女兒，嬌嫩、幼細，不敢殺生，因為因緣際會下救了仇人完顏洪烈一命。這也致使她和郭嘯天兩家因此家破人亡。最後她被完顏洪烈騙到北京，當他的王妃，楊康也就變成了小王爺完顏康。她惜弱的不敢反抗正如她的名字。她當時再嫁的行為，對宋代的禮教而言已經是不可原諒，嫁的對象又是個民族大敵。這位儒生

[2] 楊昌年：《古典小說名著析評》，台北：五南圖書出版公司，一九九四年五月，頁二五〇。

之女作出如此不良的德性，在當時是個相當大的嘲諷。

白先勇在〈遊園驚夢〉中為竇夫人的妹妹取其藝名為「天辣椒」，就是影射她「風騷潑辣的標勁性格」；而「月月紅」是白先勇為藍田玉那個搶了她情人的妹妹所取的藝名，歐陽子說乃取其是「月季花」——每月開的賤花也。

〈秋思〉裡的兩位互別苗頭的夫人——「華」夫人和「萬」夫人，這兩位夫人的姓就有暗示作用，「華」一字，形容「質」之美，暗示其氣質高貴，象徵我國的傳統社會文化；「萬」一字，形容「量」之多，暗喻品質庸俗，象徵國際的科技文明。

白先勇為筆下的知識份子，取名常賦予象徵含意。吳漢魂、吳柱國、吳振鐸，這幾位旅美華人，不約而同地出自「吳氏家族」，「吳」者，「無」也，他們都背負著精神創傷的「無根的一代」。

張曼娟的〈再見，啟德再見〉，利用男主角「啟德」的名，敘述了一段逝去的香港戀情。

春溪因為工作的關係，認識了同行的翹楚——章啟德，初識時，春溪誇他大名鼎鼎，他卻玩笑說，因為到香港都要經過「它」。

他是個有家室的男人，但她卻陷溺在他的寵愛中。他說：

> 「是我不好，我明知道自己什麼也不能給妳……我真想不到，我從來沒有過婚外情，可是，遇到妳，一切都失控了，我就是情不自禁……」
> 因為她是他唯一的婚外情人，所以，她相信他所謂的「情不自禁」，她相信他不是一個輕忽感情的人，她相信他捨不下妻子，也不會捨下她。

她並不貪心，這樣也就夠了。[3]

他們一個禮拜總往郊區的賓館約會兩次。她總以為只要自己不貪不求，就可以一直擁有，但還是出事了。就在他女兒聯考的前一天，他們還流連在台中，入夜了，她強烈要求他留下來，他一心掛念著承諾女兒要送她去考場，但又不忍拒絕她的期盼。隔天醒來已是早上九點多，他打電話找不到妻子，後來傳來的是妻女出車禍的消息，女兒死了，妻子雖撿回一條命，受損的部分卻使她變得遲鈍緩慢了。

啟德不願見春溪一面。她成了行屍走肉，當她絕食脫水被送醫急救後，春溪的好友找到啟德，啟德寬慰她，說不是她的錯，要她好好過日子。她得到了救贖。一個月後，到香港展開新生活。

Joseph，是春溪現任老闆婚外情所生下的私生子。他眼前有一個重要的任務就是要說服父親繼續香港這間目前賠錢的公司。Joseph 和春溪談起，他曾受邀於一個基金會，考察當地土著的藝術，他很喜歡那個工作，直到他眼睜睜見到他的工作夥伴被毒蛇咬傷致死，而喪失鬥志。

心有戚戚焉的春溪告訴他，那是意外「不是他的錯」。一直背負著「犯錯」原罪的兩個人，有著同是天涯淪落人的「認同感」。

他倆有機會一起到美國參觀禮品展。隆冬，兩人困在風雪中，春溪感到惺惺相惜的可貴，也比較願意讓 Joseph 往她生命再走近一步。

Joseph 到英國時，春溪回憶起兩人甜蜜的家居生活——「他們一起入眠，明天早上，他會在她身邊醒來，仍是她的

---

[3] 張曼娟：《喜歡》，台北：皇冠出版社，一九九八年八月，頁一九四～一九五。

男人，是她一個人的。」[4]

Joseph從英國打電話告訴春溪，說他父親同意讓他們再做兩年，他向她要獎勵，要和她過一生。他說他會從新機場回來。

春溪明白地告訴自己，「啟德」機場已經沒有她要接的人了，她所等待的人，將從新機場降落。

「啟德」這個名，代表著雙重意義，由此可見。

杜修蘭《默》裡的男主角延壽，在女兒出世後的一天晚上的回家途中，正思索著該給女兒取什麼名字，他想到剛剛在街上，罕見的星空燦爛，如千萬盞燈懸在黑幕裡，便給長女以北斗第一星為名——天樞。誰知他這一起名，也不知是不是巧合，他竟然連生了「七仙女」。

這個故事的背景是白色恐怖時期，延壽在當時算是有自我思想的知識分子，後來被捕，他的三個女兒也死於地震，整個故事呈現家族的興衰史。

作者也許以月移「星」換，來展現生活於現實社會的種種問題。

許林雲的《杜鵑牆》的女主角面對丈夫的花心、無嗣的痛苦、小叔的深情、只能和淚吞入腹、她原以為是自己的命不好，但終究老天還是顧著她的，最後，她和深情的小叔結為夫妻，而且還為他產下一子。

作者為女主角取名為「月圓」，正好與其命運結局相配合。

此外，在當代的小說中，為反應現代社會職場的現實，我們常常會在小說中見到作者為小說人物取英文名。就西方文學來說，其命名也是具有深意的。

---

[4] 同前註，頁一二五。

以下就從施孝昌在《洋名 Smart 命名法》一書中，舉幾個例子加以說明。

路易斯•卡若爾《愛麗絲夢遊仙境》裡的愛麗絲（Alice）在一連串奇妙的旅程中遨遊，以追兔子進而展開這個故事。在追逐兔子的過程中愛麗絲遇到一連串奇特的事情，最後她在親人的叫喚聲中清醒，結束了這一段恍若真實的夢境。

愛麗絲這個名字在古德文代表「高貴」的意思，然而因為受到這個故事的影響，大家對愛麗絲這個名字想到的是：愛作夢且浪漫的小女孩的形象。

簡・奧絲婷的《傲慢與偏見》，女主角伊麗莎白（Elizabeth）這個字源於希伯來文，它的意思是「與上帝的誓約」。其意義為美麗、華貴、高傲的大家閨秀，同時又兼具待人隨和、為人甚好的意思。如此便可以推想作者取這個名字的用意。

小說裡的伊麗莎白，是一個聰穎美麗的女子，卻因先入為主的觀念使得她對男主角達賽產生偏見，起初她對於達賽這位富家子弟可說是不假詞色，加上達賽總是以冷淡驕傲的表情面對眾人，這也使得她主觀地認為達賽是個傲慢的人；然而隨著彼此深入認識，讓她重新審視達賽，尤其當她發現達賽在暗地裡默默幫助她們一家人度過夏綠蒂的私奔事件後，她更感到慚愧萬分，而為她之前的膚淺感到羞恥，在這之後她也慢慢瞭解人不能光靠外在來下定論，小說最後有情人終成眷屬。

J.K.羅琳《哈利波特——消失的密室》裡的家庭小精靈多比（Toby），一開始以一個阻撓者的身分阻止哈利波特回去學校，牠好似知道即將發生什麼事情，卻又苦於必須忠誠於主人——魯休思・馬份，而未將事情的來龍去脈表達清楚，隨著故事的發展，我們對這位家庭小精靈的阻撓的真實目的也逐漸清晰，原來牠是為了阻止魯休思·馬份加害牠所景仰的哈利波特，直到最後，牠藉由哈利波特的幫忙，從魯休思·馬份那裡解脫，成為自由之身。

「多比」這個名字源自希伯來文，有「上帝是仁慈的」意思，然而現代人對這個名字的註解為像鄰家小孩一般可愛、天真、好動又帶有些許好奇心，我們可以在多比的身上見到這樣的形象。

《小美人魚》裡那位天真浪漫的人魚公主艾莉兒(Ariel)，對人類的世界有著無比的嚮往，直到她遇到陸地上的王子，就在她將王子救起的那一瞬間，她發現她戀愛了，她甚至為了跟王子在一起而拋棄了她的身分、地位、甚至是聲音，一切都只求能和王子廝守在一起。

艾莉兒這個名字源自希伯來文，意思是『女師王』；但是現代人們對這個名字的註解多為美麗、身材苗條纖細，有皇家公主的氣質，聰明又嬌羞，這正吻合了小美人魚艾莉兒的形象。

著名的《鐵達尼號》中的女主角蘿絲(Rose)，出身於富貴家庭，但她卻活得不自由，對於週遭的一切，她選擇冷漠相對。搭上鐵達尼號後，認識了傑克，南轅北轍的兩個人相戀了。以當時的情況來說，他們的戀情是不被允許的，況且蘿絲已有了婚約，蘿絲的掙扎以及想逃離一切的心情漸漸浮現。鐵達尼號撞上了冰山，因為救生船短缺，使得一千五百多條人命就這樣消失在冰冷的海上，而蘿絲原本有機會搭上救生船離開，可是她卻選擇留下來跟傑克一起，直到生死存亡的最後一刻，她獲救了，但是傑克卻永遠離開了她。

蘿絲這個名字是「玫瑰」花的名稱，但給人的感覺卻一點都不帶刺。這個名字代表個性端莊、心腸很軟，且經常為家人、朋友擔心，是個博愛的人，然而蘿絲那外冷內熱，不向世俗低頭，全力追求自由的形象卻又似乎和玫瑰給人的既冷傲多刺，又熱情如火的原始形象相合。

總之，小說家若能汲取「姓名學」的營養，將可在其作品中以化工之筆縮短小說人物與讀者間的距離。

2.相貌的描寫

相貌包括臉型與體態。通過有實感的人物相貌描寫，可使讀者因其形而想其人。

曹雪芹在《紅樓夢》中成功地塑造了黛玉和寶釵這兩位主要女主角，作者首先就對她們的相貌做了描寫。

黛玉是賈母心愛的外孫女。先喪母，其父不久亦過世，曹雪芹形容黛玉有「兩彎似蹙非蹙籠煙眉，一雙似喜非喜含情目，態生兩靨之愁，嬌襲一身之病；閒靜如嬌花照水；行動如弱柳扶風」一席古代病態美人圖，躍然於紙上。

再看曹雪芹是怎麼樣描寫寶釵的——「生得臉若銀盆，眼同水杏，唇不點而含丹，眉不畫而橫翠，肌膚也豐澤而白皙，自是一付健美體態」經過作者如此的相貌描寫，寶釵一席大家閨秀的福態宜男相，亦躍然於紙上。

曹雪芹為這兩位女主角在臉型和體態上，做了相當生動的描摩，並藉以暗示整部小說中「衝突」的意象。

《金瓶梅》裡的西門慶是當地的鄉紳仕豪，喜好女色。他見到潘金蓮後，便驚為天人，小說中描寫西門慶眼中的潘金蓮是——她黑鬒鬒賽鴉翎的鬢兒，翠彎彎的新月的眉兒，清冷杏子眼兒，香噴噴櫻桃口兒，直隆隆瓊瑤鼻兒，粉濃濃紅艷腮兒，嬌滴滴銀盆臉兒，輕嬝嬝花朵身兒，玉纖纖蔥枝手兒，一捻捻楊柳腰兒，軟濃濃白麵臍肚兒，窄多多尖趫腳兒，肉奶奶胸兒，白生生腿兒——他利用各種手段想把她佔為己有。潘金蓮從原來的推拒到後來謀殺親夫。嫁入西門家，在西門府內，與其他女子鬥爭，用盡心機手段來霸佔西門慶。

《三國演義》中形容劉備——生得身長七尺五寸，兩耳垂肩，雙手過膝，目能自顧其耳，面如冠玉，唇若塗脂。「兩耳垂肩，雙手過膝」，此乃特殊長相，在相術上這是帝王之相，顯示了他的與眾不同；而「面如冠玉，唇若塗脂」，則是形容他是一個正派的人物。

魯迅在《我怎麼做起小說來》中曾提到：若要極省儉的畫出一個人的特點，最好是畫他的眼睛。眼睛是心靈的窗口，最能敏銳地反映一個人的神情和心理，因此，在描寫人物相貌時總是注重眼睛。如關羽是「臥蠶眉，丹鳳眼」；張飛是「環眼」；孔明是「眉聚江山之秀」；曹操是「細眼」；趙雲是「濃眉大眼」；孫權是「碧眼」。

此外，像「頭戴綸巾，身披鶴氅」——描寫孔明的清風高骨；說曹操「身長七尺，細眼長髯」；孫權「方頭大口，碧眼紫髯」；董卓「腰大十圍，肌肥肉重」；趙雲「濃眉大眼，闊面重頤」；司馬徽「松形鶴骨，顏色如童」；楊修「單眉細眼，貌白神清」等，在在突出了人物相貌的各自基本特徵，人物各異其面，特徵鮮明，神態獨具，宛若真人。

魯迅筆下的祥林嫂是一個寡婦，勤奮耐勞，在敘述者的親戚家幫傭半年後，被婆家的人發現後給抓了回去，才知道原來她是逃跑出來的，被抓回去又被迫改嫁，之後生了一個兒子，一年後，丈夫傷寒病死，兒子又被狼給叼走，於是又悲涼地回到四爺家中工作，那時祥林嫂的面貌是：花白的頭髮，全不像四十上下的人，臉上瘦削不堪，黃中帶黑，而且削盡了先前悲哀的臉色，彷彿是木刻似的，只有眼珠間的一輪，還可以標示她是活物。祥林嫂已經被悽涼悲哀的影子籠罩。她不斷向鄉人述說自己的遭遇，起先鄉人都十分同情她，後來因為她一直不斷講述自己的那些事情，鄉人由同情轉為厭惡，祥林嫂神智不清，又被視為不淨之人，沒人理她，成為乞丐，最後自殺身亡。

魯迅在〈祝福〉中對於第二次喪夫，再回到魯鎮的祥林嫂，描述說她：臉色青黃，兩頰上消失了血色，眼角上帶著淚痕，眼光也沒有先前的精神。

白先勇刻劃玉卿嫂這位寡婦時，他寫道：「一頭烏油油的頭髮學那廣東婆媽鬆鬆的挽了一個髻兒，一雙杏仁大的白耳墜子卻剛剛露在髮腳子外面，淨扮的鴨蛋臉，水秀的眼睛……。」[5] 白先勇把玉卿嫂的「標緻」和「爽淨」透過其描寫呈現出來。但是當玉卿嫂和慶生在一起時，就不再是「貞潔」的面貌，而是一種「艷」了——

> 玉卿嫂和慶生都臥在床頭上，玉卿嫂只穿了一件小襟，她的髮髻散開了，一大綹烏黑的頭髮跌到胸口上……玉卿嫂一臉醉紅，兩個顴骨上，油亮得快發火了，額頭上盡是汗水，把頭髮浸濕了，一縷縷的貼在上面，她的眼睛半睜著，炯炯發光，嘴巴微微張開……[6]

對於（孤戀花）裡長相不祥的娟娟，白先勇描寫她笑的樣子——「她那張小三角臉，扭曲得眉眼不分」[7] 而「瘦稜稜的背脊」六個字，更加強了她的「薄命」。

---

[5] 白先勇：《寂寞的十七歲》，台北：遠景出版社，一九八二年二月，頁七三。
[6] 同前註，頁一〇五～一〇六。
[7] 白先勇：《台北人》，台北：爾雅出版社，一九七一年四月，頁一五三。

張愛玲的〈茉莉香片〉裡有兩個南轅北轍的人物。

丹朱的家境和外貌都令傳慶十分羨慕。丹朱的父親是傳慶的教授，傳慶曾聽家中僕人提起，原來他母親和丹朱的父親曾有過一段情，後來因為家裡反對而分開。傳慶心中一直對丹朱不滿，心態上相當不平衡。他覺得丹朱今天所有的一切原來都應當屬於他的。

在故事的結尾，雖然傳慶踹了丹朱一腳，表面上好像出了口怨氣，實際上卻也改變不了事實。

作者是這樣描述傳慶的相貌的——

> 窄窄的肩膀和細長的脖子…穿一件藍綢夾袍，蒙古型鵝蛋臉，淡眉毛、吊梢眼，鼻子卻過分高了一點，與那纖柔的臉龐犯了沖。[8]

由以上可以隱約看出傳慶的哀怨性格——逃避現實、懦弱怕事；相反地，卻和丹朱的相貌——活潑開朗，呈現對比。

> 電燙的髮梢已經不很捲了，直直的披了下來，像美國漫畫裡的紅印地安小孩。滾圓的臉晒成了赤金色，眉眼濃秀，個子不高，但很豐滿。[9]

J.K.羅琳《哈利波特—神秘的魔法石》中〈活下來的男孩〉故事是說：有個叫哈利波特的小男孩，從小寄養在阿姨家，小哈利是個會魔法的人，承襲他父母親的好因子，因此魔法學校寄來許多信件要他去學習更高竿的魔法，經過重重

[8] 張愛玲：《第一爐香》，台北：皇冠文化出版有限公司，二〇〇一年三月，頁六。

[9] 同前註，頁六。

關卡，小哈利終於可以順利上學，故事最終他靠著機智打跑惡魔，受到大家讚賞。

小說裡那位魔法學校的校長——阿不思·鄧不利多，實在令人印象深刻。

> 他又高又瘦，而且非常老，這是從他那銀白閃亮，長得足以塞進腰帶的長髮和鬍鬚來判斷。他穿著長袍，罩著一件拖到地的紫色斗篷，腳上踏著一雙鑲環扣的高跟鞋。淡藍色的眼睛十分明亮，在半月型的眼鏡後面閃爍發光，他的鼻子長而扭曲，看起來就好像是鼻樑至少斷過兩次以上。[10]

從以上作者對阿不思·鄧不利多的描述，彷彿見到一個充滿無比智慧的老者出現在我們面前，尤其是他眼睛還閃著光，更有其深度，他高超的魔力，更可從他的相貌得到印證。

於梨華的《又見棕櫚又見棕櫚》寫一個出國深造的年輕人天磊，花了十年時間於美國土地上，歸國之後卻找不到歸屬感，不再熟悉的人事物衝擊著他。

意珊是天磊父母親相中的兒媳，然而，天磊在美國時曾一度熱戀一個有夫之婦，故事最終是透過天磊和他妹妹的對話，釐清自己心中的疑問，並勇敢去追尋自己的未來。

天磊第一次看到意珊時，她站在她母親身旁。小小的、渾圓的身段，圓圓臉而帶個俏皮的下巴，那雙眼睛，不說話似在笑，而笑時卻在說話。薄薄的嘴唇勾在兩個上翹的嘴角之間。

天磊覺得她不夠美不夠白皙，不夠豐滿，在看了十年美

---

[10] J.K.羅琳：《哈利波特》，台北：皇冠文化出版有限公司，二〇〇一年七月，頁十一。

國少女的他的眼中，她實在不夠艷麗，不是他所喜歡的那一型。

多麗斯·萊辛所著的《第五個孩子》故事敘述男、女主角因個性與眾不同而相識相戀。當婚後第五個孩子出世後，原本幸福的家庭起了變化。這個老五，行為野蠻、面目可憎，同時黑暗面亦被挑起。

作者利用誇張的外型，來描摹小說中的怪嬰——

> 他的肩膀厚實，背兒隆起，躺直在那兒都好像蜷曲著身體。額頭很寬，從眼睛往後傾斜到頭頂。頭髮模樣奇怪，頭上有兩旋，從那兒成一 V 字型（或三角形）往下一直長到額頭，…他的手又厚又重，掌心有一團肌肉。[11]

當我們在對人物進行相貌描寫時，可以夾以議論，讓讀者因為作家的生動描繪，而如見其人；或者也可利用各種修辭手法，將人物高度形象化。

3.服飾的描寫

小說中的人物必須以能反映其個性或身分為原則，因為一個人的特性影響他對服飾的選擇，而讀者也能從人物穿戴衣飾的方式，瞭解其性格。

利用服飾可描寫人物在不同時空的心情轉變——剛喪夫的祥林嫂，頭上紮著白頭繩，穿著烏裙，藍夾襖，月白的背心；同樣是寡婦的玉卿嫂，也是素淨的打扮——「一身月

[11] 多麗斯·萊辛：《第五個孩子》，台北：天培文化有限公司，二〇〇一年八月，頁七八。

白色的短衣長褲，腳底一雙帶絆的黑布鞋。」[12]然而，會見情郎的玉卿嫂又是怎樣的嬌豔呢？「她換了一件棗紅束腰的棉滾身，藏青褲子，一雙松花綠的繡花鞋兒，顯得她的臉色愈更淨扮，大概還搽了些香粉，額頭的皺紋在燈底下都看不出來了。只見腦後烏油油的挽著一個髻兒，抿著光光的，發了亮了呢。」[13]

再看白先勇是如何描寫金大班俗艷的打扮：「金大班穿了一件黑紗金絲相間的緊身旗袍，一個大道士髻梳得烏光水滑的高聳在頭頂上：耳墜、項鍊、手串、髮針，金碧輝煌的掛滿一身。」[14]

〈永遠的尹雪艷〉敘述上海百樂門的當家花旦尹雪艷，在隨國民政府遷台後，仍然保持得光鮮亮麗、青春美麗，與從前的風采相當。即使是參加宴會，依然是全場目光的焦點。在人際關係上，左右逢源，即使被認為是狐狸精，在那些闊太太面前，仍然有著不可替代的地位。以下便是尹雪艷出場時，作者對她的穿著的描述：

> 每當盛宴華筵，無論在場的貴人名媛，穿著紫貂，圍著火狸，當尹雪艷披著她那件翻領束腰的銀狐大氅，像一陣三月的微風，輕盈盈的閃進來時，全場的人都好像給這陣風薰中了一般，總是情不自禁的向他迎過來。[15]

在一次祝壽的喜宴上，尹雪艷著實的裝扮了一番，但仍

---

[12] 同註五，頁七三。
[13] 同註五，頁一〇二　。
[14] 同註七，頁七一～七二。
[15] 同註七，頁四。

是一身素白，只在小地方點綴一點喜氣的紅：

> 那天尹雪艷著實的裝飾了一番，穿著一襲月白短袖的錦織旗袍，襟上一排香妃色的大盤扣；腳上也是月白緞子的軟底繡花鞋，鞋尖卻點著兩瓣海棠葉兒。為了討喜氣，尹雪艷破例的在右鬢簪上一朵酒杯大血紅的鬱金香，而耳朵上卻吊著一對寸把長的銀墜子。[16]

白先勇在〈一把青〉裡則隨著人物性格轉變前後的不同的穿著打扮加以展現。

故事發生於空軍眷村。一位青澀的女學生朱青嫁給了帥氣的年輕飛行員郭軫。郭軫在一次任務中，因公殉職，消息傳來，朱青幾乎崩潰；幾年後，在空軍俱樂部的舞會上出現的朱青，性格轉變，打扮神采飛揚、明媚動人，顯然已經走出丈夫死亡的陰霾，讓從前認識朱青的人認不出來。

以下就是「青澀」的朱青與「火紅」的朱青的對比：

> 原來朱青卻是一個十八、九歲頗為單瘦的黃花閨女，來作客還穿著一身半新舊直統的藍布長衫，襟上掖了一塊白綢子手絹兒。頭髮也沒有燙，抿的整整齊齊的垂在耳後。腳上穿了一雙代絆的黑皮鞋，一雙白色的短統襪子倒是乾乾淨淨的。[17]

像死了一回又重生的朱青：

---

[16] 同註七，頁十三。
[17] 同註七，頁二六。

> 她一隻手拈住麥克風，一隻手卻一逕滿不在乎的挑弄她那一頭蓬得像隻大鳥窩似的頭髮。……她穿了一身透明紫紗灑金片的旗袍，一雙高跟鞋足有三寸高，一扭，全身的金鎖片便閃閃發光起來。[18]

再看〈遊園驚夢〉裡錢夫人應邀出席竇夫人的宴會，見到正是意氣風發的蔣碧月的衣飾是：穿了一身火紅的緞子旗袍，兩隻手腕上，錚錚鏘鏘，直戴了八隻扭花金絲鐲，臉上勾得十分入時，眼皮上抹了眼圈膏，眼角兒也著了墨。

蕭颯〈廉楨媽媽〉裡離婚重生的廉楨去參加一個攝影展，她特地穿了一襲紫金絲絨寬腰身長袍，袍面上綴滿了以一襲金線鉤織成的牡丹花卉，一朵朵飛揚跋扈，怒放爭艷，再配上暗金色眼部化妝和金屬耳墜、手鍊。

從作者為廉楨的服飾「打點」，可見廉楨二次單身的自信形象，尤其是以牡丹花「飛揚跋扈，怒放爭艷」，其實映襯的是廉楨不同於以往的形象。

張曉風〈潘渡娜〉裡的劉克用將女主角潘渡娜介紹給張大仁，兩人結婚後，張大仁開始對於這個完美無缺的妻子感到懷疑，後來才知道原來妻子是劉克用所製造的，她是試管所合成的生命，難怪完全像是按照他的賢妻標準量身訂作。

小說裡有一幕形容美麗的潘渡娜的打扮，說她穿著粉紅的曳地旗袍，外面罩著同質料的披風，頭上結著銀色的闊邊大緞帶，看起來活像一盒包紮妥當的新年禮物。

果然，對張大仁來說她真是一件絕無僅有的天上掉下來的「禮物」。

成功的小說家會提供筆下人物的衣著打扮的細節給讀

---

[18] 同註七，頁三八～四〇。

者，讓讀者憑著這些細節，透過他們自己的想像，據以判斷其性格，去為小說人物構思其肖像畫。

（二）動態的描寫

小說人物的一切動作行為，是製造故事情節發展的主要條件。

用動態描寫法去介紹小說的人物，就是指描寫人物的一切「動作」，例如包括人物的表情反應、舉手、投足、談吐言語等，一切外在行為的變化。

1.表情的描寫

所謂「表情」係指人「用容貌和身體的動作表示感情」。

例如：白先勇在〈永遠的尹雪艷〉中有一幕描寫尹雪艷「鎮定的表情」。

白先勇將尹雪艷塑造成一位具有誘人魔力的「禍水型」交際花。當尹雪艷擄獲了徐壯圖，就算是徐太太請來法力無邊的師父替徐壯圖排難解厄，還是無法拯救他——一個被徐壯圖拍桌喝罵的工人，持扁鑽從徐壯圖前胸刺穿到背後。

出殯那天，尹雪艷也來祭弔，她「仍舊一身素白打扮，臉上未施脂粉，輕盈盈的走到管事檯前，不慌不忙的提起毛筆，在簽名簿上一揮而就的簽上了名，然後款款的步到靈堂中央，客人們都倏地分開兩邊，讓尹雪豔走到靈堂跟前，尹雪豔，凝著神，斂著容，朝著徐壯圖的遺像深深的鞠了三鞠躬」[19] 這時在場的人都呆如木雞，徐壯圖的慘死，有些人遷怒於尹雪豔，他們都沒料到尹雪豔居然有這個膽識闖進靈堂來。行完禮後，尹雪豔走到徐太太面前，撫摸了孩子的頭，然後莊重地和徐太太握了握手，正當眾人感到訝異時，尹雪豔已經輕盈盈地步出了殯儀館，一時靈堂大亂，徐太太昏了過去。

白先勇在這裡利用了強烈的對比，更襯托出尹雪豔的鎮定。

又如，在〈悶雷〉中白先勇描寫了福生嫂的「期待的表情」，藉以展現她的性苦悶以及對真愛的期待。

福生嫂在父親的安排下嫁給一個品貌一無是處，且年紀一大把的隨從副官馬福生，婚後才發現他是一名盡出冷汗的性無能者，福生嫂覺得女人的溫柔已經不屬於她了，她只要一看見馬福生就一肚子氣；然而，自從馬福生的拜把兄弟劉英搬到他家住之後，福生嫂在當小姐時的嬌羞又回到她的臉上，她換了髮型、添了新衣，劉英的一舉一動牽動著她的思緒。

這天是福生嫂的生日，幾天前她就有意無意提了一下，誰知一大早馬福生竟說他晚上要和同事下棋，不回來吃飯。福生嫂正想罵她，心頭卻閃過一陣喜悅。

且看白先勇是如何描寫福生嫂的表情——福生嫂把平日存下來的錢，做了劉英最愛吃的菜，等待他六點鐘下班。「福生嫂心裡開始有點緊張起來，額頭上的汗珠子直想向外面冒，還有一刻鐘劉英就要回來了。她這天早上起就一直盼望他回來，可是到了這一刻，她反而心裡頭忙起來，恨不得時間過得慢點才好，她需要準備準備一下，還準備些甚麼

[19] 同註七，頁二〇。

呢？她不知道，頭也梳好了，衣服也穿好了，廚房裡的菜早就做好了放在碗櫃裡了」從早上起，福生嫂就一直想著這晚她單獨跟劉英在一起的情形，想得她的臉禁不住一陣陣發熱「哎——福生嫂的喉嚨興奮得發乾，她湊近了櫃頭上的鏡子，看見自己兩團腮紅得發潤，這麼些年來她這天第一次感到這麼需要一個真正的男人給她一點愛撫。」[20]

川端康成《伊豆的舞孃》描寫一位高中學生，到伊豆旅行，在旅途中認識了幾位行旅的賣藝人，他們一起遊歷了幾天，進而對純情的舞孃產生一種可望不可及的戀情，雖然是一段沒有結果的戀曲，可是小說裡卻洋溢著一股特異的青春氣息。

且看舞孃為主人翁端茶時，所表現出來的「羞怯之情」。

> 舞孃從樓下端茶上來。一坐到我的面前，臉孔馬上轉為赤紅，雙手顫抖不已，眼看著茶杯就要從茶盤中跌落，舞孃為免它跌落便放在蓆上，哪知道茶卻因此濺了出來……[21]

又其〈少女心〉敘述了一對情如姊妹的好朋友——靜子和花子在感情上的遭遇。花子先認識時田武一，由於她和武一有血緣上的關係，決心促成靜子和武一的婚事。經過她刻意的安排與促成，果然使靜子與武一墜入情網，步向紅毯的一端。

全篇用花子以一篇長信的形式，站在第一人稱的觀點，呈現出花子一顆溫熱、不可思議的「少女心」。

---

[20] 同註五，頁四四～四五。
[21] 川端康成：《伊豆的舞娘》，台北：志文出版社，二〇〇〇年六月，頁十九。

小說有一段是描寫靜子第一次見到武一時，所呈現出來的「害羞之情」。

> 我回頭叫妳，啊，那時——妳雙手抱著臉頰，眼睛看旁邊，一轉頭，已筆直望著武一的臉，妳半彎腰，微笑著。眼裡微微漾著羞澀，嘴兒半啟，包牙微露，妳輕咬下唇，忍住笑似的靦腆。多麼可愛的一瞬。[22]

史坦貝克的《人鼠之間》，故事敘述喬治與倫尼結伴來到加州蘇列達的一座牧場打零工，兩人決心努力工作，好存錢購買一座屬於自己的牧場，然而，就在這個夢想即將實現時，倫尼卻闖下了大禍，他失手殺死了牧場主人的兒子的老婆。在百般無奈下，喬治忍痛做了決定——親手讓自己的同伴安息。

在《人鼠之間》這部小說中有許多個性分明的人物，他們的一舉一動都說明了自己的性格，如精明幹練的喬治和傻里傻氣的倫尼，在故事一開場，就描述了兩人的長相：

> 他們一前一後走下小徑，連到了空地也保持如此，兩人都穿著藍粗布褲子和有銅鈕的藍粗布上裝。兩人都戴著不成樣的黑帽子，背著鋪蓋捲。前面那個矮子精悍，動作敏捷，臉黑黑的，兩眼溜來溜去，面如刀削。他每一部份都輪廓分明：手小而有勁，手臂很細，鼻子又窄又沒肉。後面那個人恰恰相反，身材高大，臉無輪廓，眼睛很大，是淺色的，

[22] 同註二一，頁七四。

肩膀寬但是往下溜，走路時腳步沉重，有點像曳足而行，如同熊走路時那樣拖著腳。他的手臂在走路時不像別人那樣前後甩，而是低垂在身旁。[23]

從上面這段對兩位主角的描述，就能想像出他們的相貌和個性，喬治短小精悍，聰明靈活；倫尼則是粗大笨重，姿態憨傻。

總之，小說人物的表情是其行動與語言的開端表現，作家精細的表情描寫，將帶給讀者一種實體的感覺。

2.動作的描寫

人物的動作是性格的表現，其一舉一動不但顯示出獨特的性格，而且也呈現出在社會所處的地位與在特定場合下的心理狀態。

曹雪芹的《紅樓夢》一開端便以虛幻之筆，托言清埂峰下之靈石與絳珠仙草的前緣未了，來暗指寶玉和黛玉之纏綿的情緣，這是一「木石姻緣」；可是因為寶玉身懷玉石，而寶釵有個金鎖，正好符合「金玉姻緣」之說，所以寶玉和寶釵之間不免又有一番牽絲扳藤。

且看第八回「賈寶玉奇緣識金鎖　薛寶釵巧合認通靈」中，寶釵在瞧寶玉身上的玉時，舉止端正嫻淑，講話慢條斯理，當她氣定神閑地鑑賞完寶玉身上的那塊玉後，丫環鶯兒說他玉上的「莫失莫忘，仙壽恒昌」和寶釵項圈上的兩句話是一對，便央求著寶釵也讓他瞧瞧，以滿足他的好奇心，在這裡寶玉便在無形中流露出他天真無邪的孩子氣。

[23] 史坦貝克：《人鼠之間》，台北：台灣英文雜誌社，一九九一年，頁二、三。

> 寶玉看了，也念了兩遍，又念自己的兩遍，因笑問：「姐姐這八個字倒和我的是一對兒。」鶯兒笑道：「是個癩頭和尚送的，他說必須鏨鑽金器上。」寶釵不等他說完，便嗔著：「還不去倒茶？」一面又問寶玉從哪裡來。[24]

從這段敘述，我們可以想見寶釵大家閨秀的風範。

黛玉因為自身的身世背景，使自卑的她老覺得比寶釵矮上一截，所以，對於寶玉和寶釵之間的「金玉姻緣」之說，總有一份心結。在第二十八回中，寶玉送東西給黛玉，黛玉說：

> 「我沒那麼大福氣禁受。比不得寶姑娘什麼金哪玉的，我們不過是個草木人兒罷了。」
> 寶玉聽他提出「金玉」二字來，不覺心裡疑猜，便說道：「除了別人說什麼金什麼玉，我心裡要有這個念頭，天誅地滅，萬世不得人身！」黛玉聽他這話，便知他心裡動了疑了，忙又笑道：「好沒意思，白白的起什麼誓呢？誰管你什麼金什麼玉的？」[25]

從黛玉形於外的表現，我們看見的是她的小心眼與猜疑，黛玉的「冷笑」、「猜疑」、「將頭一扭」的動作，在在顯示她與別人的格格不入。她的不合群弄得連純樸自然、天真未鑿的寶玉也小心翼翼地應答著她的每一句話，對於她的一顰一笑亦百般琢磨。

---

[24] 曹雪芹：《紅樓夢》，高雄：大眾書局，一九七八年十月，頁七二。
[25] 同前註，頁二五六。

《紅樓夢》在「抄檢大觀園」這一回中，王善保家搜到了晴雯的箱子，當襲人正要幫晴雯打開時，只見晴雯挽著頭髮闖了進來，二話不說便將箱子掀開，兩手提著底子，往地下一倒，把所有的東西都倒了出來，接著便是激動憤怒的一頓臭罵，晴雯剛烈的性格由此又是一證。

人物的性格，必須通過人物行動來表現。從白先勇〈謫仙記〉對李彤的描寫，也能略見其對人物動作描寫的自然功力。

李彤是一位美麗絕倫、心性高傲的貴族小姐。一九四六年到美國留學深造，過了一段出盡風頭的學生生活。之後，不久李彤家裡便出了事，國內戰事爆發了，李彤一家人從上海逃難出來，乘太平輪到台灣，輪船中途出了事，李彤的父母罹了難，家當也全淹沒了。這個消息在一夜之間改變了李彤的命運，她從嬌生慣養的千金小姐，淪為遊戲人間、悲觀厭世的美國「飛女」，終至含恨於威尼斯跳水自殺。

白先勇利用李彤跳舞的一段描寫，把李彤受創後「隨波逐流」、「放浪形骸」的心態和行徑表現出來——

> 她的身子忽起忽落，愈轉圈子愈大，步子愈踏愈顛躓，那一陣「恰恰」的旋律好像一流狂飆，吹得李彤的長髮飄帶一齊揚起，她髮上那枚晶光四射的大蜘蛛銜住她的髮尾橫飛起來。她飄帶上那朵蝴蝶蘭被她抖落了，像一團紫繡球似的滾到地上，遭她踩得稀爛。李彤仰起頭，垂著眼，眉頭縐起，身子急切的左右擺動，好像一條受魔笛制住了的眼鏡蛇，不由己在痛苦的舞動著，舞得要解體了一般……[26]

[26] 同註五，頁三〇一～三〇二。

在現代文學中講到舞女形象，第一個想到的便是白先勇的「金大班」，而金大班之所以教人印象深刻，以她的肢體動作的傳神描寫居功。

且看小說中當金大班受了童經裡的氣後，走進化妝室的情形——逕自把舞廳那扇玻璃門一摔開，一雙三寸高的高跟鞋踩得通天價響，搖搖擺擺便走了進去。才一進門，便有幾處客人朝她搖著手，一疊聲的「金大班」叫了起來。金大班也沒看清誰是誰，先把嘴一咧，一隻鱷魚皮皮包在空中亂揮了兩下，便向化妝室裡溜了進去。金大班走進化妝室把皮包豁啷一聲摔到了化妝臺上，一屁股便坐在一面大化妝鏡前，狠狠的啐了一口。

金大班把皮包在空中亂揮，配合她走路的樣子，充份表現出歡場女子的姿態。而由其將皮包「摔」到化妝台上，並狠狠的啐了一口的動作中，可感覺到金大班是一個豪爽、不拘小節，見過大風大浪的女子。

又金大班倚在舞池邊的一根柱子上，回想過去的種種，突然間被一群小夥子的叫聲打斷，金大班的思緒又回到現實生活中，再看金大班在舞廳中與客人嬉鬧的樣子——金大班轉過頭去，看見靠近樂隊那邊有一檯桌子上，來了一群小夥子，正在向她招手亂嚷，金大班認得那是一群在洋機關做事的浮滑少年，身上有兩文，一個個骨子裏都在透著騷氣。金大班照樣也一咧嘴，風風飄飄的便搖了過去。一個叫小蔡的一把便將金大班的手捏住笑嘻嘻的對她說道：「你明天要做老闆娘了，我們小馬說他還沒吃著你燉的雞呢。」說著桌子那群小夥子都怪笑了起來。「是嗎？」金大班笑盈盈的答道，一屁股便坐到了小蔡兩隻大腿中間，使勁的磨了兩下，一隻手勾到小蔡脖子上，說道：「我還沒宰了你這頭小童子雞，那裡來的雞燉給他吃？」說著她另一隻手暗伸下去在小蔡大腿上狠命一捏，捏得小蔡尖叫了起來。正當小蔡兩隻手要不規矩的時候，金大班霍然跳起身來，推開他笑道：「別跟我鬧，你們的老相好來了，沒的教她們笑我『老牛吃嫩草』。」

作者藉由一些小動作把金大班舞女的身分和性格表現出來，同時，也讓我們更清楚舞女與酒客間的打鬧方式。此外，當客人準備要不規矩時，金大班又霍然跳起身來，那是歡場女子欲擒故縱的厲害，金大班在白先勇的動作描寫下活了起來，把金大班的詼諧逗趣、世故歷練發揮到極限。

旅居美國的大陸作家嚴歌苓的《扶桑》，敘述十九世紀中國妓女扶桑，被拐騙到美國從事賣淫的工作，後來與白人男子克里斯發生了一段朦朧的愛情。

柔弱而被動的扶桑，雖對其命運逆來順受，卻有著潔淨的氣息和堅毅的韌性，尤其是她謎樣的笑容和動作，雖是緘默的表達，卻總教克里斯傾倒。

且看小說中描寫扶桑嗑瓜子的情態：

> 繃緊嘴唇，在瓜籽崩裂時眉心輕輕一抖，彷彿碎裂的一個微小的痛楚；在那樣漫不經心又心事滿腹地挪動舌頭，讓鮮紅的瓜籽被嘴唇分娩出來，又在唇邊遲疑一會，落進小盤。那樣清脆細碎的唇齒動作使她的緘默變成極微妙的一種表達。[27]

小野的〈周的眼淚〉裡的周篤行是一個人如其名的人，他做起實驗來從不馬虎，按部就班。而他的搭檔張凡，和班上所有同學，都是不重視實驗過程的人。他們為了漂亮的數

---

[27] 嚴歌苓：《扶桑》，台北：聯經出版社，一九九六年八月，頁五五～五六。

據，都會修改實驗結果，但分數居然都比較高。最後終於讓教授發現只有周篤行最誠實，而平反了他平時的委屈。

> 「老周，今天又是做啥玩意？」張凡是他的partner。「油脂皂化值測定，第三五八頁。」張凡是從來不先預習的，他知道周篤行一切都會準備好好的，他只要看他做就夠了。張凡把一堆書往架子上送，順手抽出一本《微生物學》：「快期中考了，早點唸包準沒錯。」周篤行獨自一個人到前面領了一些試劑、藥品和材料，把本生燈點燃，先燒熱水，然後便開始做了起來。張凡看他已經開始了，有點不好意思，便把微生物學合起來，打開實驗課本三五八頁：「老周，今天助教給我們是什麼油？」「他說是棉子油。」周篤行低著頭把秤好的油倒入燒瓶內。「棉子油的皂化值……」張凡查著三六零頁上已知數據：「實驗值是一五四，理論值是一九四到一九六，OK！今天答案已經知道了……」[28]

周篤行獨自一個人到前面領了一些試劑、藥品和材料，把本生燈點燃，先燒熱水，然後便開始做了起來。從這些動作就可知道他真的是人如其名的「篤行」，不投機取巧；而張凡把一堆書往架子上送，順手抽出一本《微生物學》來讀，為了準備考試而不做實驗，且後來查著三六零頁上的已知數據的種種作為，便可看出他的為人。

史坦貝克的《人鼠之間》中有關動作的描寫相當的多，而且和表情的描述一樣，都間接顯示了各個角色的個性。小

---

[28] 小野：《蛹之生》，台北：遠流出版社，一九九六年八月，頁三六。

個子喬治個性謹慎，大個子倫尼則是鬆散得大而化之。

前面的那個人走到空地上便突然停住，後面那個人幾乎把他撞倒，他摘下帽子，用食指抹拭帽子的防汗邊，把汗珠甩掉。他那身材高大的同伴解掉身上背的舖蓋捲，立刻趴地躺下，喝綠潭裡的水，咕嘟咕嘟的大口喝，像馬一樣，把鼻息噴到水裡去。小個子心神不安地走到他旁邊。「倫尼！」他厲聲說。「倫尼，看在老天爺面上，別喝這麼多。」倫尼繼續把鼻息噴入潭裡，小個子彎腰俯身，抓住大個子的肩膀搖晃。「倫尼，你會病的像昨晚那樣。」倫尼把整個頭連帽子一起浸下水，然後坐在岸上，帽子的水不斷地流下他的藍色上裝，流下他的背脊。「真痛快，」他說。「喬治，你也喝點，喝個痛快。」他笑的很樂。[29]

上文是描述他們剛來到新環境，所表現出來的不同態度，光是一小段文字，就能夠看出兩人的極端，可想而知，喬治對於未知的陌生事物是抱有警戒心的，倫尼則毫無顧忌，當然，這也顯現了兩人的精明與憨直。

柯利是牧場主人的兒子，因其個子矮小，特別愛找高個子的麻煩，其舉動或許涉及內心的自卑因素，以至於他每見人不順眼，便擺出一副敵對的架勢。作為這樣一個反面的角色，作者也對他的動作做了一番描述：

> 有個年輕人走進宿舍來，一個瘦瘦的年輕人，褐色的臉，褐色的眼睛，一頭卷曲的很密的頭髮。他左手戴了工作手套，跟老闆一樣，腳上也穿著高跟靴子。「看見我的老頭子沒有？」他問。掃地的說，「柯利，他剛才還在這兒，我想他到廚房去了。」「我

[29] 同註二三，頁三。

試看看能不能追上他。」柯利說。他的眼睛轉移到新人身上，他忽然停住。冷然睨望著喬治，跟著又望著倫尼。他的兩臂逐漸勾曲，手握成拳，身子挺直，作半蹲狀。他的兩眼既顯得狡猾又露出凶光。倫尼被他看的非常不自在，兩腳左移右挪。[30]

張曼娟的〈桃夭〉是中國大陸強行一胎化時期所流傳的背景故事。作者以一個已經被殺害的小女孩口吻，去回憶她生前母親懷第二胎前的快樂情境，以及母親懷孕後，家人的改變，和被害前後的心理過程與想法。小說中有一段是小女孩回憶父親欲置自己於死地時的動作與描寫：

我倒在地上，愈掙扎，爸爸愈使勁，我突然閉上眼不動了，像以前與玩伴遊戲時的裝死遊戲。爸爸果然鬆了手，他喘氣的聲音好大，夾雜著一種古怪的、像哭一樣的音調，一聲聲的呼喚我，我不動也不回答。於是，他突然爆出孩子似的哭聲，我悄悄的睜開眼，竟然看見他抱著頭，蜷著身，在地上滾來滾去。一個翻身，我拉開門閂，拼命向外跑，爸爸追了幾步，站在門口大聲叫我，不要跑！妳回來，回來呀——。[31]

本段的動作描寫，可見小女孩父親的心理掙扎，更可想見此政策的殘酷、無人性。小女孩心中的疑惑與無力，以及無法接受父親無情舉動的極力掙脫，也可從中窺知。

---

[30] 同註二三，頁三三。
[31] 張曼娟：《笑拈梅花》，台北：皇冠出版社，一九九五年一月，頁一九七。

總之，動作與人物描寫的關係相當密切，動作描寫是否恰當，決定了一個人物創造的成敗。

3.語言的描寫

一篇好小說，必須要有好語言。

語言，能完全表示一個人的心理與性格，生動準確、具體鮮明的人物語言，是刻劃小說人物的成功要件之一。所以說文學是語言藝術。

曹雪芹在《紅樓夢》中也利用語言的描寫來展現黛玉和寶釵的不同性格，她們兩人各有其語言和表達方式。

其實寶玉眼中有黛玉，黛玉眼中也只有寶玉，可是為什麼黛玉每回和寶玉見面，十之八九不是生氣流淚、就是大哭、大吐，這主要的原因就是寶玉和黛玉的這段兒女私情，並不見容於當時的封建禮法社會，因此他們誰也不敢將心底的那份真愛向對方表白，只能不斷藉著文字抒情試探，或透過他人從中傳遞情意，因為門第的觀念與「金玉姻緣」的重擔，使得黛玉對這份感情有很深的不安全感與不確定性。

當然除了門第的差異外，還有黛玉本身的問題，她的體弱多病，她的不通人情世故，心細如髮，都太小家子氣；在長輩的眼裡，唯一能與寶玉匹配的，也只有通達事理，知常守分的寶釵。

在第二十回中，寶玉和寶釵聽說史湘雲來了，兩人便連忙至賈母處見史湘雲，黛玉正好在一旁，便問寶玉，「打哪裡來？」寶玉回答：「打寶姐姐那裡來。」

黛玉冷笑道：「我說呢，虧了絆住，不然。早就飛了來了。」後來黛玉又賭氣回了房，最後，還是在寶玉再三保證他對她的「心」，黛玉才釋懷。

其實，寶玉也感到黛玉的任性，所以才會對她說：「就是我說錯了，你到底也還坐坐兒，合別人說笑一會子啊。」寶玉也希望黛玉能懂事明理些，以贏得長輩們的心。

而寶玉和寶釵之間的言語又不同於黛玉，寶玉對林妹妹是一種惺惺相惜的知己之情，而他對寶釵則是一份手足的尊重之情，自然說話也不涉及愛情；然寶釵的家教也不容許她說出越矩的話來。

例如在第三十回中，寶玉問寶釵怎麼不聽戲，寶釵推說怕熱。寶玉笑說怪不得大家都拿她比成楊貴妃，寶釵聽了，紅了臉，想了想，臉上越下不來，便冷笑了兩聲，說道：「我倒像楊妃，只是沒個好哥哥好兄弟可以做得楊國忠的。」

寶釵之所以能夠得到上自家中長輩，下自丫環奴僕的愛戴，在於她善解人意，能識時務，所以很得人心；試想上面的這種狀況如果是發生在黛玉身上，她定不是拂袖而去，必又是冷嘲熱諷一番了。

寶釵很善於「見人說人話」，比如在第三十二回中金釧兒投井自殺，王夫人正自責著不知金釧兒是否因前日弄壞了東西，她攆她下去，一時想不開投井的？

且看寶釵是怎麼寬慰王夫人的——

> 寶釵笑道，「姨娘是慈善人，固然是這麼想。據我看來，他並不是賭氣投井，多半他下去住著，或是在井旁邊兒玩，失了腳掉下去的。他在上頭拘束慣了，這一出去，自然要到各處去玩玩逛逛兒，豈有這麼大氣的理？縱然有這樣大氣，也不過是個糊塗人，也不為可惜。」[32]

---

[32] 同註二四，頁二九四。

後來，寶釵為了加強王夫人對她的好感，立刻把自己所做的兩套衣服，送出來做裝裹——

> 寶釵忙道：「姨娘這會子何用叫裁縫趕去？我前日倒做了兩套，拿來給他，豈不省事？況且他活的時候兒也穿過我的舊衣裳，身量也相對。」王夫人道：「雖然這樣，難道您不忌諱？」寶釵笑道：「姨娘放心，我從來不計較這些。」[33]

在第五十六回「敏探春興利除宿弊　賢寶釵小惠全大體」中，寶釵識小也顧大，幾乎是收買了眾婆子的心。

相較於寶釵待人接物的圓融，黛玉就遜色很多。

例如在第二十九回，黛玉為「金」、「玉」之事諷刺寶釵；在第三十回中諷刺湘雲，所以她被湘雲批評為：「專挑別人的不是」；在第三十一回諷刺襲人，故而招致襲人對她產生反感與戒心，終於在長輩為寶玉安排婚事時，報了一箭之仇——黛玉被犧牲了。

也許是因為黛玉身世飄零，長久以來就缺乏安全感，使她在言談中總是和人格格不入，防備之心使她一直不容易跟旁人打成一片，就連她身邊最親的奶媽，還有從小跟在身邊長大的丫環，也未必能對她們掏心掏肺，熱絡相待，以致常感到孤單無助，鬱積成疾。

曹雪芹為了加強讀者對賈寶玉、薛寶釵和林黛玉這三個主要人物的印象，於是特別同時創造了甄寶玉、花襲人和晴雯三個次要人物來作陪襯。所以，我們可以把襲人看成是薛

[33] 同註二四，頁二九五。

寶釵的影子；把晴雯當作是林黛玉的化身。

性情溫婉、慇慇懇懇的襲人，服伺寶玉無微不至，她心思細密，照料寶玉衣食冷暖，絲毫未有懈怠。

襲人在怡紅院中的地位是相當微妙的，因為她是第一個把最寶貴的處女貞操，獻給寶玉的人。所以寶玉對襲人總有一份難以言喻的情愫；而襲人也自然而然地將自己的前途與命運繫在寶玉的身上，所以，相對地，襲人就對寶玉的前途格外關心。

在第十九回中，襲人故意騙寶玉說她家裡人準備要來贖她回去，寶玉急慌了，襲人趁機出三件事要寶玉切實做到。

> 寶玉忙笑道：「你說，那幾件？我都依你。好姐姐，好親姐姐！別說兩三件，就是三兩百件我也依的。只求你們看守著我，等我有一日化成了飛灰，……」急的襲人忙握他的嘴，道：「好爺！我正為勸你這些個。更說的狠了！」寶玉忙說道：「再不說這話了。」襲人道：「這是頭一件要改的。」……
> 「第二件，你真愛唸書也罷，假愛也罷，只在老爺跟前，或在別人跟前，你別只管嘴裡混批，只做出個愛念書的樣兒來，也叫老爺少生點兒氣，在人跟前也好說嘴。……」[34]

透過襲人和寶玉的這段對話，我們可以見到寶玉對襲人的依賴就像小孩對母親一樣；以及襲人對寶玉的愛護——就像姐姐對弟弟一般。

襲人是一個敢愛不敢恨的女人，她對於寶玉的喜、怒、

[34] 同註二四，頁一六七。

哀、樂完全照單全收。

在三十回中，齡官畫薔，寶玉淋雨返家，一肚子沒好氣，滿心裡要把開門的踢幾腳，沒料到一記窩心腿踢在襲人肋上。襲人從來不曾受過一句大話兒，今寶玉生氣，當著許多人面踢了她，她又羞、又氣、又疼，一時置身無地。不過當她又面對寶玉時，她還是有忍了痛，說了些讓寶玉寬慰的話：「我是個起頭兒的人，也不論事大事小，是好是歹，自然也該從我起。但只是別說打了我，明日順了手，只管打起別人來。」[35]

襲人平日多有小善，而她做最多的善行是代人受過，她會把大事化小，小事化無，下面的人感謝她，上面的人稱讚她。

又如在第八回中，奶娘拿了原本寶玉要留給晴雯吃的包子；後來奶娘又喝了寶玉的楓露茶，寶玉一氣之下遷怒丫環茜雪，順手將茜雪遞給他的茶杯往地下一摔，引來賈母派人來問——

> 襲人忙道：「我纔倒茶，叫雪滑倒了，失手砸了鍾子了。」一面又勸寶玉道：「你誠心要攆他，也好。我們都隨意出去，不如就勢兒連我們一起攆了。你也不愁沒有好的來服侍你。」[36]

襲人如此深明大義，不僅茜雪感激她，連寶玉也不但自覺理虧，且佩服襲人識大體的機智掩護。

襲人之所以在大觀園中占有如此特殊的地位，在於王夫人曾對她有過承諾。在第三十四回中，襲人大膽向王夫人提

---

[35] 同註二四，頁二七六。
[36] 同註二四，頁七七。

議要寶玉搬出園外住：

「如今二爺也大了，裡頭姑娘也大了，況且林姑娘寶姑娘是兩姨姑表姊妹——雖說是姊妹們，到底是男女之分，日夜一處，起坐不方便，由不得叫人懸心。既蒙老太太和太太恩典把我派在二爺屋裡，如今跟在園中住，都是我的干係。」[37]

王夫人誇襲人想得周全，並說：「我索性就把他交給你了。老歹留點心兒，別叫他糟蹋了身子纔好。自然不辜負你。」

襲人有了王夫人這樣的允諾，當然對寶玉的感情與關懷，就又更近一層了。

襲人像薛寶釵一樣善於在她的「能力所及」的「勢力範圍」之下做人情，因此人緣極佳，上下交相譽。正因為襲人平常是一個細心謹慎、忠心護主的人，所以，她在最重要的關鍵時刻，所說的話就顯得相當的重要；儘管襲人所言超越了一個丫頭的身份，不過還是十分有份量的。

寶玉患了瘋癲症後，算命的說：要娶了金命的人幫扶她，必要沖沖喜才好；不然，只怕保不住。這金命的人指當然是薛寶釵。

襲人心知寶玉中意的是林黛玉，若寶玉知道家中要為他安排對象是薛寶釵，只怕沖不了喜，竟是會催命了，於是對王夫人說：

「這話奴才是不該說的，這會子，因為沒有法兒了！」

---

[37] 同註二四，頁三〇八。

「寶玉的親事，老太太、太太已定了寶姑娘了，自然是極好的一件事。只是奴才想著，太太看去，寶玉和寶姑娘好，還是和林姑娘好呢？」
「奴才說是說了，還得太太告訴老太太，想個萬全的主意纔好。」[38]

於是鳳姐設下妙計——安排黛玉的丫環雪雁扶新人，成就了寶玉和寶釵的好事，當然也同時圓了襲人的夢想——倘若寶玉娶的是黛玉，以黛玉「愛情裡容不下一顆沙子」的性格，襲人是永遠也不可能有機會坐上姨奶奶的座椅的。

襲人和晴雯性格上的差異，正如同寶釵之於黛玉，前者代表了「傳統保守」，後者代表了「叛逆先進」。

就賈政命寶玉讀書一事，襲人和晴雯兩人的態度就大不相同——

襲人勸寶玉把心暫且放在書本上，等過了這一關，再去張羅別的事，也不會耽誤什麼。這是襲人的看法，而晴雯就不同了。

晴雯見寶玉讀書苦惱，便替寶玉想了個主意，要他趁這個機會快裝病，說是嚇著了。這話正中寶玉心懷。就叫起上夜的人，打著燈籠，各處搜尋，並無蹤跡，他們以為應該是：小姑娘們想是睡花了眼出去，風搖的樹枝兒，錯認了人？晴雯賭他們的嘴說：「別放屁！你們自己查的不嚴，還拿這種話來支吾！剛才並不是一個人看見的，寶玉和我們出去，大家都親眼見到的。如今寶玉嚇得顏色都變了，滿身發熱，她這會子還要上房裡取安魂丸藥去呢！

晴雯是一個敢愛又敢恨的女人。她可以為寶玉「病補孔

[38] 同註二四，頁九三九。

雀裘」；因寶玉「為麝月篦頭」而吃醋；因寶玉無心的一句責罵，不但反唇相譏一番後，還要寶玉低頭，給她台階下，她才化哭為笑。

晴雯的小心眼，可以說和黛玉是有得比的。有一次晴雯不防把扇子失了手，掉在地上，將骨子跌斷，寶玉罵了她一句「蠢才」；而晴雯的答話竟超出了一般丫頭的身份——

> 晴雯冷笑道：「二爺近來氣大得很，行動就給臉色瞧。前兒連襲人都打了，今兒又來尋我們的不是。要踢要打憑爺去。就是跌了扇子，也算不了什麼大事。先時候兒，什麼玻璃缸、瑪瑙碗，不知弄壞了多少，也沒見個大氣兒；這會子，一把扇子就這麼著。何苦來呢？嫌我們就打發了我們，再挑好的使，好離好散的，倒不好？」[39]

寶玉氣得渾身亂戰；襲人忙趕過來打圓場。

> 晴雯冷笑道：「姐姐既會說，就該早來呀，省了我們惹得生氣。自古以來，就只是你一個人會服侍，我們原不會服侍。因為你服侍得好，為什麼昨兒才挨窩心腳啊！我們不會服侍的，明日還不知犯什麼罪呢？」[40]

襲人聽了這話，又惱又愧對晴雯說：「好妹妹，你出去逛逛兒，原是我們的不是。」晴雯聽襲人說「我們」兩字，不覺又添了醋意——

[39] 同註二四，頁二七九。
[40] 同註二四，頁二七九。

> 冷笑幾聲，道：「我倒不知道你們是誰，別教我替你們害臊了！你們鬼鬼祟祟幹的那些事，也瞞不過我去！不是我說正經，明公正道的，連個姑娘還沒掙上去呢，也不過和我似的，那裡就稱起『我們』來了？」[41]

晴雯那不肯屈就的高傲性格，在其言語中展現了。最後還是寶玉投降撕扇，求得晴雯千金一笑。

晴雯雖是個丫頭，但常常說起話來就無形中流露出自視甚高的心態，她不以丫頭自居，覺得就算是丫頭，也有丫頭的尊嚴。例如有一次二奶奶在太太面前誇寶玉孝順，太太覺得臉上增了光，當下便賞給了秋紋兩件衣裳，這事給晴雯知道了，她的看法就和秋紋不同。

晴雯笑著說秋紋是個沒見過世面的小蹄子！她覺得是把好的給了人，挑剩下的才給她，她還充有臉！秋紋卻不這樣認為，她說，管太太是給誰剩下的，到底是太太的恩典。晴雯則辯解說，要是她，她就不要。若是給別人剩的給她也就罷了，一樣這屋裡的人，難道誰又比誰高貴些？把好的給別人，剩的才給她，她寧可不要，沖撞了太太，她也不受這口氣！

晴雯就是這樣一個「寧為玉碎，不為瓦全」的真性情的人，毫不矯揉造作，講話行事，我行我素，口角鋒芒，不用心機，所以暗地裡也得罪了不少人。

白先勇在〈那晚的月光〉中透過男女主角的對話，準確地表達了作者在小說中所要傳達的意義。

---

[41] 同註二四，頁二七九。

即將臨盆的余燕翼，靠著她的大學生情人李飛雲身兼數個家教維持家計——

「陳錫麟替你找好家教沒有？」余燕翼道，她吃了一碗飯，四樣菜動過兩樣，她把其餘的都收到碗櫃裡。

「我明天就去試試，不曉得人家要不要，我只能教兩天，分不開時間了。」

「我們明天要付房租和報紙錢，房東太太早晨來過兩次。」

「我上星期才交給你四百塊呢！」

「我買了一套奶瓶和一條小洋氈。」余燕翼答道，她的聲音有些微顫抖，她勉強的彎著身子在揩桌子。

「房東太太說明天一定要付給她，我已經答應她了。」余燕翼說道。

「你為什麼不先付房租，去買那些沒要緊的東西呢？」

「可是生娃娃時，馬上就用得著啊。」

「還早得很呢，你整天就記得生娃娃！」李飛雲突然站起大聲說道，

他連自己也吃了一驚，對余燕翼說話會那麼粗暴。

「醫生說下個月就要生了。」余燕翼的聲音抖得變了音。[42]

雖然，婚前的性行為改變了李飛雲預定好的生涯規劃，

[42] 同註五，頁二一七～二一八。

但從這段對話，同樣看得出余燕翼處境的難熬，也不下於李飛雲。

美國的文藝理論家瑪仁．愛爾渥德（Maren Elwood）將對話主、次要功能歸納為：

一、呈現性格

二、推進情節（「建築」故事）

三、傳達必須的「情報」

四、表現發言者的情緒狀態

五、製造懸疑

六、預示困難和災禍

七、幸福或成功、向讀者就情節的進展作概括性的提示。[43]

因此，可知「對話」在小說中擔負著重責大任。

小野〈長髮先生外傳〉裡的長髮先生是個重考 N 次的人，他覺得只有考上大學才會不虛此生，所以他鍥而不捨地重考，終於讓他考上了。但又因為他作弊太多次而被退了學！因此又重新他的重考生涯。

「其實，我唸了一年大學，倒有一種想法，大學是可唸可不唸的。有些人得到許多，有些人失去更多。」「可是只要混出一張文憑就好啦！至少，泡馬子容易。」他猛吸一口煙，把煙蒂隨手一扔，扔在「請勿亂丟紙屑」的牌子底下：「他媽的！像我這樣不上不下的，連個馬子也泡不上。」「哈哈，原來如此！」我笑了。「反正，我操，只要混上任何一所狗屁大學，我就心滿意足了，至少走在路上

---

[43] 瑪仁．愛爾渥德（Maren Elwood）著、丁樹南譯：《人物刻劃基本論》，台北：傳記文學出版社，一九七〇年，頁六六。

也比較有風。」他又作出吐痰狀，我迅速把頭側開：「我倒不這麼想，考不上大學，乾脆省下這四年，自己好好幹一番事業也不見得比大學生差。」「話是不錯，不過……我操！反正唸唸大學，捧捧洋書才有不虛此生的感覺。」[44]

他的語言，準確地表達了他的想法，展現了他的性格。

張愛玲在〈傾城之戀〉裡利用男女主角的「語言」展現兩人心城的互相攻防戰。且看一個是一心一意想找個長期飯票的白流蘇，和一個玩世不恭只想談一場浪漫戀愛的花花公子范柳原，兩人各有各的心理戰術，不但要急於征服對方，也要小心不被征服——當白流蘇受邀來到香港，范柳原便先展開「語言」攻勢。

柳原倚著窗台，伸出一隻手來撐在窗格子上，擋住了她的視線，只管望著她微笑。流蘇低下頭去。柳原笑道：「你知道麼？你的特長是低頭。」流蘇抬頭笑道：「什麼？我不懂。」柳原道：「有人善於說話，有的人善於笑，有的人善於管家，你是善於低頭的。」流蘇道：「我什麼都不會，我是頂無用的人。」柳原笑道：「無用的女人是最厲害的女人。」

當白流蘇和范柳原在香港飯店的舞池遇上時，范柳原從另一個男子手裡接過白流蘇，白流蘇笑問范柳原：「怎麼不說話呀？」范柳原笑道：「可以當著人說的話，我完全說完了。」白流蘇噗哧一聲笑道：「鬼鬼祟祟的有什麼背人的話？」范柳原道：「有些傻話，不但是要背著人說，還得背著自己。讓自己聽了也怪難為情的。譬如說，我愛你，我一輩子愛你。」白流蘇別過頭去，輕輕啐了一聲道：「偏有這些廢話！」范

[44] 同註二八，頁七〇。

柳原道：「不說話又怪我不說話了，說話，又嫌嘮叨！」白流蘇笑道：「我問你，你為什麼不願意我上跳舞場去？」柳原道：「一般的男人，喜歡把女人教壞了，又喜歡去感化壞女人，使她變為好女人。我可不像那麼沒事找事做。我認為好女人還是老實些的好。」白流蘇瞟了他一眼道：「你以為你跟別人不同麼？我看你也是一樣自私。」范柳原笑道：「怎樣自私？」白流蘇心裡想著：「你最高明的理想是一個冰清玉潔而又富於挑逗性的女人。冰清玉潔，是對於他人。挑逗，是對於你自己。如果我是一個徹底的好女人，你根本就不會注意到我！」白流蘇向范柳原偏著頭笑道：「你要我在旁人面前做一個好女人，在你面前做一個壞女人。」范柳原想了一想道：「不懂。」白流蘇又解釋道：「你要我對別人壞，獨獨對你好。」范柳原笑道：「怎麼又顛倒過來了？越發把人家搞糊塗了！」他又沈吟了一會道：「你這話不對。」白流蘇笑道：「哦，你懂了。」范柳原道：「你好也罷，壞也罷，我不要你改變。難得碰見像你這樣的一個真正的中國女人。」白流蘇微微嘆了一口氣道：「我不過是一個過了時的人罷了。」范柳原道：「真正的中國女人是世界上最美的，永遠不會過了時。」

這樣精采的對話，難怪白流蘇和范柳原的形象，令讀者久久無法忘懷。

人物的語言是表現典型性格的特有形式，有經驗的作家會運用多樣化的語言，在不同的環境、場合和情境下，刻劃人物性格的多面，表現出人物豐富而複雜的性格。

二、內在描寫法

所謂「內在描寫」，又稱為「無形描寫」，指的是人物的內心活動，如思想情緒之類的描寫。

一個成功的小說家，會用心把人物的思想感情和精神世界豐富化，使其筆下的人物有自己獨特的個性、有獨立的行動意識和愛恨嗔癡的情感。

（一）心理活動的刻劃——意識流

十九世紀下半葉和二十世紀初，在文學藝術的領域中，由於資本主義危機的出現，作家們開始反傳統的創作思想和方法，力求革新，因此產生了現代派文學。在現代派文學中，最具聲名的是意識流小說。

大不列顛百科全書解釋「意識流」（stream of consciousness）說：「非戲劇性小說的一種敘事技巧，它產生無數連續不斷的印象，有視覺的、聽覺的、觸覺的和下意識的。這些印象影響個人的意識，並與其合理的思想傾向一起形成他的認識的一部分。意識流這個術語首先在美國心理學家 W. 詹姆斯的《心理學原理》（一八九〇）一書中使用。當二〇世紀時心理小說發展起來以後，有些作家試圖去捕捉其作品人物意識的全部流動過程，而不局限於單純描寫其合理思想，意識流小說通常使用內心獨白的敘述技巧。」[45]

傳統的心理描寫，是先將思想條理化，接著再加以表述；而意識流（意識像河流一樣，呈現自然流動的狀態）則是一種非理性的心理描寫，所有意念完全集中在人物的心靈，隨其下意識的流動，可以回憶，可以想像，可以處於現

[45] 廖瑞銘主編：《大不列顛百科全書》第十七冊，台北：丹青圖書有限公司，一九八七年，頁一〇一。

在，可以幻想未來，作者注重用自由聯想的方法來表現人物的內心世界，強調使用人物的內心獨白。此法充分展現了人物精神世界的複雜與多變。

弗洛伊德學說就是對意識流小說中人物心理層次構成極大影響的學說，它認為人的內心世界以無意識內容為主體。弗洛伊德把人的心理過程區別為三種類型：

一、有意識：有邏輯的意識，即理性能夠把握的。

二、前意識：意識到的潛意識經驗，即知覺尚未把握，但已處於有意識與無意識之間。

三、無意識：無邏輯的意識，即知覺不能把握的、非自覺非理性的。

意識流小說中的材料雖然千變萬化，實際上也不外由以上三種構成。[46]

意識流手法最為突出的是「內心獨白」，還有「內心分析」和「感官印象」。

1.內心獨白

「內心獨白」是人物自言自語的方式，在傳統的寫法中，內心獨白只用來表現人物在特定心境中的思想、情緒和感覺等，而且只片斷地使用，僅僅只是心理描寫中的一種技巧；而在意識流小說中，內心獨白不但可以再現內心世界的任何一個領域，而且還可以像反光鏡一樣地折射出外部世界，即人物的行動、肖像、語言等外象以及環境等，這成了最主要的寫作手法，它可以用來完成一個單元，也可以用來

[46] 金建人：《小說結構美學》，台北：木鐸出版社，一九八八年九月，頁一一六～一一八。

完成整部書。[47]

曹雪芹善於利用人物的「內心獨白」技巧，去刻劃人物在某一個時空的心理活動。

賈環因中傷寶玉對金釧兒強姦未遂，金釧兒便賭氣投井自殺，引來賈政大怒，打了寶玉十幾大板。

黛玉為此哭得像個淚人兒似的，寶玉因此命晴雯送了兩條半新不舊的絹子給黛玉，黛玉拿到絹子後，原不解何意，後體貼出寶玉送絹子的意義，不覺神癡心醉。

> 想到「寶玉能領會我這一番苦意，又令我可喜。我這番苦意，不知將來可能如意不能，又令我可悲。要不是這個意思，忽然好好的送兩塊帕子來，竟又令我可笑了。再感到私相傳遞，又覺可懼。他既如此，我卻每每煩惱傷心，反覺可愧。」如此左思右想，一時五內沸然，由不得餘意纏綿。[48]

寶玉在第三十二回中向黛玉坦然表明心跡，並要黛玉「放心」，今又送舊絹表明「故人情重，故箭情深」的意念；黛玉領會寶玉的心意，立即在舊絹上題詩，所以，這兩條舊絹可說是他們的「定情之物」；而在黛玉臨終，除了焚稿斷情之外，同時連這兩條舊絹也付之一炬。

寶釵的心思也很細膩，但她的細膩不像黛玉的心眼，而是設身處地為人著想。

有一次，寶釵和迎春、探春她們在花園裡玩，獨不見黛玉，便說要去找黛玉加入。在往瀟湘館的途中，忽然看見寶玉走了進去，此時寶釵便停住腳，低頭想了一想：寶玉和黛

---

[47] 同前註，頁一二三。
[48] 同註二四，頁三〇九。

玉是從小一處長大的，他兄妹間多有不避嫌疑之處，嘲笑不忌，喜怒無常；況且黛玉素多猜忌，好弄小性兒：此刻自己也跟進去，一則寶玉不便，二則黛玉嫌疑，倒是回去的妙。

寶釵出身世宦名家，所受的是「淑女」的訓練，是為了將來能有機會進入宮廷，享受榮華富貴的，可惜時不我予，讓她置身在大觀園中，寶玉成了他的最佳選擇。於是她戴上了面具，收斂起最底層的感情，把她所訓練的交際手腕運用出來，但一切以保護自己為主，為了她自己，是不惜犧牲別人的。

像在第二十七回中，她在滴翠亭旁不小心聽到了小紅和墜兒談私心話。寶釵心中吃驚，想道：「怪道從古至今那些姦淫狗盜的人，心機都不錯！這一開，見我在這裡，他們豈不臊了？況且說話的語音，大似寶玉房裡的小紅，他素昔眼空心大，是個頭等刁鑽古怪的丫頭。今兒我聽了他的短兒，『人急造反，狗急跳牆』，不但生事，而且我還沒趣。如今便趕著躲了，料也躲不及，少不得要使個『金蟬脫殼』的法子。」[49]

於是寶釵故意放重了腳步，假裝是和黛玉在玩捉迷藏，小紅擔心地說：「要是寶姑娘聽見，還罷了。那林姑娘嘴裡又愛刻薄人，心裡又細，他一聽見了，倘或走露了，怎麼樣呢？」

寶釵就這樣自然而然地把後果丟給黛玉去承擔，而保全了自己。

寶釵所接受的生活教訓和禮教陶冶，養成她日後行事語言，考慮再三，而變得市儈現實且世故能幹。我們從曹雪芹對她的心理活動的描寫便可見其性格。

心理刻劃是人物刻劃的必要手段，曹雪芹在描寫人物的

---

[49] 同註二四，頁二三七～二三八。

心理活動時，十分注重內心獨白與人物性格的聯繫，並以合乎人物的心理邏輯，去刻劃人物的心理，以觀照人物的內心世界，使筆下的人物個個皆具其特性。

小說透過人物的命運牽動讀者的內心，以情引人，以情動人。讀者是有感情的，所以寫人就必須要寫感情，而要寫出人物內心深處幽微的感情，就必須大膽地寫進人物的內心世界，才能表達出感情的豐富與多樣。

巴金在他的〈家〉這篇小說中以四層內心獨白來展現男主角覺新的心理。覺新的妻子因難產而死在一間鄉下的舊屋子裡，覺新趕來了，但不知妻子已死。且看此時覺新的情緒起伏。

第一層，覺新猛力敲著門，他知道發生事情了，但不敢多想，只希望能救回妻子，或者最起碼也要見上最後一面。

第二層，覺新確知妻子已死，但他哀嚎著，狂叫著，希望能把妻子從死神中奪回來。

第三層，覺新從絕望轉為懺悔，他悔悟過去幾年來，因為自己的懦弱，不敢對封建舊制度的專橫提出反抗，而使他的妻子喪送了生命。

第四層，覺新覺醒了，他終於明白妻子是舊制度的犧牲品，他由悲傷轉為對腐敗的舊制度的憤恨。

巴金透過這樣層層的心理描寫，合乎邏輯地把覺新的心情和控訴展露無遺。

〈遊園驚夢〉是白先勇使用意識流手法中，最教人稱讚的一篇。

小說中的錢夫人，她內心世界的複雜是雙重的，一方面「她明白她的身份，她也珍惜她的身份」，跟了錢鵬志那十幾年，筵前酒後，那一次她不是捏著一把冷汗，恁是多大的場面，總是應付得妥妥貼貼的，她「體驗得出錢鵬志那番苦心。錢鵬志怕她念著出身低微，在達官貴人面前氣餒膽怯，總是百般慫恿著她，講排場，耍派頭」；另一方面，那團屬於「青春」的「紅火焰又熊熊的冒了起來」，錢夫人既是「貞潔的、冷靜的」，又是「慾的、忌妒的、熱情的」。[50] 作者將此矛盾的二者，統一於錢夫人身上，而且巧妙地把它剝露出來，促使讀者能輕易地進入錢夫人的心靈世界，瞭解其內心的痛苦。

歐陽子說，白先勇筆下那段錢夫人對性的聯想，其意象之新鮮活潑、適當確切，含義之強烈大膽、合乎「心理學」的理論，其連接或貫聯的自然順暢，其統共效果與獨創性，在中國文學史上恐怕，沒有先例。[51]

引原文如下：

> 他那雙烏光水滑的馬靴啪噠一聲靠在一處，一雙白銅馬刺扎得人的眼睛都發疼了。他喝得眼皮泛了桃花，還要那麼叫道：夫人。我來扶你上馬，夫人，他說道，他的馬褲把兩條修長的腿子繃得滾圓，夾在馬肚子上，像一雙鉗子。他的馬是白的，路也是白的，他那匹白馬在猛烈的太陽底下照得發了亮。他們說：到中山陵的那條路上兩旁種滿了白樺樹。他那匹白馬在樺樹林子裡奔跑起來，活像一頭麥稈叢中亂竄的兔兒。太陽照在馬背上，蒸出了一縷縷的白煙來。一匹白的。一匹黑的——兩匹馬都在流汗了。而他身上卻沾滿了觸鼻的馬汗。他的眉毛變

[50] 姚一葦：〈論白先勇的〈遊園驚夢〉〉，《遊園驚夢》，台北：遠景出版社，一九八五年五月，頁一五四。
[51] 歐陽子：《王謝堂前的燕子》，台北：爾雅出版社，一九七六年五月，頁一八七。

> 得碧青，眼睛像兩團燒著了的黑火，汗珠子一行行從他額上流到他鮮紅的顴上來。太陽，我叫道。太陽照得人的眼睛都睜不開了。那些樹幹子，又白淨，又細滑，一層層的樹皮都卸掉了，露出裡面赤裸裸的嫩肉來。他們說：那條路上種滿了白樺樹。太陽，我叫道，太陽直射到人的眼睛上來了。於是他便放柔了聲音喚道：夫人。錢將軍的夫人。錢將軍的隨從參謀。[52]

要想把人物的內心思想，描寫得成功，最重要的是要有層次感。

在文學上，指小說家不加評論地描繪人物，通過聯想、回憶等內在的思想活動，隨時對外界事物所起的反應，也可以稱作「內心獨白」。內心獨白被作家採用並加以發展，成為構成意識流小說的最主要技巧。

意識流是十九世紀末西方小說發展起來的一種寫作技巧。用人物獨白的方式來展示人物內心世界的意識流技巧。它本是戲劇獨白的一種，小說作家借用此法進行心理描寫。文學表現一般是由情感、思想，生活出發，惟獨意識流卻是由感覺始軔。作者或作者所創造的人物順著意識的流動，感覺的進展而進行，其表現重點是：以迅速、流動、飄忽、放任自由為特色，最足以表現出現代人焦慮、矛盾、徬徨的心態。

隨著敘述者意識的流動，想到哪裡寫到哪裡，情節進行常是跳動而不規則的。

表現包括獨白與心理成份，不但有表現細密心理的功

---

[52] 同註七，頁二三三。

能，甚且更能把握想像轉換時細微部分的表現。意識層面的隱密部份（淺意識與下意識）也能昇浮呈現。[53]

杜思妥也夫斯基的《賭徒》裡的主角亞歷西是一個天生的賭徒，他要就全勝，不然就一敗塗地，他不但以自己的職業做賭注，也賭身邊的女人，他的目的只是要人家承認他的存在。

小說中作者藉著亞歷西描述了自己一生的賭博經過，以及和女人的激情之戀。他所寫的已不是一般的賭徒，而是一個詩人因對自己創作的不滿，而想冒險找出提昇之路，終於掉進了人生的地獄——賭場中。

以下是亞歷西和一個女人的「對峙」的內心獨白——

> 「什麼，你自己，真的要我捨您，而就那個英國人？」她用刺人的眼光瞪著我的臉，辛酸地苦笑。她第一次用您稱呼我。
>
> 我想那一刻她感情衝動的頭暈了，她突然落坐在沙發上，好像精疲力竭了。我覺得像被閃電擊中一般；我站在那裡，不相信眼睛看到的和耳朵聽到的！什麼？原來她愛我！她來找我，不去找艾希禮先生！一個年輕女孩，在旅館裏，單獨到我房間來——那意思就是她公開承認——而我只能站在她面前不知所措。[54]

黃春明〈兒子的大玩偶〉裡的坤樹是一個為了生計早出

[53] 楊昌年：《現代小說》，台北：三民書局，一九九七年，頁七五～七六。

[54] 杜思妥也夫斯基:《賭徒》，台北：志文出版社，一九七九年五月，頁一六三。

晚歸扮小丑的人，然而，最後竟使他幼小的兒子只認得扮小丑的他。

作者的寫作手法是將內心獨白部分以括號與故事內文作區隔，讀者可以很容易發現其為「內心獨白」——

> 無論怎麼，單靠幾張生疏的面孔，這個飯碗是保不住。老闆遲早也會發現。他為了目前反應，心都頹了。
> （我得另做打算吧。）
> 此刻，他心裡極端的矛盾著。
> 「看哪！看哪！」
> （開始那一段日子，路上人群的那種驚奇，真像見了鬼似的。）
> 「他是誰呀？」
> 「那兒來的？」
> 「咱們鎮裡的人嗎？」
> 「不是吧！」
> 「唷！是樂宮戲院的廣告。」
> 「到底是那裡的人呢？」
> （真莫名其妙，注意我幹什麼？怎麼不多看看廣告牌？那一陣子，人們對我的興趣真大，我是他們的謎。他媽的，現在他們知道我是坤樹仔，謎底一揭穿就不理了。這干我什麼？廣告不是經常在變換嗎？那些冷酷和好奇的眼睛，還亮著哪！[55]

張曼娟在〈鴛鴦紋身〉中描寫陷入愛情與麵包兩難選擇

[55] 黃春明:《兒子的大玩偶》，台北：皇冠文化出版社，二〇〇〇年二月，頁一七～一八。

的趙飛燕的內心掙扎。趙飛燕向她的愛人赤鳳提出分手，她準備進府習歌舞，那是她夢寐以求的機會，但她的內心是矛盾的，所以她在內心對赤鳳說：「射吧，射吧。我辜負了你的深情，射死了我，我便是你的。」她的心裡流轉著進退維谷的痛苦——他的感情如此濃烈，怎能忍受我的離開？我想像他拉滿弓，瞄準，手指鬆開，鋒利的箭穿過空氣，刺透我的肌膚，刺穿我的心臟，就像射中飛翔的鳥雀，尖銳的疼痛麻痺，一切都靜止。他究竟射不射？府邸大門打開了，樊姊一身鮮麗華服，笑盈盈出現，我的未來的，富貴榮華一身。我的腳步加快，終於奔跑了起來，帶著一種驚悸的情緒，不要，我不要死。我有我的夢想，我有我的繁華歡愉的人生，我不要死，赤鳳！我不要死！不要射！你先放我走。

在這裡只有主角的獨白最能展現其內心。

在羅蘭〈二弟〉這篇短篇小說中，羅蘭運用他極富思想性的文字來鋪陳這部小說。二弟從小就不是一個討人喜愛的孩子，他的言行舉止總是和大弟相差甚遠，週遭的人對他不寄予重望。

他進了最差的學校讀書，高中時和三名不良少年的朋友往來，高二時卻因朋友殺人坐牢的事件，帶給他很大的衝擊。雖然是在人人鄙視的學校唸書，但有一天他突然意識到轉學與未來的重要性，儘管環境不允許，人們也不相信，這樣一個小太保竟要轉到第一流的學校。包括他姐姐也不相信二弟竟是如此堅持，後來才發現，原來是一封來自監獄的信件給了他意念與希望：

老弟：我好笨！我惹了這麼大的禍！我想不到一個人是那麼容易死，我忽然明白，假如你真要強，假如你真要那些瞧不起你的人們仰起頭來望你，你得

> 走正路。你得狠下心走正路！打架做什麼呢？那個摔在自己刀子上，留著鮮血死去的傢伙也是巴望著人們仰起頭來望他的，可是，他死了！多慘！我為什麼早不想到我們都是一些可憐的糊塗蛋呢？…我知道你行！我也行的！你等著看吧！[56]

果然，拼命總是有結果的。二弟轉入了工商附中，畢業後順利考上電機系。他同那三個朋友都在人生的路上努力奮鬥，人們的蛻變如一線之隔。

羅蘭的另一篇小說〈畫馬的孩子〉，使用了意識流手法技巧來銜接情節。主角是一個六年級的小朋友，下課後的他故意搭要多繞一大段路的公車，為的是會經過動物園——那曾經是和老師學畫的地方。雖然坐在公車裡，但他卻能時常回想過去又不斷被拉回現實來，在自我對話的情況下——「假如我是一匹馬就好了！小馬可以不學算術！」——思緒又會回到白天上課的過程。

白天的算術課令他十分在意，他也自認為很專心，只不過把老師講的時鐘換算問題所說到的長針具體化，幻化成馬的腿而已。

他被老師叫到後面罰站，內心很不是滋味，只好盼望快點下課，可是，下了課，假如老師忘了准他回位子上去，那才更糟，他心想：真希望我是一匹馬，遠遠跑開去，跑的飛快，誰也追不上我，誰也不敢小看我。我要跑的遠遠的！在那塗滿晚霞的天邊，在那張滿綠草的原野！

正如小說的名字一樣，他愛畫馬，無時無刻想畫馬，在算術課本上，在黑板上，甚至同學誇讚他，求他幫他們畫馬，

---

[56] 羅蘭：《羅蘭小說》，台北：文化圖書公司，一九八四年一月，頁七七。

彷彿先前的不愉快都一掃而空，他只徜徉在自己的內心世界裡，馳騁在想像的草原中，盡情揮灑，因為他現在是一匹快樂的小馬。

沙特的〈牆〉全篇由一個死刑犯來敘述他自己內心獨白部份，由他眼中所見即內心感覺的獨白，把死刑犯的內心轉變表達無遺。而最後結局，主角雖未如期施行死刑，但他的內心卻已經被掏空了一大半。主旨在傳達外在對人的影響及探索死亡與自由的意義。

> 要是我願意，我想我可以入睡片刻，因為我已經有四十八小時沒有閉過眼。我睏極了，但是我不想失去剩餘的兩小時生命，他們會在黎明時叫醒我，我會睡眼矇矓地跟著他們走，而後糊裡糊塗死去！我不想這樣，我不想像一隻動物似的死去，我要體驗。現在我卻不想再見她！我已經不再有什麼話對她說。甚至我也不想懷抱，我的軀體使我顫慄，它變得灰暗又不斷冒汗——我也不能確定是否她的軀體使我戰慄。康恰如果聽到我死了，一定會哭泣，她一定會有好幾個月的時間對人生感到乏味。但是要面臨死亡的仍然只有我啊！[57]

賴和在〈不如意的過年〉裡描述一個日據時代的官吏獨自暗想：最近大家都不太聽他的話，人民變得不合作，他努力想尋回官威。其內心獨白正可表現他的憤怒：「這些狗，不！不如！是豬！一群蠢豬，怎地一點點聰明亦沒有？經過我一番示威，還不明白！長官不能無些進獻，竟要自己花錢

[57] 沙特：《牆》，台北：遠景出版社，一九八一年，頁九五、九八、九九。

嗎？怪事，銀行儲金，預計和這次所得，就可湊上五千，現在似已不可能了。哼！可殺，這豬。」[58]

里爾克《馬爾泰手記》是一本可作為存在主義文學先驅的小說，尋求現代人內在空虛的根源，以及愛與死與孤獨的主題。作者對於一個孤獨者的處境所產生的內心獨白，說明了他自己所處的情況，也從另一個角度發出內心的掙扎以及思索後的悲鳴。

> 只有孤獨者，當他不分晝夜地努力工作，企圖構築屬於自己的生活時，卻常常遭受早已墮落之「物」的對抗、嘲笑與厭惡。這些物已從內部腐爛，無法忍受他人的挽留，也無法忍受他人為自身的存在而奮鬥。為了妨害、嘲弄、威脅這孤獨者，他們聯合起來，他們知道：只要肯做，一切都有可能。於是，擠眉弄眼，開始從事魔鬼的誘惑，誘惑之手伸向無法想像的深淵，同時硬拉所有的人類與神祇作為同伴，只為了毀滅這唯一拒絕誘惑的孤獨聖者。[59]

大陸新時期的女作家航鷹在〈東方女性〉中便是對女主角做了成功的「內心獨白」。

這篇小說的故事發生在八〇年代。二十歲的余小朵愛上了一個有婦之夫，她的母親林清芬接到對方妻子的來信，要到她家和林清芬談談。林清芬找來方我素一起勸阻余小朵。兩個長輩接續說起了一段往事——

---

[58] 賴和：《賴和全集－小說卷》，台北：前衛出版社，二〇〇〇年六月，頁八一。

[59] 里爾克：《馬爾泰手記》，台北：志文出版社，一九七二年三月，頁一七八～一八〇。

身為婦產科主任的林清芬和他的外科主任丈夫老余，結婚已二十多年，兒女在家時，有他們「作為感情的紐帶」，婚姻生活還算過得去；如今孩子先後離家念大學，老余感到寂寞孤單，平靜的婚姻生活，因為年輕的方我素介入，而起了大變化，方我素的人生也因此而改變。

老余因為婚外戀而犯了「生活錯誤」，要被下放農村。

懷著身孕的方我素求助無門，上余家找不到老余，失去活下去的勇氣，在河邊徘徊。林清芬將她救起，發現她有早產的跡象，將她送進了醫院。她在產台上出現了難產，林清芬經過內心交戰之後，為她接生。後來，她遠走他鄉，林清芬將她的小孩視為己出。

聽完了故事，余小朵才發現原來那個小女孩就是她。

乍看小說的內容簡介，讀者可能會很詫異林清芬竟有如此的寬容大度，簡直不可思議，不合常理。

這篇小說展示的是東方女性特有的美德——寬容，但是大陸方面的評論界有人質疑林清芬的寬容是否體現了美，他們認為她這種不分是非、包攬錯誤的寬容，就很難使人接受。[60]

林清芬的寬容表現在對丈夫和情婦的身上。以下我們經由小說中林清芬的內心表白，來分析看看她為什麼會對丈夫和情敵表現如此「不分是非，包攬錯誤」的寬容？

當老余向林清芬坦承他的婚外戀時，林清芬覺得她全身所有的神經都壞死了，唯一還活著的感覺是惱怒和羞憤，她狠狠地把他罵了一頓。

老余跟在林清芬身後像個做錯事情的孩子，請求她先不要去辦離婚手續，否則會影響女兒大學畢業後的分配；正在

---

[60] 胡若定：《新時期小說論評》，南京：南京大學出版社，一九九O年六月，頁八八～八九。

入黨準備期的兒子，可能會無法轉正。

原本院長是要將老余記大過處分，在醫院勞動兩年，然後再回外科。但老余情願下放到農村，免得鬧得人人皆知。他向院長提出請求：不要向孩子所在的大學透露他下放農村的真實原因，組織考慮到林清芬的處境和他的一貫表現，答應了對外只說他是因醫療事故才受處分的。

林清芬聽老余提起孩子，像個洩了氣的皮球。接著她固執地要問出個他所以背叛她的原因；他低著頭，結巴地不知從何說起。林清芬氣得不願再抬頭看他。可是他卻忽然抓住她的手央求說：「再看我一眼吧！哪怕還用那種仇恨的目光！這麼多年來，你一直沒有好好望過我……明天，我就要走了……」[61]

林清芬聽了驚異萬分。的確，自從有了孩子後，她再也沒有擁有像戀愛和新婚時，和他眼眸相對的閒情逸致了。

基本上，林清芬和老余兩人的性格差異頗大，林清芬是個「性格內向」，理性重於感性的人；而老余年輕時想當演員，曾考上過戲劇專校，他是個「熱情奔放」，感性重於理性的人，孩子離家後，生活沒有了熱情，他一直渴望生活中有更多的樂趣和享受。過去他常向林清芬抱怨：你太冷了。

老余對林清芬說：

> 你是一塊恆溫的玉石，和你碰撞在一起沒有失火的危險。而我和她都是一塊燧石，稍一磨擦就會成為火種。誰知道這麼一來就不可收拾了，我像被點燃的爆竹似地把蘊藏多年的熱力一股腦兒迸發出

[61] 馬漢茂（H. Martin）編：《掙不斷的紅絲線》，台北：敦理出版社，一九八七年十月，頁一四四。

來，把自己炸了個粉碎……[62]

婚姻亮起紅燈，夫妻兩人都要負責任。所以對於老余這段婚外戀的錯誤，身為知識份子的林清芬也會去自我檢討。當然，我們不能為老余開脫，為他的婚外戀找藉口。已婚的人本應對婚姻忠實，這是無庸置疑的。然而，誠如老余所說的，他這一走不知何時才能回來。我們設想如果老余不愛這個家，何須顧慮孩子的前途，何須誠懇地向妻子認錯，乞求原諒。

夫妻之間的情分不是說斷就斷的，就像諶容〈懶得離婚〉裡的那對夫妻，雖然彼此對對方都有抱怨，但還是關心著對方，還是離不開彼此。

林清芬還愛著老余，所以在聽了老余的表白後，她才發現自己在感情上對老余的粗心；而在老余離去後，她有了更多的時間去反省自己，因此，當她和老余別後重逢時，她想著：

我同時作為妻子、母親和醫生，作為母親的我和作為醫生的我一直是清醒著的、狂熱的；而作為妻子的我，卻似乎早已麻木、冷漠了。而他卻始終是熱情洋溢的……這就是我們之間的差異！想到這裡，我心中不由得隱隱泛起一股追悔之意……飛流躍動的水才能常流常新，而我的愛情卻早已變成了一潭靜水，儘管永恆，但卻已失去了飛流之美。他坐在一潭靜水旁邊，無疑是寂寞的。……這種追悔之意，使我激起了一種強烈的慾望——我們應該重

[62] 同前註，頁一四六。

新開始！為了這復甦的愛，我們應該付出努力。這時，我才明白了自己為什麼能夠那樣對待他的她，和他倆的孩子。我是那樣地愛著他，愛著孩子和這個家，唯恐失去這一切……在我們之間還有那麼多的感情維繫，我要竭盡全力去織補，去修復我們的裂痕……[63]

接著，我們再來分析林清芬何以會對方我素表現出那樣非比尋常的「寬容」。

其實面對方我素，林清芬的內心一直被「善」與「惡」兩面掙扎糾纏著。

當林清芬想到她的家已名存實亡，而方我素卻「逍遙法外」時，她迫不及待地跑到她的劇團去，把她的醜事公佈於眾，她要她名譽掃地。

處理事情的科長是個女幹部，相當同情林清芬的遭遇，答應會嚴辦，而且告訴她民憤極大，大家都很同情她。她氣喘吁吁跑上三樓，看見走廊上掛滿了大字報，方我素被稱為「狐狸精」、「現代潘金蓮」、「糖衣炮彈」，而老佘則被稱作「老流氓」、「老色鬼」之類的——那是主持正義的群眾對她的支持。

她又看到了一張彩色漫畫，方我素被畫成了人頭蛇身，蛇身纏繞著一個行將就木的老人，那當然指的是老佘。此時此刻，我們來看看林清芬的內心反應——「幸災樂禍的感覺也被嚇跑了，剩下的只是驚慌、憂慮，甚至厭惡。我暫時忘記了自己是受害的妻子，竟為那位沒有看過面的情敵默默擔心起來，她看見這些大字報精神上受得了嗎？她今後還怎麼

---

[63] 同註六一，頁一七八～一七九。

在劇團裡立身呢？……」[64]

這是林清芬第一次的內心掙扎；第二次掙扎則在方我素要自尋短見時。

方我素的母親知道她成為人家婚姻的第三者，一氣之下心肌梗塞復發去世了，家人把她趕出了家門，工作單位嚴厲地批判她。

懷著身孕的方我素找不到老余後離去，林清芬頓時意識到她就是那個第三者——「她竟敢跑到家裡來找老余！竟敢當著我的面問老余！竟敢向我打聽他的地址！熊熊怒火湧上心頭，使我恨得咬牙切齒，看大字報時的憐憫之心一掃而光。」[65]

方我素在河邊徘徊，林清芬跟著她，腦中升起一個疑問：「她別是要自殺吧？這麼一想，我又得到了復仇的快意，她這是自作自受，只有一死才能洗去自己的恥辱！」[66]

林清芬實在不想管方我素的死活，但是「理智的分析戰勝了感情的憎惡：如果讓她死了，尤其是死在自己家門口，老余就要承擔法律責任！那……他和我的孩子們……我似乎清晰地看見了老余被人戴上手銬，啷噹入獄的形象，一下子兩腿癱軟，身子無力地倚在了窗台上。母性的愛和女人的恨，像兩把鈍齒鋸子交替鋸著我的心，撕著肉，滴著血。最後，無以匹敵的母愛戰勝了嫉妒心。不能讓她死！」[67]

林清芬內心的第三次掙扎，發生在她把想尋短見的方我素帶回家照顧時。

林清芬用著自己都認不得的聲音去勸著方我素不可輕

---

[64] 同註六一，頁一五一。
[65] 同註六一，頁一五五。
[66] 同註六一，頁一五五。
[67] 同註六一，頁一五五～一五六。

生，她明白「只有用人間的友愛和溫暖，才能召回她生存的勇氣。」她捧著曾為老余端的臉盆，擰了熱手巾，讓她擦臉。此時，她「心裡狠狠地罵著自己：你怎麼能這樣沒有尊嚴？難道可以原諒她嗎？」[68]可是她同時又拿起了梳子，為她梳頭。

方我素對於林清芬的照顧感到愧疚。此時，她突然尖叫起來，是子宮在收縮；林清芬看著她的痛苦，突然感性馬上向她的理性打了一個回馬槍——「這時我完全陷入了感官上的憎惡，剛才的熱情全然消失了。她這是自作自受！我冷眼站在一旁，望著她那痛苦的情狀。」[69]

林清芬判定是早產。三更半夜，根本叫不到車子，最後，是林清芬用自行車推她去醫院。這是林清芬內心的第四次掙扎。

方我素被送進產房，她出現了難產的徵兆，值班醫生請林清芬去會診。她故意拖延著時間，自認已經仁至義盡，怎麼可能還親手去接生他們的孩子？真是滑稽。

護士又來催促，說是孩子的胎心音變弱。她以頭痛的理由拖延著，心裡暗暗地升起一個念頭：「胎心音變弱，是很危險的徵兆。如果孩子死了，無論是對她，對老余，還是對我，都是一種解脫。不然，這個孩子怎麼辦呢？只要再拖延二十分鐘，一刻鐘，哪怕是十分鐘，那不應該出生的孩子都可能發生意外……」[70]

這次是醫生出馬，說是產婦出現休克，胎心音也沒有了。此時，窒息空白的林清芬的腦細胞又有了一些活動，方才自私的想法又被刪除了，「而首先復活的是一個理智的信

[68] 同註六一，頁一五七。
[69] 同註六一，頁一五九。
[70] 同註六一，頁一六三～一六四。

號——生命攸關的此時此刻，職責，醫生的職責……」[71]她覺得她的白大褂一穿上身，就發揮了神奇的作用，她「女人的靈魂被壓抑了，女醫生的靈魂顯現了」她走進手術室，忘記了七情六慾，「甚至忘卻了躺在手術台上的是她。這時的我，只感到寧靜、堅定、自信、專注，只知道面前是病人，我是醫生，救死扶傷的醫生……」[72]

這是林清芬內心的第五次掙扎。

在大家的搶救下，方我素醒來了，小孩也被生下來，可是那女孩沒有哭，是個死嬰！此時的林清芬又是怎麼樣的呢？她「沒有一點遺憾和憐憫，而是一陣驚喜湧上心頭：孩子死了，醫生們盡了最大的努力，責任不在我們。這是天意，蒼天助我！」[73]

方我素呼叫著要看小孩，喚醒了林清芬的職責感——「一個醫生應該做出最大的努力。她抓起嬰兒的雙腳倒提起來，做拍背呼吸法——我狠命地朝著嬰兒的背脊打去……我打的是他倆的孩子……說也奇怪，儘管我覺得使出了平生最大的力氣，但我的動作卻始終沒有超過這一搶救法的規範，並且發出了神妙的效果……」[74]終於，林清芬親手把她的丈夫和方我素的小孩帶到了這個世界。人道主義精神還是戰勝了林清芬對情敵的仇恨心理，這是林清芬內心的第六次掙扎。

小孩被救活後，林清芬從醫院逃回家中，一下子撲倒在床上，想起這一切都不是出於她的本意，可是她又對一切都執扭不過，她覺得，這件棘手的事情，如同一根堅硬棗木杖，

---

[71] 同註六一，頁一六四。
[72] 同註六一，頁一六五。
[73] 同註六一，頁一六五。
[74] 同註六一，頁一六六。

在它跟前她成了個軟麵團兒，接著她又恨自已想起棗木杖，因為老余喜歡吃自己的家常麵，她就經常用那根棗木杖擀麵給他吃。她十分感慨地想著：

> 我，現代的知識婦女，大學畢業生，婦產科主任，仍然在家裡繫上圍裙給丈夫擀麵條兒！我真像封建社會舊式婦女那樣，是一堆軟麵團兒麼？不是，絕對不是！但是，現在這是怎麼啦？我被那棗木杖捲擀呀擀，舒展成平面又捲起來，捲起來再舒展成平面……我的心被一把鋒利的刀切成了一條條兒，分別給了工作，給了事業，給了那些產婦，給了那些新生兒，給社會，給職責，……還有呢！給女兒，給兒子，給……給那負心的丈夫！甚至還要給她和她的嬰兒……那麼我自己呢？原來的自我呢？[75]

林清芬對自己發出了這樣的疑問。但其實從這樣的自問中，她自己也獲得了成長。

胡若定提到：有人認為，林清芬對方我素表現了過份的同情與寬宏；但胡若定認為：「如果從小說的情節實際考察，我以為這種同情與寬宏是值得肯定的。」[76]

的確，筆者相當贊同胡若定的看法。經由以上的分析，便不難理解林清芬對他們兩人的「寬容」並不是那種「不分是非，包攬錯誤」的寬容。林清芬不是聖人，她也有凡人自私陰險的一面，特別是在她對方我素「寬容」的過程中，內心有過幾次強烈的掙扎。

---

[75] 同註六一，頁一六七。
[76] 同註六〇，頁九〇。

至於林清芬的「善」終究還是戰勝了她的「惡」，有兩點是不容忽視的。一是她的職業使然。醫生是救世濟人的，總比其他人更具有善心。當老余和方我素誠懇地對她坦承錯誤時，她又怎麼忍心再對在她面前乞求原諒的罪人落井下石呢？還有一點是我們別忘了林清芬和老余都是具有社會地位的人，誠如諶容〈錯，錯，錯！〉裡的汝青所說的知識份子都有一個通病——愛面子。而這所謂的「面子」問題，在林清芬幾次的內心掙扎中也起了相當的決定作用。

如果作者不是利用內心獨白的方式，將很難呈現林清芬內心幽微的想法。

人物的內心世界，是最能全面地展現人物的面貌和性格特徵，小說寫人物就要寫到人物內心世界的奧秘，當小說家能夠把筆鋒深入到人物的靈魂裡去，也就能使小說與讀者發生感情聯繫，自然也就增加對讀者的感染力。

2.內心分析

「內心分析」是通過作者的敘述來表達人物的意識活動。在傳統的心理描寫中，作者意識介入人物內心的成分總比較多，而在意識流小說中，則力圖排除作者意識的介入。

「內心分析」不同於「內心獨白」之處，就在於前者是「作者的敘述興趣已完全集中到人物的內心世界中去了」，而後者卻是「讓讀者直接置身於人物的頭腦裡」。[77]

白先勇的〈金大班的最後一夜〉敘述一個在風月場打滾多年，精明老練的風塵女子即將下嫁一個老邁的商人，在離開風月場的最後一晚，當金大班和一位新來的會臉紅的年輕小伙子

[77] 同註四六，頁一二四～一二五。

跳舞時，回憶起年輕時的她遇到她深愛的男人的那一夜。

當晚她便把他帶回了家裡去，當她發覺他還是一個童男子的時候，她把他的頭緊緊的摟進她懷裡，貼在她赤裸的胸房上，兩行熱淚，突的湧了下來。那時他心中充滿了感激和疼憐，得到了那樣一個羞赧的男人的童貞。一剎那，她覺得她在別的男人身上所受的玷辱和褻瀆，都隨著她的淚水流走了一般。她一向都覺得男人的身體又髒又醜又臭，她和許多男人同過床，每次她都是偏過頭去，把眼睛緊緊閉上的。可是那晚當月如睡熟了以後，她爬了起來，跪在床邊，藉著月光，癡癡的看著床上那個赤裸的男人。月光照到了他青白的胸膛和纖秀的腰肢上，她好像頭一次真正看到了一個赤裸的男體一般，那一刻她才了悟原來一個女人對一個男人的肉體，竟也會那樣發狂般的癡戀的起來。當她把滾熱的面腮輕輕的偎貼到月如冰涼的腳背上時，她又禁不住默默的哭泣起來了。

這一段雖然是金大班的回憶，但是作者深刻分析了她與月如同床那一夜，內心纖細的感受、澎湃的悸動和癡戀。這樣單純的愛情，和她最後不得不為了物質金錢的複雜原因，而下嫁老邁的商人形成強烈的對比。

在白先勇的〈芝加哥之死〉中白先勇為剛通過博士考試壓力全部釋放的吳漢魂，作了一段內心分析——

六年來，吳漢魂一毛一毛省下來的零用錢全換成五顏六色各個出版公司的版本，像築牆一般，一本又一本，在他書桌四週豎起一堵高牆來。六年來，他靠著這股求知的狂熱，把自己囚在這堵高牆中，那歲月與精力，一點一滴，注入學問的深淵中。吳漢魂突然打了一個寒噤。書桌上那些密密麻麻的書

> 本，一剎那，好像全變成了一堆花花綠綠的腐屍，室內這股沖鼻的氣味，好像發自這些腐屍身上。吳漢魂胃裡翻起一陣噁心，如同嗅中了解剖房中的福馬林。[78]

丁玲〈阿毛姑娘〉裡阿毛的父親為了使女兒擺脫貧苦的命運，把女兒從鄉下嫁到了城市。阿毛雖很天真，卻好用心思，作者特別為她受到城市生活和思想的影響做了一段內心分析——

> 她懂得了是什麼東西把同樣的人分成許多階級。本是一樣的人，竟有人肯在街上拉著別人坐的車跑，而也竟有人肯讓別人為自己流著汗來跑的。自然，他們不以這為羞的，都是因了錢的緣故。譬如三姐近來很享福，不就是因為她丈夫有錢嗎？再譬如那些來逛山的太太們，不也是因為他們丈夫或者爸爸有錢，才能打扮得那麼美嗎？那麼，自己之所以醜陋，之所以吃苦，自然是因為自己爸爸自己丈夫沒有錢的緣故了。從前還能把這不平歸之於天，覺得生來如此，便該一生如此，這把命運看為天定，還可以消極的壓制住那欲望。然而現在阿毛不信命了。現在她把女人的一生，好和歹一概認為繫之於丈夫。她想，若是阿招嫂不是嫁給阿招哥，而嫁給另外一個有錢人，那她自然不必懷著孕還要終日操作許多事。……再譬如自己不是嫁給種田的小二，那總也該不至於像這樣為逛山的太太們所不睬，連

[78] 同註五，頁二二七。

三姐也瞧不起的窮人了。[79]

於是，當阿毛懂得都是為了錢時，她更加辛勤做事，想替丈夫多幫些忙。後來，當她發覺建築在丈夫身上的夢想不可能實現時，她對這個甘於種田的丈夫起了反感，她灰心於所有的一切，不再努力幫忙工作，為此受到婆婆的惡言相向，丈夫的拳打腳踢。

白天，她常常背著家人跑到山上遊人多的地方去，她希望有一個可愛的男人愛了他，把他從夫家帶走，她就可以重新做人，享受她一切的夢；終於，那個人出現了，而且到婆婆面前，說她是教畫的教授，學校想請一個姑娘給學生當模特兒畫畫，每個月有五十幾塊錢，不知道阿毛肯不肯？

婆婆以阿毛是有丈夫的人婉拒了教授的請求；但阿毛什麼也不懂，只以為那男人一定是愛她，才如此說，而且聽說又有錢，更是願意。當她見到教授受到拒絕，準備離去時，忍不住叫了起來說，她要去，為什麼不准她去？這換來婆婆的一巴掌，她見到教授投給她一個抱歉的眼光。

阿毛也受到丈夫咆哮地毒打，不過她再也不覺得痛了，她恨丈夫，覺得是她有夫之婦的身份阻礙了她。

後來，沈默許久的阿毛得了重病，她仍然得不到丈夫的理解，她實在需要他用心呵護與珍惜，但她丈夫畢竟是個種田的粗人，在傳統的見解上，他怎麼會去體會或在乎阿毛的心思或感受。終於，阿毛自殺了。

一個鄉下非知識女性，無從選擇她的婚姻，但婚後有心主宰自己的命運，改變自己的生活，追求自己的幸福，可是封建社會並不允許她這麼做，同時也造成她認知的錯誤，於

---

[79] 丁玲：《丁玲女性小說全作（下）》，長沙：湖南文藝出版社，一九九五年十二月，頁四三一。

是悲劇就這樣產生了。

廖輝英的《愛殺十九歲》是一部描寫情慾糾葛和人情義理間擺盪掙扎的故事。主人翁湯君雄從小在不美滿的家庭中長大，環境困苦，父母離異，原本想休學的他，在母親的堅持和老師的資助下，完成學業，建立美滿的家庭和安定的工作。但這一切美好景象卻在他恩師的兒子——吳中侃出現後，有了一百八十度的改變，且到最後弄得妻離子散。

湯君雄的妻子——王連璧，因吳中侃的引誘，加上自己的定力不堅，而出了軌，甚至生了一個女兒。小說中有一幕，她注視著女兒時，作者替她作了一番分析：

> 『王連璧之女』，確實越看越像中侃，尤其她不哭、不皺眉、乖乖睡著的時候。
> 連璧看看這個女兒，心裡憂喜參半。
> 能生個女兒，的確令人安慰，尤其和中侃有了極神秘的聯繫，更叫人興奮。
> 現在最慘的卻是面對攤牌的敞亮面時這個女嬰的留置問題。
> 王連璧開始對於執意生下她有了焦灼與無所適從的掙扎——產下一個非婚生子女，原來如此折騰和曲折。[80]

張愛玲的〈紅玫瑰與白玫瑰〉裡的主角佟振保，是一個最合理想的中國現代人物：正途出身，留洋進學，白手起家，開拓自己的一片天，「遵守規則」、「不失體面」，在他不服輸的自尊心底下，他主宰著自己的生命。

---

[80] 廖輝英：《愛殺十九歲》，皇冠文學出版有限公司，一九九五年七月，頁二九八。

在這樣的背景下，影響他最深的兩名女子——王嬌蕊和孟煙鸝，分別以「慾戀」和「責任」的形式闖入他的生命中。

佟振保斬斷與王嬌蕊難見容於世的愛情後，依母親之意履行義務，娶了「門當戶對」的孟煙鸝為妻，婚後藉嫖妓以自甘墮落，期間振保心態上的憤懣、衝突和矛盾，從以下作者所做的內心分析中可看出：

> 他對妓女的面貌不甚挑剔，比較喜歡黑一點胖一點的，他所要的是豐肥的辱屈，這對於從前的玫瑰與王嬌蕊是一種報復，但是他自己並不肯這樣想。如果這樣想，他立即譴責自己，認為是褻瀆了過去的回憶。他心中留下了神聖而感傷的一角，放著這兩個愛人。他記憶中的王嬌蕊變得和玫瑰一而二二而一了，是一個痴心愛著他的天真熱情的女孩子，沒有頭腦，沒有一點使他不安的地方，而他，為了崇高的理智的制裁，以超人的鐵一般的決定，捨棄了她。[81]

紫式部的《源氏物語》是一部描寫主角光源氏和許多癡情女子的愛情小說，光源氏溫柔而多情，而他身邊的女子則是個個痴情，在〈帚木〉一篇中有一段描寫光源氏大膽向伊豫介夫人示愛，而令伊豫介夫人在受寵若驚之下的一段內心分析：

> 夫人對源氏的深情雖然有受寵若驚的感受，但是此刻她心中不僅無法欣然接受；反而只是擔心著平素

---

[81] 張愛玲：《傾城之戀－－張愛玲短篇小說集之一》，台北：皇冠文化出版有限公司，二○○一年十一月，頁八四。

為自己所輕蔑厭嫌的伊豫介會不會知曉此事？甚至害怕他會不會在夢境中看見這個情景？[82]

而作者也為源氏的多情在〈花散里〉一篇中作了如下的內心分析：

唉，總之，不論怎樣的對象，他的心永遠是這般為情操勞著，沒有一刻休停之時。他便是生就這種脾性，那怕是只有一面之緣的女性，往往也會在心頭經年難忘;就因為如此，所以相對的也會惹得處處有人對他一往情深哩。[83]

張愛玲〈金鎖記〉裡的女主角曹七巧家裡貧困，只好嫁給姜家二爺，財富與權勢的枷鎖重重鎖住了她的幸福。二爺是個軟骨症者，在姜家毫無地位，相對地七巧也被看不起，婆媳妯娌排擠她，她在身心靈都得不到滿足的情況下，和她的小叔發生了若有似無的情愫。二爺過世後，七巧不畏「強權」爭得了屬於她的財產。兒女長大後，其婚姻也受到她的控制。長久以來，她在人性與情慾的壓抑下，內心遭到嚴重的扭曲。

當她晚年回憶起過去種種，作者作了以下的內心分析：

七巧似睡非睡橫在煙舖上。三十年來她帶著黃金的枷。她用那沉重的枷角殺了幾個人，沒死的也送了半條命。她知道她兒子女兒恨毒了她，她婆家的人

[82] 紫式部：《源氏物語》，台北：洪範書店有限公司，一九九七年五月，頁四二。
[83] 同前註，頁八七。

> 恨她。她摸索著腕上的翠玉鐲子徐徐將那鐲子順著骨瘦如柴的手臂往上推，一直推到腋下。她自己也不能相信她年輕的時候有過滾圓的胳臂。就連出了嫁之後幾年，鐲子裡也只塞得進一條洋縐手帕。十八九歲作姑娘的時候，高高挽起了大鑲大滾的藍夏布衫袖，露出一雙雪白的手腕，上街買菜去。喜歡她的有肉店的朝祿，她哥哥的結拜兄丁玉根、張少泉，還有沈裁縫的兒子。喜歡她，也許只是喜歡跟她開開玩笑。然而如果她挑中了他們之中的一個，往後日子久了，生了孩子，男人多少對她有點真心。[84]

而〈傾城之戀〉的故事由白流蘇和兄嫂的爭端開始，流蘇自離婚後回到娘家居住，頗受兄嫂的欺凌、輕視。白流蘇在友人徐太太為六妹議親下，結識了范柳原，並隨徐太太出遊香港與范柳原會晤。經過兩人你來我往的心房較勁，終於塵埃暫時落定，一場戰爭的爆發，促使范柳原留了下來，成就一段亂世兒女的愛情。

作者在小說中曾對時光的流逝，作了分析：

> 七八年一霎眼就過去了，你年輕麼？不要緊，過兩年就老了，這裡，青春是不希罕的。他們有的是青春—孩子一個個的被生出來，新的明亮的眼睛，新的紅嫩的嘴，新的智慧。一年又一年的磨下來，眼睛鈍了，人鈍了，下一代又生出來了，這一代便被吸收到硃紅灑金的輝煌的背景裡去，一點一點的淡

[84] 同註八一，頁一八五～一八六。

金便是從前的人的怯怯的眼睛。[85]

在《紅與黑》中，斯丹達爾的〈鄉間一個夕暮〉敘述出生微賤卻頗有野心的少年主角——雨連，在一位貴族市長家裡當小孩的家庭教師，因著他的野心及虛榮，試圖勾引市長夫人，最後卻也因此辭職了。

小說裡有一段描寫雨連盤算如何誘惑市長夫人，並握住她的手之前，內心的起伏轉折。

雨連向自己說，因為他對自己、對別人都太沒信心，無法看清自己的心境。在致命的焦慮中，所有的危險都像是更為可取。城堡裡的鐘敲響了九點三刻，而他什麼也沒敢做。因自己的膽怯而生氣的雨連向自己說：十點整敲響時，他要把一整天都答應自己今晚要做的事付諸實行，否則他就上樓燒掉腦袋。最後一個片刻的等待和焦慮。那個片刻中，激情像是使雨連發瘋了。那個片刻之後，雨連上方的鐘敲響了十點。那致命的鐘每一響在他胸口迴盪，像是造成一種生理上的波動。

作者細膩分析了雨連虛榮的內心、膽怯掙扎的心理。在這裡可以很明顯地見出，對他來說握住夫人的手，僅僅只是他給自己的目標，是功利性的、虛榮的而無關乎愛情。

小說經由作者對人的內心分析，可引導讀者充分瞭解人物的性格，以及故事情節的推進。

3.感官印象

有些創作家很擅於把各種感覺表現在作品裡，有時單獨

[85] 同註八一，頁一九五。

表現一種感覺，或把各種感覺揉合在一起，可以以感覺為象徵，也可以以感覺烘托境界或表現氣氛。

所謂的感官，指人類接收外在事物刺激的感覺性器官，這個感覺包括視覺、聽覺、嗅覺和觸覺。「感官印象」是作者用來記錄純粹的五官感覺的手法。雖然「感官印象」只可能是片斷的、瞬息即逝的，但卻往往是人物意識活動的觸媒，自由聯想的開端，或注意中心轉移的契機。[86]

歐陽子的〈花瓶〉描寫主角石治川對美麗的妻子馮琳的愛戀，因為自己的自卑心理而對妻子產生猜忌和嫉妒等瘋狂愛戀行為。

小說以花瓶暗指馮琳，說明馮琳雖然二十八歲，但從外貌看來只像二十出頭的女孩。烏黑的秀髮、乳白色的臉蛋、俏麗的薄唇和一顆美人痣，都說明了馮琳的美貌，就像石治川心愛的花瓶一般美麗無瑕，卻也讓石治川心生怨恨，小說描述說花瓶表面的亮光，以及五彩花卉圖案，引誘著他，使他全身癢麻麻的。他走向台子，一手抓起花瓶。一股冰涼頓然沁入心窩。刺激、尖銳的刺激。他雙手拿住花瓶頸子，使勁扼緊，恨不得把它捏成粉末。而它卻如此堅牢。看來細膩，卻如此出人意料地堅牢。

馮琳對於石治川的心思全都看在眼裡，最後以話語攻破丈夫因自卑而產生的極大自信，令石治川感到一陣錯愕，相當難堪。

石治川對妻子的報復完全失敗。由花瓶從摔下到完整的落在地上——靈巧的花瓶，逃過堅硬的地板，恰恰落在沙發椅前面的一塊又厚又軟的尼龍地毯中心，它輕快地連翻兩個觔斗，便翻身坐起，頭朝上，屁股朝下，驕傲而完整，絲毫

[86] 同註四六，頁一二五～一二九。

沒受損傷——就像馮琳雖被自己的丈夫中傷，但最後卻毫髮未損地離開了家，一樣驕傲而完整。

在張愛玲的〈傾城之戀〉裡白流蘇受范柳原之邀到香港，船靠了岸後，她才有機會到甲板上看看海景，那是個火辣辣的下午，碼頭上圍列著的巨型廣告牌，紅的、橘紅的、粉紅的、倒映在綠油油的海水裡。

張愛玲透過白流蘇的眼睛所看到的景象呈現香港的繁榮，同時暗示她對不可知的未來的期待。

白先勇在〈金大班的最後一夜〉中對金大班賦予心理描寫，從金大班罵完童經理，走進化妝室後，白先勇進入金大班的意識，帶領讀者用她的口吻說話，用她的眼睛觀察，如此，讀者不但得以從旁觀者的角度看金大班，也能進一步站在金大班的立場，瞭解金大班本人及其處境。

對於金大班這樣一個喜感的人物，以「感官印象」的手法來描摹她的心理是最恰當的。例如，在金大班當舞女的這最後一夜，她從自己將嫁給陳發榮的感觸，想起當年百樂門的丁香美人任黛黛下嫁棉紗大王潘金榮時，她還刻薄人家：

> 我們細丁香好本事，釣到一頭千年大金龜。其實潘老頭兒在她金兆麗身上不知下過多少功夫，花的錢恐怕金山都打得起一座了。那時嫌人家老，又嫌人家有狐臭，才一腳踢給了任黛黛。她曾經對那些姊妹淘誇下海口：我才沒有你們那麼餓嫁，個個去捧塊棺材板。可是那天在臺北碰到任黛黛，坐在他男人開的那個富春樓綢緞莊裡，風風光光，赫然是老闆娘的模樣，一個細丁香發福得兩隻膀子上的肥肉吊到了櫃檯上，搖著柄檀香扇，對她說道：玉觀音，你這位觀音大士還在苦海裡普渡眾生嗎？她還能

說什麼？只得牙癢癢的讓那個刁婦把便宜撈了回去。多走了二十年的遠路，如此下場，也就算不得什麼轟烈了。[87]

接著金大班又想起為了得到陳發榮這個戶頭，她在自己身上所花的心血。急轉直下就又回憶起秦雄，那個每次下船回來，就鬧得她週身發疼的水手。

金大班老實告訴他，她已是四十靠邊的人了，比他大六、七歲呢！那還有精神和他窮糾纏。偏偏秦雄說他從小便沒有娘，他喜歡給人疼的感覺；金大班覺得他待她的那份真也比對親娘還要孝敬，那怕他跑到世界那個角落，總會寄些玩意兒回來給她，而且一個禮拜一封信。

有一次他拿出存摺給她看，他已經存了七萬塊，他要她再等他五年。

五年，我的娘——等他在船上再做五年大副，他就回臺北來，買房子討他做老婆。她對他苦笑了一下，沒有告訴他，她在百樂門走紅的時候，一夜轉出來的檯子錢恐怕還不止那點。五年——再過五年她都好做他的祖奶奶了。[88]

金大班發現座上有一個羞澀的大學生沒有招人伴舞，金大班拉著他跳舞，端詳著紅著臉的他，這感官的觸動，使她不禁想起她所愛的會紅臉的男人。

那晚月如第一次到百樂門去，和她跳舞的時候，羞

[87] 同註七，頁七四。
[88] 同註七，頁七七。

得連頭都不抬起來，臉上一陣又一陣泛著紅暈。當晚她便把他帶回了家裡去，當她發覺他還是一個童男子的時候，她把他的頭緊緊的摟進她懷裡，貼在她赤裸的胸房上，兩行熱淚，突的湧了下來。那時她心中充滿了感激和疼憐，得到了那樣一個羞赧的男人的童貞。一剎那，她覺得她在別的男人身上所受的玷辱和褻瀆，都隨著她的淚水流走了一般。她一向都覺得男人的身體又髒又醜又臭，她和許多男人同過床，每次她都是偏過頭去，把眼睛緊緊閉上的，可是那晚當月如睡熟了以後，她爬了起來，跪在床邊，借著月光，痴痴的看著床上那個赤裸的男人。月光照到了他青白的胸膛和纖秀的腰肢上，她好像頭一次真正看到了一個赤裸的男體一般，那一刻她才了悟原來一個女人對一個男人的肉體，竟也會那樣發狂般的痴戀起來的。當她把滾熱的面腮輕輕的偎貼到月如冰涼的腳背上時，她又禁不住默默的哭泣起來了。[89]

莫泊桑在〈溫泉〉裡以「溫泉」為題寫出在溫泉聖地的人、事、地、物以及溫泉帶給人們的快樂與療效。

小說描述敘述者暢吸著這兒的空氣，用這種空氣陶醉自己，從來沒有，從來沒有什麼更其類乎仙境的東西，震動他的心弦，那是正在開花的葡萄氣味。

作者巧妙地運用「感官印象」──氣味來營造像仙境般的感覺，敘述者陶醉在這種氣味中，震動著他的心弦。

總論以上三種意識流的手法──

[89] 同註七，頁一七九。

在運用「內心獨白」的手法上，力求避免以作者的意識流代替人物的意識流，並且要注重內心獨白與人物性格的聯繫。

在運用「內心分析」的手法上，要注意內外結合，作者應站在主、客觀的角度，隨意進出人物的內心世界。

在運用「感官印象」的手法上，須以小說主題為主，不完全在生理意義上打轉，而是具有生活或社會意義的本質。

（二）性格組合的刻劃

1.性格外部對照方式

這種方式就是中國古典小說中的「用襯」，指在性格對比中來刻劃典型性格。[90]利用性格的衝突來刻劃人物，使人物與人物間的對立性格發生尖銳的衝突時，就加倍強烈地寫出兩個人物的性格。

例如司馬遷在《史記》中避免了庸俗的人物生平概述，而是常常準確地抓住了兩個人物間的矛盾和衝突，展現其優缺點，最明顯的例子是《廉頗藺相如列傳》裡的廉頗和藺相如，以及《管晏列傳》裡的管仲和晏嬰。

在《紅樓夢》第三十四回中，寶玉被賈政痛打，此時可看出寶釵和黛玉兩人因性格上的差異所表現的不同。

寶釵是冷靜地送藥，並勸寶玉：

「早聽人一句話，也不至有今日！別說老太太、太太

[90] 葉朗：《中國小說美學》，台北：里仁書局，一九八七年六月，頁一六八。

> 心疼，就是我們看著，心裡也——」剛說了半句，又忙咽住，不覺眼圈微紅，雙腮帶赤，低頭不語了。[91]

然而黛玉呢？寶玉一見她時「他兩個眼睛腫得桃兒一般，滿面淚光」寶玉嘆了一口氣，寬慰黛玉說，他是故意裝出來很疼的樣子，好像他們去外頭散佈，讓老爺知道。

> 此時黛玉雖不是嚎啕大哭，然越是這等無聲之泣，氣噎喉堵，更覺厲害。聽了寶玉這些話，心中提起萬句言語，要說話時卻不能說得半句，半天方抽抽噎噎的道：「你都改了罷！」[92]

由此可看出寶釵和黛玉兩人與寶玉之間情感層次的差等——寶釵送藥，做的是一般人都可以做到的關心和慰問；而黛玉哭泣，則是一種感同身受的切身之感，她幾乎是把自己和寶玉看成一體了。

曹雪芹塑造寶釵和黛玉這兩個性格對比的角色——前者用一生的時間去謀營終身的幸福；後者則用生命去歌頌感情的謳歌。如果說寶釵代表的是「傳統」的；那麼黛玉所代表的便是「反傳統」的。

寶釵是一個「不敢恨也不敢愛」的人，她的婚姻是母親為她承應的，薛母承應了這樁婚姻，一方面寶釵那不成材的哥哥可以改判誤殺回家，另一方面寶釵的終身大事有了依歸，薛母的心裡也安頓些。

其實寶玉並非寶釵心目中的理想人選，只是賈府少奶奶的高貴「身分」才是她所追求的。因此，儘管她心裡並不十

---

[91] 同註二四，三〇三。
[92] 同註二四，頁三〇五。

分願意；儘管她明知寶玉中意的是黛玉，但在別無選擇的情況下，她還是順了母親所包辦的婚姻。

黛玉則是一個「敢恨不敢愛」的人，儘管寶玉認定對她情有獨鍾，彼此的生命強烈相通，但黛玉因其性格與其所處的環境發生尖銳的衝突，雖然對這份感情的深度一而再，再而三的探測，但總有一份強烈的不安全感。

一直到在第九十一回中寶玉和黛玉「剖心」，黛玉才稍稍「放心」。在其中一大段啞謎式的囫圇語中：寶玉表示只愛黛玉一人，他絕不向環境妥協，一切要自己作主；當黛玉問到，若因疾早夭將如何？寶玉亦堅決地表示「曾經滄海難為水」的忠貞信誓。剖心至此，莫怪黛玉「低頭不語」，這「低頭」與「不語」蘊含了多少的感動與情傷。

人物的動作反應也是性格的表現，人物的一舉一動，都有表現性格的功能，曹雪芹描寫人物的動作都是充分性格化的。

黛玉超越了她所處的時代，她把名利都超然於物外，僅專心致志於自己的感情生活；寶釵則是安份地追隨著她所處的時代，是個最正統派的人物。曹雪芹創造這兩個對比的角色，正是有意表達《紅樓夢》裡所表現的「環境與性格的衝突」。

角色對比的重要性就在於強調人物性格的呈現。口角鋒芒的黛玉——「見一個打趣一個」；心計城府的寶釵——「隨分從時」、「裝愚守拙」、「拿定主意不干己事不開口，一問搖頭三不知」。

在《紅樓夢》裡我們見不到一個性格上真正十全十美的人，然而，也正因為這些人物都不是完人，所以才給我們親切的真實感。

白先勇在〈一把青〉裡塑造「豁達、認命」的師娘，是用來對比朱青的性格的。

郭軫和朱青結婚後，蜜月沒度成，國內的戰事便爆發了。郭軫一早便請求師娘，在他調到東北後，請她多照顧朱青。

那段時間，師娘常陪著朱青，有時教朱青做菜，有時教她織毛衣，有時還教她玩幾張麻將牌，師娘對她說，那玩意兒是萬靈丹，有心事，坐上桌子，紅中白板一混，什麼都忘了。

師娘有時還告訴朱青一些村子人的身世，給朱青機會教育：「她們背後都經過了一番歷練呢。像你後頭那三個原來都是一個小隊裡的人。一個死了託一個，這麼輪下來的。她那些丈夫原先又都是好朋友，對她也算週到了。還有你對過那個徐太太，她先生原是她小叔，徐家兩兄弟都是十三大隊裡的。哥哥歿了，弟弟頂替。原有的幾個孩子，又是叔叔又是爸爸，好久還叫不清楚呢。」[93]

師娘終究影響不了朱青「死心眼」的個性，她依然天天守在村子裡，有時一大群空軍太太上夫子廟去聽那些姑娘們清唱，朱青也不肯跟她們去，她說她怕錯過總部打電話傳來郭軫的消息。

同樣面對丈夫的死亡，朱青是哭得死去活來；師娘卻是相當振作，打從她嫁給偉成那天起，他心裡就已經盤算好以後怎樣去收他的屍骨了，她早知道像偉成他們那種人，是活不過她的。

他們逃離撤退到海南島時，偉成便病歿了，偉成一斷氣，船上水手便用麻包袋將他套起來，和其他幾個病死的人，一齊丟到了海裡。可笑他在天上飛了一輩子，沒有出事，

[93] 同註七，頁三一。

卻在船上硬生生的病故了。師娘眼睜睜的看著水手將偉成的屍體往海裡去，只聽到「砰」一下，人便沒了，她怎麼也沒料到末了連他的屍骨也沒收著。

師娘獨立、達觀的性格是用來和朱青依賴、看不透的性格相對襯的，這種手法突出了人物不同的個性，使各自的特殊性更為明顯。

珍奧斯汀的《理性與感性》寫的是十九世紀英國一對姐妹花的愛情故事。姐姐愛蓮娜性格內斂，理性重於感性，經常壓抑自己對愛情的感覺；妹妹瑪麗安個性衝動而多情，感性重於理性。當她們心儀的男子出現時，兩人對愛情的處理方式，表現了兩極化的個性。

例如：愛蓮娜明明對愛德華有意，卻對瑪麗安說：

在尚未清楚愛德華真正的情感以前，她想自己還是小心點，不要整天胡思亂想輕信妄言，最後發現是錯愛的好；除此之外，還有別的狀況需要考慮。

當自稱愛德華的未婚妻——露西出現時，她也依舊保持理性的態度，甚至當三人碰在一起時，仍舊保持坦然的態度，即使她很喜歡愛德華，就算情敵出現了。她依然保持她的理性，不讓情感操縱她。

而瑪麗安則截然不同，當她遇到魏樂比，感情一發不可收拾。

愛蓮娜對他們的相戀並不覺得意外。唯一只希望他們別太露骨，她有幾次建議瑪麗安要收斂一點。但這不是瑪麗安的作風，她一向就不認為壓抑感情有什麼好的。只要魏樂比在場，瑪麗安的眼中就只剩他一人。有一個晚上的活動是跳舞，他們大約有一半的時間在與對方跳舞，也不跟別人交談。即使眾人因此訕笑不已，他們卻不覺得有什麼好難為情的。

作者塑造了姊妹兩個人物，明顯地比較出兩人性格上的不同，也明白呈現了主題意義。

成功的小說家會善用不同人物之間的性格對照，讓兩個特徵相對應的人物，互相補充，彼此襯托，這種參差對照的手法，不但寫出次要人物的性格，也襯托出主要人物的性格特徵，而使故事變得複雜有趣。

2.性格表裡對照方式

性格的表裡對照，就是性格表象（性格的表面特徵）與性格本質（性格核心）的對照。它有兩種相反的型態：一是外醜的與內美的對照；一是外美與內醜的對照。[94]

首先來看看古今中外小說裡的外醜內美的人物。

雨果筆下的《鐘樓怪人》卡西莫多是巴黎聖母院的敲鐘人，外貌奇醜無比——四面體的鼻子，馬蹄鐵形的嘴巴，左眼上長著濃密如茅草叢的紅眉毛，一個大肉瘤完全遮住右眼，牙齒橫七豎八，東缺一塊，西少一角，賽過城牆垛口，一顆長牙伸出長著厚繭的嘴唇，下巴劈開。大腦袋上散著幾根棕紅色頭髮；兩肩之間拱起一個碩大的駝背，全靠前面的雞胸才維持平衡；大小腿扭曲異常，只有在膝蓋處能合攏，以至從正面看來像兩柄以刀把相接的鐮刀；寬腳板，一雙巨掌——他是個棄兒，平日遭人笑罵。他覺得自己無法與人相處，但他的內心燃燒著對吉普賽女郎愛斯美拉達純真的愛情之火，愛斯美拉達被控告謀殺他的未婚夫——非比斯，因而被判了死刑。

卡西莫多無法用言語表達自己對她的愛慕，只能以行動

[94] 同註一，頁二五〇。

表現出來；他從絞刑架上將愛斯美拉達救下，藏在聖母院之內。當時，聖母院是個聖地，凡是住在裡面的人，法律奈何不得。卡西莫多不願她離開，一個人在聖母院的塔樓上奮戰，以行動來表達他內心的情感。

最後，他見到他的恩人——副主教站在那裡觀看愛斯美拉達上絞刑，露出一絲魔鬼的微笑，才知道原來副主教的為人。副主教的卑劣和殘忍激起了他正義的憤恨，他毅然地將副主教從高處推了下去。

雖然故事最後以悲劇收場，但卡西莫多和愛斯美拉達的靈魂卻永遠相隨。

雖然卡西莫多醜得無法直視，但因為愛情，讓他顯現出真正的美。原來外表的美不是真美，那種散發自內心的美，才會被人所接受，而忽略原有外貌的醜陋。

古華《芙蓉鎮》裡的芙蓉仙子，是共產黨政策新運動下的小業主，但在共產黨一變再變的政策之下，瞬息間，她卻由小業主變成新富農，變成階級敵人和五類份子的黑鬼，被迫接受各類殘酷的批爭。她的一生透過四個男人——丈夫黎桂桂、表哥黎滿庚、谷燕山、秦書田之間，闡述人生真諦，凸顯共產政策下的人民生存的悲哀。

其中谷燕山就是外醜內美的代表人物，小說說他：生得五高五大，一臉連鬢鬍子，眼睛有點鼓，兩頰有橫肉，長相有點兇，剛來時，祇要他雙手一叉，在街當中一站，就嚇得娃娃們四下逃散，甚至嫂子們晚上嚇唬娃娃，也是：「莫哭！胡子大兵來抓人了！」其實他為人並不兇，脾氣也不惡。鎮上的居民習慣了他後，倒覺得他長了副兇神像，卻有一顆菩薩心。

白先勇〈那片血一般紅的杜鵑花〉裡的王雄，他的長相在孩子眼中被稱為「大猩猩」，雖然外表醜陋，但他卻有一顆細膩的心，他把對故鄉童養媳的愛，不求回報的轉移到主人家的小姐身上，並且對下女的嘲弄百般的忍受。我們可看出白先勇有意在王雄不吸引人的外表下，揭示人性的真善美。

張曼娟〈若要落車，請早揚聲〉的男主角阿傑也是一個外型有殘缺，但內心卻是良善的一個人物。

阿傑是一個有著天生畸形唇顎裂的巴士司機，再炎熱的夏天也要戴著口罩上班，免得添加「困擾」，這是當初應徵時，面試的主任就和他約定好的。

菊花是阿傑從小到大的鄰居，只要有人嘲笑他，她便潑辣地替他出頭。她關懷他的生活起居，他也明白她的心意，但他就是無法愛戀她。

清清是個台灣女孩，所以到香港，是為了那些台灣泡沫紅茶店作訓練的，她負責教導每一位店員如何調配各式各樣的茶，並且開發適合香港人的新口味。

清清因為固定時間搭阿傑的巴士，阿傑開始注意她。他為了她學國語，買國語流行歌曲的卡帶。只要她一上車，就為她換上國語歌曲。

有一次，阿傑制止車上吸煙的男乘客，男乘客卻惡意地不理會他，他把車子停在路肩，一時間卻不知該怎麼處理；此時，清清卻走向男乘客，伸手指著禁止吸煙的標誌；阿傑感謝著她大膽地拔刀相助。

阿傑想到他的母親一生都希望彌補，給他一個更接近圓滿的生命狀態。母親不肯屈服，他又怎麼可以放棄聖誕節那天，他決定要加班，希望能載到清清。

在最末一班車，終於載到了清清，但她心情有些悲傷，一直到車上剩下她，她終於流下了淚。

他自作主張把車開到了護城河。她談起她曾向以前的男朋友要求要到香港看夜景，他總說沒空；結果後來卻碰到他帶女朋友來香港過聖誕節。他們開始交心。清清知道了他的苦難童年，要他把口罩脫下來透透氣，她的平常反應，令他感到心安。

之後的五天，阿傑都沒有碰到清清，他開始到處找尋她的下落，此時，菊花從泰國旅行回來，有了新戀情，並勸阿傑要主動些。

回台灣辦事的清清又回到香港後，知道阿傑到處找她，兩人更加確定了這份感情。

至於「外美內醜的對照」，可以讓我們第一個聯想到的是童話故事裡《白雪公主》的後母。

又金庸《笑傲江湖》裡的岳不群也是一個典型人物。

林平之本為「福威鏢局」的少鏢頭，因一本家傳的「辟邪劍譜」，造成武林中人多有貪意，爭相詢問、搶奪，就為探聽到這秘笈的下落，甚至綁走林平之的父母，以求交換，而木高峰也是其中之一，先救林平之，再逼他拜自己為師，以為這樣到時就能把劍譜拿到手，未料林平之死命不肯，木高峰進而相逼，此時岳不群出手插管。

林平之見到岳不群是：一副書生樣，輕袍緩帶，右手搖著摺扇，神情甚是瀟灑，五柳長鬚，面如冠玉，一臉正氣，林平之對他的景仰之情，油然而生。

五嶽劍派嵩山之會欲選出五嶽派掌門，岳不群奪下掌門之位。會後，林平之與岳不群之女岳靈珊在車內談話，任盈盈於車外偷聽。他們說起岳不群陷害令狐沖，林平之如何取得辟邪劍譜、保全性命躲避岳不群的殺招，完全揭露岳不群偽君子的面目。另一個「佐證」是林平之、岳靈珊和二師兄勞德諾的對話，從中可知岳不群的狡奸非一朝一夕所成的，其實是早有預謀的。

由岳不群風度翩翩的出場，和後來眾人對他的評價可以明顯的比對出人物的「外美內醜」。

此外，我們更是容易從中國古典小說中找到例子——長得俊秀、風度翩翩的負心漢公子哥。

3.性格內部對照方式

任何一個人，不管他的性格多麼複雜，都是相反的兩個極端所構成的。

白先勇筆下的金大班有著「孤傲自大，爭強好勝」的性格；但是在金大班的性格內層，又富有極強的同情心，她把舞場經理要趕出去的新舞孃朱鳳給包攬過來，金大班把舞場裡的十八般武藝一一傳授給她，還百般替她拉攏客人，使朱鳳成為一個紅舞女。誰知朱鳳對客人動了真心，給人睡大了肚子，金大班把她臭罵一頓後，就毫無考慮地脫下手上一隻一克拉半的大鑽戒送給朱鳳，要她離開舞廳，好好安排自己和孩子的生活。

〈悶雷〉裡的福生嫂就是因為正反兩極的性格衝擊，讓她陷入痛苦的深淵——在她生日那天，就在劉英隱約對她表達愛意的關鍵時刻，她退縮了，她本可抓住眼前期待很久的幸福，但傳統禮教的束縛，在她的性格裡已根深蒂固，「正極」戰勝了「反極」，她還是無法擺脫她那無能又不知體貼的丈夫。

人物的性格是在不斷的運動當中，所以人物的性格結構中相反兩極的各種元素，也會隨著空間或時間的改變，而有所變化。

張愛玲〈紅玫瑰與白玫瑰〉裡的振保的生命裡有兩個女人就像是相反的兩極糾結著他，一個是他的白玫瑰，聖潔的妻子；另一個是紅玫瑰，熱烈的情婦。

> 也許每一個男子都有過這樣的兩個女人，至少兩個。娶了紅玫瑰，久而久之，紅的變了牆上的一抹蚊子血，白的還是『床前明月光』；娶了白玫瑰，白的便是衣服上沾的一粒飯黏子，紅的卻是心口上一顆硃砂痣。[95]

某一年裡，振保儲了幾個錢，到歐洲旅行，道經巴黎，邂逅一名在黑蕾絲紗底下著紅內衣的女子，立刻引起心底的欲望，但與她交歡後竟覺得是自己的一個羞恥經驗，因那名女子始終對他不放心，他在她身上花了錢，卻無法做那名女子的主人，從那天起振保就下定決心要創造一個『對』的世界，也因此帶出振保內心正、反的性格。

在現實中，適合他的是一位聽話、順從、不愛交際的女人；然而在他心底渴望的卻是狂熱的，放浪的、娶不得的女人。此時，有一名女子，她是朋友士洪的老婆王嬌蕊，在士洪出國的兩個月內，振保確切的清楚知道愛上了她，然而，正當這樣的愛情降臨時，振保卻拒絕了。

> 振保對著嬌蕊說道：「嬌蕊，你要是真愛我，就不能不替我想，我不能叫我母親傷心，她的看法同我們不同，但是我不能不顧到她的感受，她就只依靠我一個人。社會是不會原諒我的——士洪到底是我的朋友…」[96]

---

[95] 同註八一，頁五二。
[96] 同註八一，頁八二。

之後，振保娶了孟煙鸝，相處一段時間後，振保對於一切漸漸習慣，她變成一個很乏味的女人，連『最好的戶內運動』也不喜歡。

> 振保這時候開始宿娼，……它比較喜歡黑一點胖一點的，他所要的是豐肥的屈辱。這對於嬌蕊是一種報復，但他自己並不肯這樣想，如果這樣想，他立刻譴責自己，認為是褻瀆了過去的回憶……。[97]

幾年後因緣際會，振保遇見了成為中年婦女的嬌蕊，雖然往昔的風采不再，但卻仍勾起了自己埋藏的盪漾。振保「抬起頭，在公共汽車司機人座右突出的小鏡子裡看見他自己的臉，很平靜，但是因為車身的搖動，鏡子裡的臉也跟著顫抖不定，非常奇異的一種心平氣和的顫抖，像有人輕輕在他臉上推拿似的。忽然，他的臉真的抖了起來，在鏡子裡他看見他的眼淚滔滔的流下來，為什麼，他也不知道。在這一類的會晤裡，如果必須有人哭泣，那應當是她，這完全不對，然而他竟不能止住自己。」[98]

後來振保發現一向順從的妻子竟和裁縫師有了關係，振保內心交戰著，又恢復了宿妓生活，且更變本加厲。小說寫著：有天振保回到家後，終於忍不住現實的無法滿足與妻子的背德，拿起檯燈與熱水瓶往煙鸝身上砸，之後振保坐在床沿看了許久，他嘆了一口氣，覺得往日善良的空氣一點一點偷著走進來，包圍他，無數的煩憂與責任如蚊子般一同嗡嗡飛繞，叮他，吮吸他。第二天下床，振改過自新，又變成好人。

也許，在現實的世界，振保的正極是妻子，但是在他內

---

[97] 同註八一，頁八四。
[98] 同註八一，頁八七。

心最原始的正極是那個熱烈的，得不到的紅玫瑰，在心裡永遠存在著原始欲望與現實辯駁的血液。

杜修蘭《逆女》的主角——天使，出身於外省老兵與本省婦人結褵的家庭中，隨著家中經濟權力的轉移，父親不再擁有一般家庭的傳統地位。

父親的沉默猥瑣兼內心隱藏愧疚，對照出母親的氣焰逼人。家庭成員中出現了派系；大兒子支持且了解母親，天使無可選擇，站在父親那邊，與母親的囂張跋扈不斷的冷戰，小兒子只好採取中立，不相聞問的淡漠態度。

天使在這畸形的家庭中慢慢察覺到自己與生俱來的特性，一種不被祝福的情慾，對於同性的愛使她恐懼。她有過純真的愛戀，與一個名叫清清的女孩，即使在歡愉的時刻，她仍舊驚恐不能長久，然而，她的疑慮是正確的，戀情被撞破，清清殉情而死，留下天使向命運臣服。

後天的成長的環境加上先天的同性愛戀，使得天使養成了向命運屈服的習慣，可事實上，她又不完全臣服，她承認了自己家庭的悲哀，卻又不甘為俘，便興起逃離的念頭；逃出這個家、逃出女兒的身分、逃出命運的枷鎖。她也終於能面對自己是同性戀的事實，且展開不斷的追逐，追逐女人、追逐性愛、追逐愛與家的歸屬感，她在美琦身邊暫時安定下來，卻又因為從小對愛的不確定而縱橫慾海，但不論天使如何不忠，美琦對於她總是不斷的包容，而這也確定了她倆的感情。

離開家後的天使，仍舊無法逃脫家庭，生養她的母親就像永生的魔咒糾纏不休，天使遂利用父母之間的矛盾、安排父親回大陸探親，甚至定居。

天使以此作為對母親的報復，報復母親對她的無理責難，報復母親對父親的輕視折磨。

在母親瘋狂的作為下，天使進行了最大的賭注與報復；鼓勵並資助父親回大陸定居。她使出渾身解數勸老爸回大陸定居。她對爸爸說，媽媽不會讓你回家住的，她也不准所有的小孩跟你來往，你不是說大陸上的那個女兒很孝順你嗎？回大陸去好啦！那個唐伯伯不也回去了嗎？還蓋了房子，花很少的台幣就可以請個傭人，伺候得舒舒服服的。

母親的瘋狂作為越演越烈；不斷寫信給任何人，在信中署名為被丁天使棄之不顧的可憐母親，內容說她協助父親與大陸孫女通姦，藏匿大陸偷渡人口，更逼得母親自殺。天使忍無可忍，遂又下決心說服爸爸。

老爸決定了行程日期，天使又背叛了媽媽一次，計謀完成，寒意陣陣從腳底冒起，心臟怦怦得激烈跳起，她興奮得痛苦起來，竟沒有了卻心願的輕鬆。

病後，她越來越覺得她其實是了解母親的痛苦的，但她假裝不明白，甚至有意縱容媽媽暴烈的言行，我們是對手也是同謀，一起讓破敗的家走向不可挽回的毀滅深淵。

後來，天使病重住院後，小弟天明來看她，兩人談到破碎的家庭及近乎變態的母親，也許是重病讓她心軟，甚至是她對於母親的報復，對她來說本來就是矛盾的。她終於看出了家的另一種內涵：彼此折磨、至死方休，同時也對母親產生後悔與原諒之心。

在天使最後一次回家，卻和母親擦身而過，她的心境是：她終於回頭，想再次看媽的身影，再次記憶她的容顏，圍觀的人群阻攔她最後一瞥，車漸行漸遠……雜貨店的招牌從模糊而終至成一個黑點。

時間的利刃霎時劃開她圍裹全身的保護層，她睜開眼，第一次正視她全身上下大大小小的裂口，裡面正化著膿，原來它們從未痊癒過，只是她已習慣了生活在持續不斷的痛苦之中，在苦海裡自以為是的泅游為樂。

她終於明白了，為何她還要再回來，那一直緊緊抓住她的是什麼。是那些從小媽媽對她不停的冷戰，那些不自覺泛起的齷齪感受，以及那種被遺棄的孤獨無助與憂傷悲涼。

原來根本上她是一個絕對戀家的人，因為太愛它，它的傷害更讓她心碎，她終於絕望地離開家，卻始終沒能擺脫它的陰霾，而她這麼些年來沒能離開美琦，是因為她也是讓她認同的家人，美琦其實不笨，她營造佈置了個家來死死拴住她的心，玩累了，受挫了，她終歸是要回家的。

就內部性格的對照來看，即使天使在對母親劇烈的報復中，她的心理也是矛盾且具後悔的。但在她心中最重要的矛盾，是在於對母親的感受：瞭解、怨恨、無奈卻又同情，想要挽回又不甘心失去了愛的能力，這種矛盾才是最深入而又最劇烈的。

施耐庵《水滸傳》裡〈魯提轄拳打鎮關西〉的魯達在渭州一家茶坊首次登場，他請人喝酒，路上碰到耍槍棒賣膏藥的師父，便順道邀他一起去喝酒，但他卻說要收了錢再走，魯達個性焦躁，把一旁看耍棍的人都趕走了，師父看了只得陪笑道：「好性急的人！」這裡用一個事件寫出魯達的急性子。

到了酒樓喝酒，魯達聽見隔壁房間裡有哭泣聲，又焦躁了起來，把碗盤全丟在樓板上。一問之下才知道，原來有父女二人，來這裡投親不著，女兒被「鎮關西」鄭大官人硬要抓去作妾，寫了三千貫文書，虛錢實契。不到三個月，女兒被大娘子趕出來，鄭大官人又要追回原來的契典身錢三千貫。父女因而在酒樓賣唱，賺錢歸還。但這兩天酒客稀少，已經過了還錢的期限，怕受羞辱，因此啼哭。

魯達詳細追問他們的姓名、住所，「鎮關西」的鄭大官人是誰？住在哪裡？從此處卻又看出他毫不急躁，粗中帶細，以及助人的用心。

當他得知鄭大官人就是狀元橋下賣肉的鄭屠之後，魯達將身上的十五兩銀子留給那對父女，回到房裡，晚飯也沒吃，便氣憤地睡了。由此更進一步看出他的古道熱腸。

魯達找到了鄭屠，故意找個切肉的目名來消遣他，在衝突發生後，才三拳就打死了鄭屠。

作者利用事件的進展，呈現人物的性格。

王文興《家變》的主角范曄的父親在無預警的情形下，離家出走，而范曄在母親告知父親不見的時候，竟很不耐煩地對母親冷冷的說聲「聽到了，出去！」

范曄從小極崇拜父親，漸長後，見識愈多，對父親卻有了近似仇恨的蔑視；但在現實中，對於父親的失蹤，他除了花一個月的時間環繞台灣一周的尋找外，還持續地在報上刊登尋人啟事，回想起從童年到近來的種種一切，兒時生病的他、迷信的母親、貧困的環境、家裡的爭吵，到後來父親退休後的點點滴滴，都穿插在范曄的生活中。過了好些年，父親仍然下落不明，但范曄和母親的生活似乎比從前還要更加愉快些。

> 范曄在父親退休後，似乎崩潰的在日記上忿怒地劃塗道：「家！家是什麼？家大概是世界上最不合理的一種制度！牠也是最最殘忍，最不人道不過的一種組織！……在他們說來好像都是我在虐待他們，我常常發脾氣，事實上其實應該視作他們虐待了我才是對的。」
>
> 「在今天台灣的社會上家庭中其所以互相無法藹然相處的原因，以我的觀察所得來看至少抓得出兩

個原因：一、這兒的房子太小，住在一家人的人相相互互妨礙，沒有辦法達到眼不見為淨的地步。……二、今天一大部份家庭裡面的問題出在我們這些當兒晚的人沒有辦法去嚴格懲罰我們自個兒的父母，不能夠狠打他們一陣。……」[99]

然而在范曄心裡卻有著極度的懊悔，心中對他父親感到強烈的歉疚。他覺得實在對不起父親，他一向凶惡地對待他，實在太凶暴了一點。如不准父親吃飯，懲罰父親關在房裡三天不能出來…等等。

范曄在夜晚時總是想到了父親的優點，尊高的品德，性情純良，又同情父親幼時喪母，前妻去世，兩個兒子都不在身旁；范曄總在最後入睡前想著，一定要徹底改過他對待父親的不人道的態度。但是像這樣的半夜咎悔已不知道幾回了，每一次他最多只能維持個一兩日罷了，對父親的愛與憎恨，在范曄的心中不斷地重覆出現、輪替。

老舍《駱駝祥子》裡的拉車伕祥子單純而努力地朝著自己的理想邁進，年輕的他想擁有屬於自己的一輛車，省吃儉用地過了三年，存了一百元，終於買下了生平的第一輛車，意氣風發地拉了沒多久，就聽到戰爭的消息。

有一回祥子載了個客人出城，還沒到便道，竟被十來個兵捉了去，除了被揍一頓外，車子和衣服都被奪走了，後來祥子找到機會拉了三匹駱駝逃了，在途中賣了卅五元，又重新開始他的拉車生活。

車廠的虎妞，長得又老又醜，和男人一樣，連罵人也有男人的爽快。她喜歡祥子這個傻大個兒。

---

[99] 王文興：《家變》，台北：洪範書店，一九八七年十一月，頁一八一～一八三。

祥子到楊家拉車，拉了四天，受不了罵、亂、吵，種種的不慣，心裡真是涼到底了，索了四天的工錢，他走回車廠。

失意的祥子遇到了特別打扮的虎妞，被虎妞哄著吃肉喝酒，在屋內滅了燈之後，一切都變得不同了。

後來虎妞難產，連著孩子一同死了，祥子賣了車，葬了虎妞，經歷了人生的起起落落，極度的快樂，極度的失望。終末的祥子，煙酒成了他的朋友，也開始去騙錢花，一得錢馬上又去買煙酒，人也變得懶了，還為了錢，出賣朋友，他再也不為任何人犧牲什麼。

> 祥子對於虎妞就有著兩種不同的想法，他想娶的是一清二白的姑娘，但虎妞不是，現在……想起虎妞，設若當個朋友看，她確是不錯；當個娘們看，她醜，老，厲害，不要臉！就是想起搶去他的車，而且幾乎要了他的命的那些大兵，也沒有像想起她這麼可恨可厭！她把他由鄉間帶來的那點清涼勁兒毀盡了，他現在成了個偷娘們的人！
> 奇怪的是，他越想躲避她，同時也越想遇到她，天越黑，這個想頭越來得厲害。一種明知不妥，而很願試試的大膽與迷惑緊緊的捉住他的心，就像小的時候去用竿子捅馬蜂窩，就是這樣，害怕，可是心中跳著要去試試，像有什麼邪氣催著自己似的。[100]

祥子的心裡所喜歡的是像鄰居小福子那般的女孩子，至少長得不難看；但祥子遇到的是虎妞，他自同她發生關係後，生理需求就大大壓抑了他的理智，他不喜歡虎妞，但是

[100] 老舍：《駱駝祥子》，台北：天龍書局，一九八八年十月，頁五四～五五。

某一方面他卻是需要她的，在理智與情慾間，他掙扎著。

芥川龍之介的〈羅生門〉裡那個被主人解僱，對未來不知去向的僕人也是在內心的兩極對照中掙扎。

僕人在羅生門下躲雨時，一直想著到底是要在路邊餓死呢？還是去做盜賊活命？

羅生門的二樓是停放無人認領的屍首的地方，僕人想可以在那個地方睡覺。就在他走上樓梯時發現已經有人在上面，是一位老太婆，她正在拔死人的頭髮，原本陣陣傳來死屍的惡臭，已經被老太婆這樣的舉動所帶來的憎惡感所取代。

僕人憎惡老太婆在此風雨交加的夜晚在羅生門拔著死人的頭髮，他上前將老太婆抓住，問她為什麼要拔死人頭髮。老太婆表示拔死人的頭髮可以拿去做假髮賣錢。老太婆覺得她這麼做沒什麼不對，因為這些人生前也並非都是好人。就拿她現在正在拔頭髮的這個女人來說，她生前總是把蛇切成四段曬成乾，然後充當成魚乾，帶到軍營賣給武士。不知情的武士還稱讚她的魚乾很好吃，天天買魚乾配飯吃呢！要不是因為生病死了，她現在一定還做這種生意。但她也並不認為這個女人生前做的事情有什麼不好，要是不這麼做，那就只有餓死這條路可走。所以，她現在這麼做也不算是壞事，都是為了能活下去，是身不由己的啊！她認為那個女人大概也會原諒她對她所做的事。

僕人聽了老太婆說的話之後，心中突然生起一股勇氣，這個勇氣是剛才在城門時所欠缺的，而且與剛才抓住老太婆時那股嫉惡如仇的正義感迥然不同。僕人不再為了要餓死路邊，還是要去當盜賊而猶豫不決。

僕人等老婆婆的話一說完，他以極不屑的語氣低聲反問：「那麼，如果我脫下你的衣服，你應該也不會恨我吧！

因為如果我不這麼做的話，一定也只有死路一條。」

僕人快速地脫下老太婆的衣服，將老太婆推倒，迅速地衝出樓梯口，在黑夜中消失於羅生門。

僕人原本是一位心地善良有正義感的人，在看見老太婆的作為，和聽了老太婆所說的話後，原本的正義感被現實環境所產生的邪惡所戰勝，最後決定當一位盜賊藉此賴以活命。

這幾篇小說都能寫出人物內心底層仙子與魔鬼的交戰，那是一種雙重矛盾性格的交戰。

三、情節設計法

在小說中情節（plot）指的是作者有意識地挑選和安排的相互有關的行動的結構。佛斯特（E. M. Forster）說：「情節也是事件的敘述，但重點在因果（Causality）。」[101] 而製造那些「因果關係」的主角，就是置身於「衝突」之中的「人物」。

人與人之間的矛盾和衝突的糾葛，造成事件的發生，所以說，人物造成情節，人物與情節之間的關係是非常密切的。人物如果沒有骨血，情節就像無源之水。一篇小說的優劣，主要決定在人物，但情節設計得不好，人物也無法豐滿。

人物如果沒有塑造好，情節的前因後果就容易交代不清，那麼當然無法全面表現人物的命運。

余華為其小說《活著》設計了這樣一個情節：福貴本是少爺，在荒唐的生活後，敗盡家產，把一百多畝的土地全賭

[101] 佛斯特著，李文彬譯：《小說面面觀》，台北：志文出版社，一九八〇年十二月，頁七五。

輸了，開始過著貧窮人的生活。孰料後來因禍得福，在中國大陸土地改革時，將地主的土地沒收，也將地主判為黑五類，福貴因此免於一死。

優秀的小說必得在情節中包含有「轉變」的因素。

白先勇在〈寂寞的十七歲〉中在楊雲峰身上所設計的情節，就是要製造他性格「轉變」的因素。

皮膚白皙的楊雲峰好不容易得到班長的友誼，便幾乎和班長形影不離，連上廁所也跟著他，幾個惡作劇的同學常在他的書本寫上「楊雲峰小姐」、「楊雲峰妹妹」。幾次避開楊雲峰的班長，終於老實告訴楊雲峰，他們交往太密了，班上同學把他們講得很難聽。楊雲峰又開始寂寞了，當和尚的念頭又在他腦中盤旋。

大考之前，楊雲峰到學校唸書，誰知班上的唐愛麗正在教室裡等不到約好的男生，她把大衣解開，開始挑逗楊雲峰，楊雲峰嚇得跑出教室。後來，楊雲峰寫了一封信向她道歉，說他很寂寞，要和她作朋友。隔天，唐愛麗把信公開，釘在黑板上，楊雲峰受到大家的嘲笑，沒有參加考試就離開學校了。

逃學兩天後，父親氣急敗壞的告訴楊雲峰，說他找過校長了，明天一定要參加結業式，下學期開學前讓他補考。楊雲峰心情糟透了，他逛到新公園，一個男人向他借火，兩人聊了起來，男人脫下雨衣給楊雲峰禦寒，之後突然男人捧起楊雲峰的手，放到嘴邊用力親起來。楊雲峰逃出了新公園，蕩到小南門時，趴到鐵軌上，就在一輛火車差點壓到他身上時，他滾到路邊，嚇得一身冷汗，跑回了家。

小說結尾白先勇只說楊雲峰打定主意再也不回學校了，白先勇沒有交代楊雲峰是否參加了結業式，他把結局留給讀者自己去想，但可確定的是，楊雲峰在經歷了以上三個情節設計後，必定在性格上會有所「轉變」。

「轉變」是小說的關鍵，人物有所轉變的情節，往往就是好的情節，換言之，人物在故事結束後，成為一個和故事開端不同的人物，那就表示作者已妥當地安排事件的發生，而使人物遭歷了種種的經驗。

情節是小說中不可或缺的要素，也是故事要引人入勝的必需品，而情節與人物息息相關，因為人物造成情節，而情節也就是因果關係，因果的過程轉變故事中人物的個性，一部好的小說必定會有轉變的因素，情節設計多半是用來轉變故事中人物的個性。

在這裡再舉幾個例子來說明什麼是情節設計。

張愛玲的《半生緣》描寫曼楨和世鈞兩人的愛情故事,他倆原本該是一對人人稱羨的佳偶；但曼楨的姐夫趁著酒意跟曼楨的姐姐表明他對曼楨的愛意，雖然曼楨的姐姐在當時很生氣地拒絕了，但後來竟天真的以為丈夫只要娶了曼楨就不會再拈花惹草，於是答應用計讓曼楨失身於她的丈夫。曼楨失身於她的姐夫後，又懷了小孩，自覺配不上世鈞，世鈞以為她愛上了別人：曼楨嫁給姐夫，世鈞也娶了他的表妹，兩人過著沒有交集的生活：事隔多年，兩人巧遇街頭，發現彼此還是深愛對方，但人事全非，過去已不堪回首。

張愛玲在小說中讓姐姐和姐夫陷害曼楨所設的計，還有世鈞陰錯陽差地因為他人轉述的話而以為曼楨另有所屬，都是屬於情節設計。

黃春明〈兒子的大玩偶〉裡的坤樹從事廣告人的工作，必須在臉上著上鮮豔的油彩，活像個特技團的小丑，但為了養家糊口，不得不為了現實而低頭。稚齡的兒子因為總是習慣父親小丑般的裝束，後來，坤樹換了工作，不必再扮小丑，可是兒子卻因為不認識卸下濃妝的爸爸而嚎啕大哭，不願意讓他抱。小說末尾把坤樹的痛苦、矛盾與期望等心理狀態刻劃得更加極致。

村上春樹的《挪威的森林》裡的 KIZUKI 的死亡造成了直子個性的轉變，KIZUKI 原本是直子的男友，後來在他高二的時候突然自殺身亡，這件事情帶給直子很大的衝擊，也造成她日後多愁善感、憂鬱的個性，甚至後來直子的情緒徹底崩潰，也走上自殺一途。故事中的直子原本是一個乖巧文靜的女生，但是男友不明原因的自殺，造成她的個性轉變，由此可見情節跟人物之間密切的關係。

又如馬奎斯的《百年孤寂》故事裡的三個女人——莉比卡、亞瑪蘭塔以及美美，一個是丈夫被槍殺，一個是心上人與自己的姊姊結婚，另一個和愛人門不當戶不對而遭到強力反對。原本三個人擁有不同的個性，但在愛情不圓滿的情節設計之下，都變得陰沉、孤僻、不多話，美美甚至在愛人遭母親派人暗殺之後，就再也沒有開口說過話。

從這裡我們也可以看出小說中情節對人物的影響，愛情的不圓滿即是故事中人物個性轉變的因素，藉由情節設計使劇情更具有張力，這種轉變也是小說的關鍵，由此可知情節設計在小說中的重要性。

張曼娟的〈陽光以外〉裡的吳悅昭，是老闆的外遇對象。偶然在住所附近的餛飩麵攤，認識一個男子，漸漸產生情愫，一起偷偷去旅行；甚至男子說自己遇到困難，需要金錢，悅昭拿出身邊所有財產。直到有天，老闆之妻約悅昭和老闆，三人要對質，未料老闆之妻是要掀悅昭底牌，老闆憤而離去，此時悅昭始知讓自己願意付出一切的男子，竟是老闆之妻的弟弟。原欲自殺卻未成，後來，她的心境漸轉為沉靜而純真，也原諒那男子了。

又在《海水正藍》中張曼娟安排碧紋是一個兒童故事的

專欄作家，她的故事都是為了她親愛的外甥——小彤而寫，但小彤的父母，也就是碧紋的大姐和姐夫，卻因為個性不合而離婚，結果小彤和妹妹雪雪的監護權歸姐夫，大姐則遠赴澳洲拓展新事業；姐夫請來一位阿姨來照顧他們的生活，但小彤顯然不喜歡這位阿姨，一度逃家想要投靠小阿姨碧紋，卻被父親硬生生地抓回去。

碧紋曾向小彤說起一個故事——來寶的爸爸是個漁夫，可是有一年，海裡突然捉不到魚了，來寶的爸媽很難過，因為他們每個月都要送一條大魚給國王，如果沒有魚，國王就要把他們統統殺掉。來寶擔心爸媽被殺掉，所以跑到海邊求海龍王賜給他們一條魚。來寶在海邊遇見一位老爺爺，他告訴來寶，因為海龍王的兒子死了，海龍王很傷心，就不願意送魚給人們了。老爺爺問來寶願不願意去當海龍王的兒子，那麼海龍王一高興就又會送大魚給人們了。來寶為了救他的爸媽，就答應讓老爺爺帶他去當海龍王的兒子。果然，來寶的爸媽捉到了很多大魚，可是他們卻不快樂，媽媽也因為想念來寶生病了。海龍王很同情他們，就讓來寶回家去看他爸媽。媽媽的病好了，也不願意來寶再離開她；可是，海龍王也想念來寶，所以老爺爺就想了一個辦法，讓來寶在兩個地方各住一個月，皆大歡喜。

小彤聽完來寶的故事，思念起遠方的母親，小彤問起：如果我死了，是不是可以到我想去的地方？可以看到我想看的人？小彤以為只要死掉了就可以看見媽媽。

後來，在一個風雨交加的夜晚，小彤失蹤了，他偷偷帶走外公家的狗莉莉，消失在黑暗裡，直到隔天早上，莉莉負傷回來，大家才依線索在海邊找到小彤——一具冰冷的屍體。

張曼娟藉由碧紋的口說了來寶的故事，便是一個關鍵性的情節設計。

白先勇的〈一把青〉以第一人稱敘事手法描寫，敘述者是一位空軍軍官的妻子，人稱師娘的角色，她看著朱青認識郭軫、嫁給郭軫，到朱青喪夫。之後因為中國的時局動盪，師娘輾轉來到了台灣之後又巧遇朱青，見到朱青三百六十度的大轉變。

一開始師娘認識朱青，是郭軫帶朱青到師娘家吃飯的時候，那時候的朱青，在師娘眼中是：

> 原來朱青卻是一個十八、九歲頗為單瘦的黃花閨女，來做客還穿著一身半新舊直統子的藍布長衫，襟上掖了一塊白綢子手絹兒。頭髮也沒有燙，抿的整整齊齊的垂在耳後。腳上穿了一雙帶絆的黑皮鞋，一雙白色的短統襪子倒是乾乾淨淨的。我打量了她一下，發覺她的身段還未出挑得週全，略略扁平，面皮還泛著些青白。可是她的眉間卻蘊著一脈令人見之忘俗的水秀，見了我一逕半低著頭，靦靦腆腆，很有一股教人疼憐的怯態。一頓飯下來，我怎麼逗她，她都不大答的上腔來，一味含糊的應著。[102]

可見得朱青是個乖巧靈秀，而且蠻內向的女孩。

然而，當朱青接到丈夫墜機身亡的消息時——

> 朱青歪倒在一張靠椅上，左右一邊一個女人揪住她的膀子，把她緊緊按住，她的頭上紮了一條白毛巾，毛巾上紅殷殷的沁著巴掌大一塊血跡。我一進

[102] 同註七，頁二七。

> 去，裡面的人便七嘴八舌告訴我：朱青剛才一得到消息，便抱了郭軫一套制服，往村外跑去，一邊跑一邊嚎哭，口口聲聲要去找郭軫。有人攔她，她便亂踢亂打，剛跑出村口，便一頭撞在一根鐵電線桿上，額頭上碰了一個大洞，剛才抬回來，連聲音都沒有了。[103]

朱青的用情之深以及死心眼，在這裡表露無遺。

後來戰亂，師娘逃到台北。過了很長一段時間之後，在空軍新生社的一次活動上再次遇到朱青，朱青在台上唱著白光的東山一把青，師娘完全沒認出那女人就是當年的朱青，反倒是朱青笑吟吟地叫著師娘。

過了幾日，朱青接師娘到她的公寓打幾圈麻將，那時的朱青已經是大大地不同於當年在南京的朱青了——她穿了一身布袋裝，身上披了一件紅毛衣，袖管子甩蕩甩蕩的，兩筒膀子卻露在外面。腰身變得異常豐圓起來，皮色也細緻多了，臉上畫得十分入時。

朱青的身邊跟著一個叫做小顧的二十出頭的年輕小空軍，朱青對他非常地好。在師娘遇見朱青的三四個月後，從別人口中得知小顧墜機身亡的消息，便急忙趕到朱青的住處，以為她還會像上一次失去丈夫時那樣，哭得來死去活來，結果見到的居然出乎她意料：

> 「師娘、老闆娘，你們進來呀，門沒有閂上呢。」
> 我們推開門，走上她客廳裡，卻看見原來朱青正坐在窗台上，穿了一身粉紅色的綢睡衣，捲起了褲管

---

[103] 同註七，頁三五。

蹺起腳，在腳趾甲上塗蔻丹，一頭的髮捲子也沒有卸下來。她見了我們抬起頭笑道：

「我早就看見你們兩個了，指甲油沒乾，不好穿鞋子走出去開門，叫你們好等——你們來得正好，晌午我才燉了一大鍋糖醋蹄子，正愁沒人來吃。回頭對門余奶奶來還毛線針，我們四個人正好湊一桌麻將。」[104]

我們能夠透過作者的情節安排見到朱青的性格變化。這時候的朱青，和在南京的時候遭遇了喪夫之痛的朱青成了兩個截然不同的對比。

張愛玲的〈紅玫瑰與白玫瑰〉敘述了振保生命中兩個重要的女人：紅玫瑰——嬌蕊與白玫瑰——煙鸝，這兩個女人便是很明顯的對比角色。

嬌蕊原是振保朋友王士洪的妻子，振保因故借住士洪家，在士洪出國的期間卻和嬌蕊曖昧不清起來。

嬌蕊是一個不拘小節，性感誘惑的女人，從振保和弟弟篤保第一次和嬌蕊見面時，就可看出。振保兄弟和她初次見面，她做主人的並不曾換件衣服下桌子吃飯，依然穿著浴衣，頭上頭髮沒有乾透，胡亂纏了一條白毛巾，毛巾底下間或滴下水來，亮晶晶綴在眉心。她不拘束的程度，非但一向在鄉間的篤保深以為異，便是振保也覺新奇。席上她問長問短，十分周到，雖然看得出她是個不善於治家的人，但應酬功夫相當不錯。

另外在穿著方面，也可以看出嬌蕊熱烈的性情。那次是士洪剛出國，篤保也還尚未回來，振保看見在客廳裡的嬌蕊

---

[104] 同註七，頁四七。

——穿著一件曳地的長袍，是最鮮辣的潮濕的綠色。她略略移動一步，彷彿她剛才所佔有的空氣上便留著個「綠」似的。衣服似乎是做得太小了，兩邊迸開一吋半的裂縫，用綠緞帶十字交叉一路絡了起來，露出裡面深粉紅的襯裙，那過分刺眼的色調是使人看久了要患色盲症的。也只有她能夠若無其事地穿著這樣的衣服。

振保和嬌蕊很快地陷入熱戀，但在同時，振保知道這樣的感情不是長久的，而嬌蕊卻一直堅持著對甜美愛情的夢想，她一直在計劃如何告訴士洪離婚的事；相對地，振保卻「無言」了，如此，更襯出嬌蕊敢愛敢恨的行動派個性。

而白玫瑰——煙鸝，給振保的印象則是「白」，無限的純白，他認為嬌蕊就像火一樣，容易被灼傷，在結婚伴侶的選擇上，他選中了煙鸝，這是母親託人介紹的女孩。

在穿著和外型上，煙鸝和嬌蕊有著明顯的不同，振保和煙鸝第一次見面時，煙鸝立在玻璃門邊，穿著灰底橙紅條子的綢衫，可是給人的第一印象是籠統的白。她細高身量，一直線下去，僅在有無間的一點波折是在那幼小的乳的尖端、和那突出的胯骨上。風迎面吹來，衣裳朝後飛著，越顯得人的單薄。臉生得寬柔秀麗。可是，還是單只覺得白。

婚後，煙鸝生活的單純，以及振保對她日漸生厭的態度，都讓煙鸝在家中更無地位，之後婆婆對她也失去了喜愛，煙鸝委屈地向其他人抱怨，卻換來更多的寂寞和孤單，另外關於振保的放蕩，煙鸝總有一套自我的解釋，說他有許多推不掉的應酬。她再也不承認這與她有關。她固執地向自己解釋，到後來，他的放浪漸漸顯著到瞞不了人的程度，她又向人解釋，微笑著，忠心地為他掩飾。

煙鸝的自欺欺人、鴕鳥心態，和嬌蕊的敢愛敢恨、率真勇敢是不同的，也因此在振保心中，煙鸝的存在讓他更加懊悔自己當初的「正經」，而放棄嬌蕊。在這篇小說中，煙鸝像是用來襯托嬌蕊的——利用大片的白玫瑰來烘托出紅玫瑰的鮮明動人風采。

泰戈爾《眼中沙》裡的莫欣與阿莎結婚後，一直努力地隔絕一切會困擾阿莎的事物，讓阿莎的世界裡只有愛情、文學和音樂。

但隨著比諾迪妮——阿莎的朋友、媽媽的遠方姪女——的到來，他們的世界便出現了裂縫。莫欣無從抗拒地被比諾迪妮吸引，但理智告訴他不可以傷害純真的阿莎。直到有一天，他發現比諾迪妮是自己年少時意氣用事悔婚的對象時，他的理智徹底瓦解，一個充滿魔性與神性的女孩，竟一度可能是他的妻子！他無可救藥地愛上比諾迪妮，以至於婚姻正式宣佈遇到危機。

琦君的〈爸爸，好人〉裡的主角是一位監獄裡的法醫師，他負責醫治監獄裡受刑人的病，即使是一位即將接受死刑的犯人，在犯人受病時，他仍要救活犯人，然後再讓他去接受死刑。

這時法醫又接到一封緊急密件，這是一個叫魏朋的人，因妻子出軌，他殺了妻、又焚毀屍體，終於要接受槍決了。這個犯人患有嚴重的心臟病，而法醫已經救他很多次了。

當法醫的妻子抱著魏朋兩歲的兒子——小元元餵飯時，法醫望著他張大了紅紅的小嘴，一口一口吃得好開心，白胖的小手在他面前揮舞著，烏黑的大眼珠望著他，咧開嘴笑了。

而魏朋因為放心不下他的兒子，所以一直不肯放棄上訴，後來請法醫收養了小元元，他才真正了無牽掛。最後他終於要被送上刑台，他非常平靜、安詳，但法醫的心情卻是相當複雜。

當法醫回家後，妻子把小元元抱給了丈夫，但她不知道，他抱著小元元，內心更加地難過、痛苦。他喃喃地對著小元元說：「小寶貝，快快長大，長大了要做好人。」

「爸爸，好人。」小元元咿咿呀呀地學說話。

法醫的妻子高興地笑了。可是法醫在心裡悄悄地問：「好人！魏朋難道不是好人嗎？」

莫泊桑的〈戒指〉內容敘述一對夫婦為了參加一場晚宴，而向佛勒斯第耶夫人借了一串鑽石項鍊，但就在晚宴結束後，發現鑽石項鍊丟掉了，後來，夫婦倆為了買一串新的鑽石項鍊還給夫人，花了十年的時間來償還借貸的錢，但是到最後才知道那不是真的鑽石項鍊。

大塊文化出版的由伊莉莎白・金所著的《昨日不可留》故事中的女主角是韓國女子和美國大兵所生下的小孩。她的父親離開她們母女，留她們母女為韓國社會所不容。

幼年時的女主角在母親的保護下，過著不與世人接觸卻十分安樂的日子。但是，有一天晚上，女主角的外公和舅舅到她們居住的房子，改變了原本安逸的日子。

在村落裡有一定地位的兩個男人，不容許女主角這個雜種的女孩的存在，他們先將女主角的母親勒死，原本女主角也難逃一劫，但女主角在母親的最後保護下逃脫出來，被人送進了孤兒院。

孤兒院裡的小孩為了得到來領養的大人們的歡心，背地裡面目猙獰、自私，卻在大人面前裝乖，本來不會如此的女主角，也漸漸有樣學樣。

後來，女主角被一對教士夫婦領養，離開了韓國，被帶到了人人稱羨的美國。

但事實上這對夫婦是宗教狂熱份子，他們不停地對女主角施加壓力及思想改造，而美國的種族歧視，使女主角被視為怪胎、異類，在這樣的大環境的轉變下，女主角由原本在母親身邊天真爛漫的小女孩，磨成了孤僻、自卑的人，終其一生都活在憂閉恐懼症的陰影下。

在小說創作的過程中，感情一直支配著小說家從生活感受到題材的提煉。舉例來說，當你在設計小說情節時，如果該情節都無法感動你，又怎麼能感動別人呢？

以上所舉例的這幾則小說，都可以讓讀者在情節的設計中，見到小說家的用心。

四、角色襯托法

配角，是主角的親信，其任務在幫助作者避免獨白和插敘。[105]

白先勇在其長篇小說《孽子》中緊抓住從屬人物的地位和任務來烘托主要人物，使主要人物能夠充分表現。

新公園裡的配角有好幾類：有些是有錢有勢，企圖用金錢購買一切，唯求性慾滿足的凋零老人，就像盛公、老周和盧胖子等；有些則是為了滿足上一類的人而去賣的，就如老龜頭。

當然，每一位「孽子」的背後都有一段故事，例如：桃太郎，父親是日本人，在菲律賓打仗打死的。桃太郎長得清清秀秀的，但性子卻是一團火。他跟一個理髮師十三號愛上後，兩人雙雙逃到台南。十三號原定了親，被家人一逼，就給捉回去結婚了。結婚的晚上，桃太郎還去喝喜酒，跟新郎你一杯我一杯猛灌。誰知他吃完喜酒，一個人走到中興大

[105] 王平陵：《寫作藝術論》，台北：正中書局，一九七五年，頁四一。

橋，一縱身便跳到淡水河裡，連屍首也撈不到；十三號天天到淡水河邊去祭，桃太郎總也不肯浮起，有人說是因為桃太郎的怨恨太深，沉到了河底，浮不上來了。

涂小福，現今還在精神療養院治療。五年前，涂小福跟一個從舊金山到台灣學中文的華僑子弟纏上了，兩人轟轟烈烈地好了一陣子，後來那個華僑子弟回美國去了，涂小福就開始精神恍惚起來，他天天跑到松山機場西北航空公司的櫃臺去問：「美國來的飛機到了麼？」

這是《孽子》裡其中兩個配角，作者以「鋪墊法」將配角的命運和遭遇先行鋪寫，以襯托正面實寫的主要人物。

紅花一定要有綠葉去陪襯，角色的襯托對小說而言是非常重要的。

白先勇〈金大班的最後一夜〉裡的朱鳳是用來陪襯金大班的。

朱鳳是金大班一手提拔的舞女，好不容易等到她小有成就，能留住不少客人，朱鳳卻在金大班舞場生涯的最後一夜告訴她，她為了一個年輕大學生懷孕的事。金大班生氣地要求朱鳳墮胎。這時朱鳳有了這樣的反應：

> 金大班看見她死命的用雙手把她那微微隆起的肚子護住，一臉抽搐著，白得像張紙一樣。金大班不由得怔住了，她站在朱鳳面前，默默的端詳著她，她看見朱鳳那雙眼睛凶光閃閃，竟充滿了怨毒，好像一隻剛賴抱的小母雞準備和偷她雞蛋的人拚命了似的。她愛上他了，金大班暗暗嘆息道。[106]

---

[106] 同註七，頁八二。

這樣的朱鳳讓金大班想起了過去的自己，他也曾經愛過那麼一個男人，刻骨銘心到使她願意為他生，為他死，她在朱鳳身上看到了那一段往事。

> 她替月如懷了孕，姆媽和阿哥一個人揪住她一隻膀子，要把她扛出去打胎。她捧住肚子滿地打滾，對他們搶天呼地的哭道：要除掉她肚子裡那塊肉嗎？除非先拿條繩子來把她勒死。姆媽好狠心，到底在麵裡暗下了一把藥，把個已經成形的男胎給打了下來。一輩子，只有那一次，她真的萌了短見。[107]

這是屬於金大班的故事，然而要是沒有朱鳳這個配角，我們也看不到這樣的金大班。朱鳳帶出了金大班深埋的一頁記憶，那是藏在她世故老練外表下的另一種真情。

林海音在《春風》裡為主角靜文安排了一個好友秀雲，藉以和她形成對比——靜文畢業後便投入就業市場，一手打造自己的家庭，並且供應丈夫讀書；秀雲畢業後隨丈夫出國，但非深造，而是「作隨件」。靜文深知求學不易，於是將畢生的心力投入教育事業，希望每個小孩都能有機會上學，成了模範校長；秀雲滿足於富裕舒適的家庭生活，不想外出工作，全心為家庭奉獻，成了模範妻子；靜文有強烈的事業心，希望丈夫也能積極求上進，結果和丈夫貌不合、神也離；秀雲則是成為丈夫事業成功背後的那個女人，家庭美滿幸福。

作者在小說中刻意安排靜文強調家事的重要，並在學校蓋了棟家事樓，可諷刺的是，她在自己現實的婚姻生活中並

---

[107] 同註七，頁八二。

不完滿，在新舊時代交替的過渡時期，我們從靜文身上見到了當時女性知識份子在事業與婚姻無法兩全兼顧的艱難處境。

琦君〈金縷曲〉裡的以萱和文凱是一對相愛甚深的夫妻，只是這樣的關係在文凱去東京三年回來以後出現了缺乏溝通的誤會。以萱認為文凱的心還流連在東京，不再把她當作是最重要的，而文凱則是以為以萱和他的好友子朋有著若有似無的情愫。在文凱約子朋到家裡吃過飯後，終於不顧一切向以萱坦白自己的憂心，以萱也因為文凱的愛，而認清自己的情感，不再為子朋迷惑。

以萱對子朋的心意其實是相當困惑的，丈夫不在身邊，他的好友卻這樣時常陪伴著她，想念文凱的心是毋庸置疑的，然而這樣的子朋卻又不免令她有所牽絆。

> 他就是這麼個不多說話的人。每次來看她，都是默默地坐一會，說話低沈而緩慢，嘴邊抹一絲淡淡的笑意，溫和的眼神偶然望她一眼就投向壁間的字畫，或窗外的藍天，然後拿起一本書或放下一本書就告辭走了。她總覺得他每次都無所謂而來，無所謂而去，留給她一個淡淡的、深沈的笑……於是她會立刻拿起筆來給文凱寫信，總是寫：「文凱，快回來吧，我多麼盼你回來啊！」可是他現在回來了，子朋也不常來了，她的心卻像懸在半空中，蕩來蕩去。[108]

後來文凱發現子朋對以萱的情感，文凱下定決心要和以

[108] 琦君：《橘子紅了》，台北：洪範出版社，一九九〇年九月，頁一一六。

萱好好溝通，重拾兩人的感情。在兩人緊繃的關係中，子朋這個配角所扮演的就是他們夫妻倆「合好」的契機。

> 最後兩人和好後，文凱雖然顧忌子朋，卻也感謝他的存在，而以萱也才真正識清愛與迷惑的分野。
> 「記住，我們得為子朋好好介紹一位理想的女朋友，免得他真個踽踽地走向寂寞的荒野去。」文凱親了她一下，幽默地說。
> 她再點點頭，偎依在他胸前，如此安詳，如此滿足，她那一直懸空著的心，一下子被一雙溫柔而健壯的手捧住了，那是文凱的手。她所愛的原是文凱啊。這時，困擾她多時的那張憂鬱的臉，那一絲淡淡的笑，在她心中真正地模糊起來了。[109]

張系國的〈城市獵人〉是由弱智者華斌的角度來看世界的。他和姐姐、姐夫住在一起，姐夫王同鶴是江湖道上的大哥，如此從屬人物的安排襯托了主要人物的單純、真實與善良。

極富想像力的華斌總是計畫著每天的打獵行程。到公園裡和流浪狗玩耍，他稱之為獵人的拂曉攻擊，雖然姊夫認為他在胡鬧。

在他的生活裡很快樂——吃泡麵時就成了吃掉鐵達尼號和乘客的巨人；他發現窗外的那隻鴿子，是死去的金魚東東投胎轉世的，他感到喜悅。

有一天姊夫阻止他的獵人出擊，要教他開車，那是一輛家中唯一值錢的寶貝豪華賓士，華斌興奮不已。原來姊夫生

---

[109] 同前註，頁一三一。

意失敗、司機落跑，為了自己的面子與尊嚴，教他開車為了讓他假充司機兼保鑣，但條件是不許亂講話。

由於姊姊和姊夫時常為了生活的經濟開銷而吵架，甚至姊夫還對姊姊飽以老拳，逼使姊姊搬出去住，姊姊臨走前叮嚀華斌學車千萬要小心。

單純的華斌一次就學會了開車，姊夫叫他開上街，要帶他去大酒店洗免費的澡、吃免費的喜宴；其實，姊夫的世界都是人騙人、黑吃黑的社會。

小說的最後是姊夫和江湖上的弟兄談判時被槍擊，躲在車中的華斌完全不清楚是怎麼一回事。他要送姊夫去醫院，但姊夫卻不急，在華斌面前訴說了他此刻的心情。

> 「姊夫！姊夫！」
> 姊夫哼了一聲，華斌扶著他坐起來，斜靠著賓士車。
> 「他們跑了，」姊夫啐了一口說：「不上道的東西！」
> 華斌一摸姊夫胸口黏黏的，焦急道：「姊夫你受傷了，我送你去醫院。」
> 「不急，」姊夫搖手說：「休息一會再走。我跟你怎麼講的？要能忍才是好漢，以後要牢牢記住。你說金魚東東轉世變成鴿子，我轉世變成什麼？」
> 「姊夫你不會死，你什麼都不會變。」
> 「…我這輩子就是不願被人看扁，但有一個人我從來沒騙過。對你姊姊我承認有時出手太重，可從來沒騙過她。你跟她講，我對不住她。」[110]

華斌留神傾聽後，還興奮地對姊夫說金魚東東回來了，

---

[110] 彭小妍：《八十八年小說選》，台北：九歌出版社，二〇〇〇年四月，頁一三八～一三九。

我們打獵去！

一向氣盛的姊夫，最後竟遭到這樣的窘境，成了需要華斌安慰的傷者，在在都烘托出華斌這一個主要人物始終如一的可愛與自然流露，如一張白紙，表現出他那獵人般的認真態度，使讀者對他印象深刻。

徐四金(PATRICK SUSKIND)的《香水》背景主要是氣味所構成的，作者卻安排主人翁——葛奴乙是個完全沒有味道的人，甫一出生，便導致母親的死亡。延續著嬰孩的惡魔特質，他耗盡了與他關係較近的生命而成就自己，其擁有味覺天才的天賦，而學習所需的任何事物，他迷戀上年輕女子特有的味道，不可自拔進而進行二十六人的謀殺行動，純粹只為了保有他所愛的，沒有生命、沒有感覺的「香味」。

作者在介紹主角時利用了多人襯托的方式，文本中高達七人，在此舉幾人代表說明。

葛奴乙的母親是個一生習慣魚肚臭、屍臭、老鼠屎味的人，只因聞到：「一種令人受不了的醉人的東西，像是百合田，或是放太多黃水仙密封空間。」[111]而昏過去。後來因企圖任主人翁死亡，而被控殺嬰罪，遭砍頭。

葛奴乙的奶娘才養他幾周，便說：「他耗盡我來填飽肚子，吸我的養分吸到清空骨頭。」[112]

神父泰利耶從奶媽處接過他後，將放置他的籃子放在膝蓋上輕輕搖晃，當他沉浸於溫暖家庭的幻想中時，小葛奴乙突然醒了：

正在這個時候，小孩醒了，鼻子最先醒，泰利耶覺

---

[111] 徐四金：《香水》，台北：皇冠出版社，一九九六年，頁十九。
[112] 同前註。

得小孩在用鼻子看他，不懷好意，檢視他，把他從頭聞到腳，他突然覺得自己發臭、汗水和醋臭，酸菜和髒衣服臭，在這個貪婪的小鼻子前，最細緻的感覺、最骯髒的思想都裸露了。[113]

神父覺得：

要不是他敬畏上帝，由於理智的光輝而有如此穩重約束的個性，他早就會在一陣噁心中把他當蜘蛛那樣扔開老遠了。[114]

神父將這個因哭泣而尖叫的籃子連夜帶到郊區離城夠遠，一位收留寄宿小孩的賈亞爾太太那兒，預付一年的錢，然後——

重回到他的修道院，他有如被弄髒了衣服般的脫掉所有衣服，從頭到腳清洗，溜近他的小房間，他在胸前劃了許多十字，祈禱了許久，最後才安心地睡著……。[115]

賈亞爾太太相對於小葛奴乙貪婪新生的小生命，則有如一具少女木乃伊：

賈亞爾太太過不到三十歲，生命卻已經過完了，還是小孩時，他爸爸把一支大鉗子朝他額頭上扔，恰

[113] 同註一一一，頁二八。
[114] 同註一一一，頁二八。
[115] 同註一一一，頁二九。

好扔中他眉間的鼻樑，於是失去嗅覺，也失去所有人情冷暖感覺，也失去所有熱情。同時，溫暖對他來說變得和討厭一樣陌生，快活也變得和絕望一樣完全陌生。[116]

長大後的葛奴乙跟一個因名聲與生意走下坡，而決定退休的香水師傅——包迪尼學習製作香水。包迪尼利用葛奴乙製造的香水，大發利市。當香水「拿坡里之夜」被葛奴乙調出時，整個巴黎上流社會陷入一種歇斯底里——

這種香水的名聲如風馳電掣般傳播，謝涅數錢數得眼花撩亂，鞠躬鞠得腰酸背痛，因為高級和極高級人士絡繹不絕，至少也是高級和極高級人士的僕人。[117]

包迪尼為了天上掉下來的名利甚至規定：

葛奴乙調製香水時，他必在場，配備紙筆，以質詢的眼神看著操作進度，逐步記錄。他記錄並擁有的筆記很快就高達數十種配方了，隨後，他極其小心，以極其工整的字體謄進兩本筆記簿裡，一本保存於防火保險箱內，一本隨身帶，連夜裡都帶上床，這樣他才安心。[118]

包迪尼讓葛奴乙離開時，又開出了三項條件：

[116] 同註一一一，頁三〇～三一。
[117] 同註一一一，頁九三。
[118] 同註一一一，頁九五～九六。

> 包迪尼如今製造的香水，葛奴乙將來全部不得製造，而且不得將配方賣給第三者；第二、他必須離開巴黎，而且只要包迪尼活著，就不准他再入巴黎；第三、關於前兩項條件，他必須完全保密，而且在所有聖人面前，在他可憐的母親靈前發誓，而且以他自己的名譽擔保。[119]

貪婪而自以為做好萬全準備的包迪尼，卻因夜裡一場小意外罹難了；而此時已學成調配香水蒸餾法的葛奴乙，早就在通往鈕奧良學習更多粹取法的路上了。

葛奴乙在法國最荒涼的山裡，獨居了七年之久，直到有一天突然發現自己完全聞不到本身的味道而受到驚嚇，決定尋找答案而重回人世，也開始他謀殺少女的舉動，只因迷戀少女身上完美無缺的優雅香味……。

故事中的配角，均被描寫為醜陋、貪婪、虛假與自私，而這些與之映襯的人物，並非顯出主人翁的低下，而是提高其邪惡本質的一種純粹性。

如小說裡的神父，他原本該是仁慈、神聖、充滿愛心與包容性的，但在葛奴乙出現之前，我們看到了神父凡事只想用錢去解決，討厭近一步去接觸人事，因為他嫌麻煩。在神聖的包裝下，他的本質是自私的。

又如香水師包迪尼原來的處境是被迫趁著僅存的一點名聲，宣佈退休的。然而在葛奴乙來學習如何製造香味後，他利用葛奴乙所創造的絕好香水大發利市，並將配方鎖在保險櫃中，貪婪地與葛奴乙簽定自私的約定。

---

[119] 同註一一一，頁一一〇。

海明威的《老人與海》的故事是描述一位名叫聖地亞哥的古巴老漁夫，在八十四天毫無漁獲的情況下，孤身一人駕著小船出海，而捕獲一條大馬林魚，但這條魚實在太大了，牠拖著聖地亞哥的小船在海上跑了三天才筋疲力竭。

聖地亞哥把這條大馬林魚殺死後，因船太小裝不下這條大魚，便將之綁在船的一側，但在歸程中，鯊魚嗅到死魚的血腥味，一次又一次地向死魚襲擊，老漁夫用盡一切方法來反擊，但結果是他只帶回了魚頭、魚尾和一條脊骨回到港灣。

故事中與聖地亞哥為友的是一位名叫馬諾林的孩子，聖地亞哥教他釣魚的知識，他們是一對忘年之交，但自聖地亞哥在四十天都沒捕到魚後，馬諾林的父親就叫他去別人的船上工作，可是馬諾林仍舊每天都裝做不在意地來探望老人的船，並幫他的忙：

> 「你應該還記得吧！有一次一連八十七天都沒釣到一條魚；可是緊接下來的那三個禮拜，我們每天都捕到大魚。」
> 馬諾林回憶似的說著。
> 「我當然還記得。」老人似乎也陷入了回憶，「我知道你對我是有信心的，你不是因為怕我釣不到魚才離開我的。」[120]

馬諾林與老人的對話，讓我們知道老人的一些情況，由馬諾林眼中看老人，再透過二人的交談，很自然地就讓讀者認識聖地亞哥這個老人是怎樣的一個人。

卡斯頓・勒胡的《歌劇魅影》故事的地點發生在法國巴

---

[120] 海明威：《老人與海》，書華出版事業有限公司，一九八六年一月，頁一二。

黎的歌劇院，作者以「我」這個角色的探索帶領讀者進入整篇故事。

身世坎坷、長相醜陋的艾瑞克非常有才華，他歌聲渾厚又會作曲，來到巴黎後便終日帶著面具，躲在劇院下的地底王國創作《勝利的唐璜》，並夢想能與懂得欣賞他的女子相愛。可惜，他所愛的劇院女伶已有青梅竹馬的戀人，在強求而不可得的情況下，他的夢想終歸還是破滅了。

藉由艾瑞克這個悲劇人物貫串全場，使得子爵韓晤與歌伶克麗絲汀的悲慘戀情更加鮮明，雖然全書真正寫的是韓晤與克麗絲汀這對苦情的戀人，但若非是艾瑞克這個角色的襯托，則不可能顯出韓晤與克麗絲汀對這場戀愛的執著，當然故事的精采度也會降低很多。

五、環境組合法

小說裡的環境描寫，密切地聯繫著人物的思想和行動，其在小說中的任務可想而知。

小說的環境包括「自然環境」和「社會環境」。前者指的是人們日常生活或活動時，周圍的客觀景物或所置身的氣氛；後者則指的是小說人物所身處的歷史、時代、社會背景以及人們之間繁複的關係互動。

關於自然環境的描寫，將於第二節「次要的刻劃法」的「景物烘托法」中加以詳述。

至於小說中的「社會環境」分析，黃春明的〈魚〉是一篇很好的例子。作者在小說中為了展現一條魚對於一個貧窮家庭的特殊意義，必須藉由文本的社會描寫來讓讀者理解。

城鄉的差距，使得所產生的人物心理與價值觀不同，例如：住在山上的阿公想要以山芋討好山下孫子的師傅，此舉引起城市人對山上人的取笑；山下街仔的魚販偷斤減兩，欺騙山上的阿公，這些都在在顯示了山上山下的貧富差距和對弱肉強食的諷刺。

小說家通過人物的性格和環境的矛盾來塑造人物形象，於是出現了為愛殉情的羅密歐與茱麗葉、出家當和尚的賈寶玉、發瘋的祥林嫂和選擇玉石俱焚的玉卿嫂。

人物與環境兩者相互依存和滲透，人物創造環境，環境也同樣創造人物。

一切的環境描寫都是人為的實現性格共性的手段，「當人物處於異質環境時，性格就朝著負方向運動，此時人物就背離自己；當人物處於同質環境時，性格就朝正方向運動，這時人物又回歸自己。」[121]

像白先勇〈芝加哥之死〉的吳漢魂，六年來，他在那間潮濕陰暗的地下室，不分晝夜地完成了他的碩、博士論文，這是他自己認同的「同質環境」；一旦，他通過了資格考，離開了書堆，擺脫了已習慣的緊湊的生活作息，他的時間突然完全停擺，他對於地下室沖鼻的氣味開始感到噁心，開始思索生命存在的意義，這是他的「同質環境」向「異質環境」的過渡。

接著吳漢魂便進入了異質環境，他跟著人群走過芝加哥的金碧輝煌的大街，他覺得自己好像是第一次進入這個紅塵萬丈的城中區似的，後來他走進一間酒吧，隨一個前來搭訕的妓女到她的公寓發生關係。

芝加哥大街、酒吧、妓女公寓，這些「異質環境」使得吳漢魂在他「同質環境」裡所培養的性格出現了一種遠離平

[121] 同註一，頁一一四。

衡狀態的「非平衡狀態」，但是，在這種「異質環境」中，吳漢魂的性格的反常現象，又讓人感到是可以接受的正常現象。吳漢魂為了專攻學業，不但疏離了在台灣常來信的女友，也斷絕了在美國的社交活動，生活不是賺錢就是讀書，今天他畢業了，希望得到完全的解脫，但他沒有朋友，沒有別的去處，他必須發洩他壓抑已久的性慾，所以，處於「異質環境」的吳漢魂，並不會讓讀者感到唐突，反而讓人覺得他是個活生生的人。

又像〈花橋榮記〉的盧先生，除了教書、替學生補習外，還養雞賺錢，為的是存夠錢，好把他在大陸的未婚妻給接出來，盧先生在他的「同質環境」裡，克盡本分，受到大家的尊敬。一直到盧先生十五年的積蓄被他表哥騙光了，他的未婚妻根本沒有消息，盧先生從他的「同質環境」走向「異質環境」，他姘上了一個潑辣的洗衣婦，把他自己花白的頭髮染黑，臉上塗抹粉白的雪花膏，屈躬卑膝地服侍那個洗衣婆，對學生不再富有愛心，這些，都是盧先生在「異質環境」中的反常狀態。

又如白先勇〈遊園驚夢〉的故事背景是抗戰後的台灣，當時在大陸有錢有勢的官太太、貴夫人們，隨著丈夫遷移來台，錢夫人的姊妹桂枝香在台北舉辦了一場宴會，邀請主角錢夫人從南部北上餐宴，因為錢夫人未嫁入將軍府前是個唱崑腔的名角，所以宴會中眾人便拱她上台表演崑腔「驚夢」，但在表演前，幾杯花雕下肚後，在錢夫人的意識似幻還真的不堪的過往，又冒上心頭。

錢夫人那時才冒二十歲，一個清唱的姑娘，一夜間便成了將軍夫人了。賣唱的嫁給小戶人家還遭多少議論，又何況是入了侯門？連她的親妹子月月紅還刻薄過她兩句：姊姊，你的辮子也該鉸了，明日你和錢將軍走在一起，人家還以為你是她的孫女兒呢！錢鵬志娶她那年已經六十靠邊了，然而怎麼說她也是他正正經經的填房夫人啊！她明白她的身分，她也珍惜她的身分。跟了錢鵬志那十幾年，筵前酒後，那次她不是揑著一把冷汗，恁是多大的場面，總是應付的妥妥貼貼的。

錢夫人從她生活了十幾二十年，社會地位低微的賣唱生涯的「同質環境」中，進入到侯門深似海的「異質環境」將軍府邸中。從錢夫人的親妹子都帶著忌妒的口吻刻薄過自己的親姊姊，不難發現當時社會對賣藝的輕賤，更可了解當時錢夫人從賣唱的「同質環境」到將軍府的「異質環境」是多麼艱難的一段過程。雖然進入將軍府的「異質環境」，和她先前生活的「同質環境」是迥然不同的，但是錢夫人並沒有因在「異質環境」中產生非平衡狀態，反而她在「異質環境」下活得更加美好，更加成熟內斂，把原本在「同質環境」中的青澀，洗脫成為一個人前人後都是儀態萬千的貴夫人。

在「同質環境」與「異質環境」之間有一過渡期，是人物性格、情節發展的關鍵處。假如人物在過渡期中適應良好，不斷成長，在「同質」轉換至「異質」的過程順利，是為「正轉」；反之，假如人物產生偏差行為，與原先的本性背道而馳，則為「逆轉」。

在情節與架構鋪排上，「逆轉」較「正轉」富有衝突性，具有刻劃力，能製造出令人出乎意料的效果。同時，藉由「環境組合法」與人物相輔相成，可以讓讀者易於明瞭人物的深層性格。

例如童話《小公主》裡，女主角莎拉的父親因採礦不慎，墜崖身亡，使莎拉一夕之間從「富家女」貶為「學校女傭」，但她並沒有怨天尤人，卻反而用她僅剩的餘力幫助他人。從「同質環境」的「富家女」過渡至「異質環境」的「女傭」，莎拉的心理層次不降反升，性格正成長，所以屬於「正轉」。

相對地，在白先勇〈那片血一般紅的杜鵑花〉裡，主角王雄原本是雇主女兒麗兒的車夫，與麗兒的感情親密，但隨著麗兒年齡漸長，她不再需要依賴王雄，而是重視同儕對她的評價。於是，她開始嫌棄、疏遠王雄，不再讓王雄接送她上下學。王雄禁不住這樣的打擊，性格驟變，遂鑄下大錯。從與麗兒之間「親近」的「同質環境」到「冷漠」的「異質環境」，王雄適應不良，致使其性情驟變，從「憨厚」轉變為「陰晦」，性格負成長，屬於「反轉」。

白先勇是以這樣冷靜的「環境」刻劃，來塑造王雄這個無能為力改變現狀又無法面對未來的悲劇人物。

在白先勇筆下還有一類人物是同時能接受現狀又能保有對過去的記憶的。

〈冬夜〉裡的旅美學者吳柱國，返台做學術演講，至台北故友余欽磊家中拜訪，兩人多年不見，促膝長談間不斷憶及過往的故友及五四學潮時的往事，又感嘆到現今環境的變遷和人事已非的無奈。在歲月的侵蝕下，兩人皆垂垂老矣。吳柱國對國外教書生活感到厭煩，想返台安享晚年；余欽磊則是積極地想出國去教書，倆人都想脫離目前身處的環境。吳柱國離去後，余欽磊回憶起和昔日在大陸的情人——雅馨和他寫給雅馨的一首新詩，往事不斷地在腦海裡盤旋。

吳柱國來訪前，余欽磊跟他太太商量，想接吳柱國到家裡來吃餐便飯，一開口便讓他太太否決了，因為她趕著去打牌。他目送著他太太那肥胖碩大的背影，突然起了一陣無可奈何的惆悵。要是雅馨還在，晚上她一定會親自下廚去做一桌子吳柱國愛吃的菜。那次在北京替吳柱國餞行，吳柱國吃得酒酣耳熱，對雅馨說：「雅馨，明年回國再來吃妳做的掛爐鴨。」哪曉得第二年北平便陷落了。

白先勇對於知識份子面對由環境的過渡的描寫，不同於中下階層，他們有知識的力量和學術地位來面對環境的過渡，但如上所述，他們還是對過去念念不忘，「過去」是美好的、理想的，「現在」是現實的，不得已的，如同余欽磊在心中比較其妻子和過去的情人的處事態度。

余欽磊和吳柱國都對現今生活的環境充滿了不確定感，他們只有靠不斷變換環境來抑制對過去記憶的嚮往，就如同小說中他們即使到了晚年還安定不下來，想要變換環境。

而〈梁父吟〉裡則出現了全然斬斷過去的人物。

樸公和雷委員在樸公家中討論王孟養的治喪事宜，長談中樸公不斷憶起昔日和結拜弟弟王孟養的兄弟之情，還有其年輕時的英雄事蹟。但時移境遷，從美國回來處理治喪的兒子王家驥，卻無心關注父親的「國葬」儀式，令人不勝欷噓。

王家驥雖然也有面對由同質環境到異質環境的過渡，但是由於當時年紀還輕，加上出國接受教育，其理性可以帶動使其全面接受現實，並為了趕上時代，毫不顧惜地丟棄傳統的沉重包袱。

洪醒夫的〈散戲〉主要描述一個歌仔戲團興衰的故事。「玉山歌劇團」在早期相當輝煌，但由於時代的快速變遷，使得歌仔戲逐漸沒落，流行歌曲取而代之。面對這種強烈的文化衝擊，「玉山歌劇團」的團員們不禁撫今憶昔，百感交集，為無法實現的理想感到無奈與心酸。

以下表格為其今昔環境的比較：

昔日的環境	今日的環境
往昔「玉山」的亭閣山水，各式活動布景，可以裝滿整部大卡車，然而畢竟叫人歎為觀止的還是戲臺的門面，豪華闊氣，五光十彩，就那亭柱裡兩條鮮紅的彩龍，怕不有兩丈來高。	戲臺搭在廟前廣場上，用幾個空的鐵皮油桶搭起基架，鋪幾塊木板做臺面，往上再搭布景閣子，便有個規模。以前這樣搭，現在還是這樣搭，然而樣式一致，氣派卻截然不同。
觀眾黑壓壓擠了一片，人頭連著人頭，一直氾濫到廟門前，還溢了一些在廟旁的馬路上，嘈雜聲，喝采聲，依稀還像昨日。	臺前只有七、八個觀眾，三、四個上了年紀的老人家，攜帶兩個五、六歲的娃兒，另外還有兩個穿著制服在廣場上追著打著的兒童，就是這樣了，十幾二十人的戲班子，演給老少七、八個觀眾看。

契訶夫的小說〈賭〉裡的銀行家和年輕律師在一場廢除死刑與否的討論中，各持己見——銀行家贊成死刑，律師則否，他認為無期徒刑的苟活總比死去還來得好。爭執不下的結果是他倆約定以十五年為限，銀行家以「金錢」；律師以「自由」作賭注，若律師能在隔離的小屋中待上十五年，銀行家將付給他兩百萬盧布。

律師因這場「賭」而自願被關進一間小屋——代表失去自由而幽閉的「異質環境」，在開始的第一年，他感到寂寞、煩悶、恐懼，他所閱讀的大多是一些不需思考的書籍，他害怕酒會激起慾望，所以拒絕菸酒；第二年，他閱讀古典作品，安定情緒；第五年，他開始喝酒，原希望建立自我卻又猶豫否定，他變得沮喪憤怒；而從第六年到十五年之間，他重新振作，再度出發，從「異質環境」中找出一絲曙光，在裡面將自己原本血氣方剛、不成熟的思想沉澱下來，轉為成熟內斂，他迫切閱讀，並勤奮地鑽研書中的學問，進而在最後第十五年快到期滿時，自願拋棄那二百萬盧布而毀約出走，因為他體認到書所帶給他的價值遠勝於金錢所能帶給他的價值。

律師從自由的「同質環境」過渡到被囚禁的「異質環境」，在遠別以往的監牢生活中轉變自我性格，達到自我人生的追尋。

雨果《悲慘世界》裡的主角尚萬近，生在一個貧苦的農家，在他二十五歲時因偷了一個麵包被判了五年苦役，後因逃獄總共被關了十九年，而十九年來他並沒有留下一滴淚。

出獄後，他到了笛涅城，但找不到任何一家旅店肯收留他，即使他有錢，也無法得到人們的信賴。最後幾乎要露宿街頭的他，意外地被一個好心的主教收留。

那位好心的主教對人們一視同仁，連對這個看起來窮凶極惡的人，都以一般人看待，甚至連連用「先生」來稱呼他，讓他感到受人尊重、受人關心，原本必須在外餐風露宿的他，現在卻能在溫暖乾淨的床上好好休息，他的心靈上受到了極大的顫動與改變，這時的尚萬近處於「異質環境」，內心受到衝擊，由自卑、貪心，漸漸轉變為擁有自尊、善良的人。

雖然他後來偷了主教的銀器及銀燭臺，但主教並不因此輕視他、羞辱他，反而說是送他，更讓他徹徹底底地重新做人、改頭換面，成為一個到處幫助人，溫柔善良的市長。更透過閱讀使自己更有氣質，有能力去幫助更多需要幫助的人。

在主教家中對原先的他算是「異質環境」，而他因接觸到主教的寬容與接納，終於靠著自己的努力改變了原來「同質環境」中個性與行為的偏差。

卡夫卡《審判》裡的K是平常生活規律的公務員，也追求愛情、娛樂，是一個正常不過的普通人，他生活在「同質環境」中，日復一日地過活。突然，一個無預警的逮補令降臨，一日清晨被兩名男子告知他被逮補了，將受到審訊，卻不說明罪名，然後將他釋放，因為他仍被允許自由工作、生活。

對他而言，此衝擊已經讓他的生活起了大風浪，他進入了「異質環境」。K 遭受一連串的被傳訊、被釋放，他無法再像從前一樣靜下心來工作，而是力圖找尋自己可能犯的罪，並在審判中堅稱自己沒罪，他驚覺自己對法律所知甚少，並不斷為脫罪而努力。

在轉向「異質環境」的過程中的K，是不安的、焦慮的，是力求反抗的，包括對法律、社會產生質疑，這與他在「同質環境」中所過的生活截然不同，他的性格出現了反抗、爭取的一面，朝向另一方面滋長，讓人感到十分合乎常理，但是後來他卻已經陷入了幻滅的邏輯思考，精神失去原有平衡，這是長久處在「異質環境」下的一種性格萎縮現象，使他的思維產生麻痺，甚至可說是超脫到其他層次、境界，他那尋求真理的反抗細胞、像是根蠟燭燃燒殆盡，對於工作的熱誠，愛情的渴望已索然無味，一連串的審判、辯護交錯的環境下，他看不到目標了，甚至放棄抵抗一無所知的敵人，他無從抵抗。

在尋不著任何代表意義、價值的打擊下，終究，黯然接受莫須有罪名所安排的死亡。

楊逵〈送報伕〉裡一個來自台灣的留日窮學生，好不容易找到可以安身唸書的地方，卻是一個骯髒狹小的空間；而他唯一賴以維生的工作——送報與推銷報紙——也因為老闆的苛刻剝削而得不到報酬。無奈之餘，他又想起先前在台灣家鄉所受到的不公平待遇，當時家鄉的村民也是遭到利益剝削，卻沒人敢反抗，整個氣氛是懦弱的、不願力求抗爭的，現在的他，更不知該如何是好，此時，他在日本相識的朋友卻告訴他不能忍氣吞聲，一定要抗爭到底，那群與他一樣被長期剝削的工人，已策劃整個抗爭行動，邀他一同參與，他從一貫的服從，忍氣吞聲到勇於爭取自我權益。

他在台灣是忍氣吞聲、默默接受安排，以至於他在日本的前半期都不懂得反抗，這是屬於「同質環境」；而後周遭日本友人反抗資本剝削的心意強烈，使他受到影響，敢於突破困境，面對挑戰，而加入反抗的活動，最後得到勝利，這便是他從「同質環境」到「異質環境」的改變。

張曼娟〈永恆的羽翼〉故事中慕雲的父親在年輕的時候，是個積極奮鬥的人。他非常努力工作養活一雙子女，盡力給他們最好的生活環境。當時經濟狀況不佳，朋友都勸他送走一個孩子比較好，但他就是捨不得。他一心一意地撫養子女，渴望他們能快樂成長。

他供應子女完成學業，更花盡一生積蓄，送兒子出國定居。本以為自己也可以跟著兒子到美國享清福，結果兒子卻用各式各樣的藉口將撫養父親的責任推到姐姐身上。他在六十大壽的晚上，知道了這個消息——他被遺棄了，整個人瞬間崩潰了。這時的他由「同質環境」轉變到「異質環境」。原本生氣勃勃的他，頓時成了奄奄一息的老人。日後他也越來越消沉、自暴自棄，不再像以前那樣認真積極了，他不再多話，整天關在自己的房間裡，後來，更因此生病了。

廖輝英的〈油麻菜籽〉全篇是透過主角李仁惠的自述來

鋪陳，在那個重男輕女的時代裡，經濟拮据、父母不和，家中總是充斥著不愉快的氣氛。從小她對母親的印象就是「節儉」。蓬頭垢面的母親整天為兒女付出，數年不添一件新衣服，還被認為是為人燒飯的下女。阿惠的媽媽在她的「同質環境」裡盡到了一個傳統女性所扮演的角色。

李仁惠大學畢業後，努力工作，為家裡掙進了不少錢，家裡的環境亦隨之改觀，母親亦由「同質環境」過渡到「異質環境」，性格裡出現了非平衡狀態，似乎是要向命運討回過去窮困的三十年，一開始，她對於物質方面要求之高，到了難以滿足的地步，而後，開始看不慣家裡的老老小小，只要是別人稍有微詞，她便一把鼻涕、一把眼淚地翻老帳把全家都罵過一遍，甚至到最後，家裡的小孩因受不了母親而離開了家。這是母親在環境轉變下的性格改變，由認命、勤僕、慈愛到敗金、不可理喻。

十九世紀中葉，法國寫實派作家們就提出尊重「環境」（milieu）的主張，他們認為：凡是任何一種文學藝術的產生，必然是由種族（racial），社會（social）以及風土（climatic）等三種因素所構成的個人的創作才能。[122]大陸作家王安憶曾經身處那樣的「環境」，所以，當她將其〈流逝〉裡的歐陽端麗擺在那樣她所熟悉的環境中，描寫起來便能更加「悠游自在」。

人物與環境有主從之分，人物是主體，環境是客體，保持相對的獨立性。然而兩者又相互依存和滲透，誰也離不開誰，人物創造環境，環境也同樣創造人物，人物與環境是種雙向交流的動態結構。

人物與環境之間的彼此聯繫是複雜微妙，千變萬化的。

---

[122] 周伯乃：《現代小說論》，台北：三民書局，一九七四年五月，頁一一四。

任何一個現實的人，都要受環境的影響，這種影響有時直接，有時間接，有時有形，有時無形。[123]所以，人物與環境之間的彼此投影是非常重要的。

王安憶為端麗設計了各種各樣的環境，因為「一個人生活的外在環境，實際上是多種環境內容的交匯，這種交匯包括歷史與現實環境的交匯，宏觀與微觀環境的交匯，客觀與主觀環境的交匯，實有與虛幻環境的交匯，自然與社會環境的交匯，戰爭與和平環境的交匯，有限與無限環境的交匯，同質與異質環境的交匯。」[124]

一切的環境描寫都是人為的實現性格共性的手段，人物「性格的必然性總是通過雙向的可能性表現出來，這構成性格的內在矛盾性，而這種性格的內在運動又總是處在隨機變異的環境中，環境的變異作為一種外部力量推動著性格的矛盾運動，構成性格雙向可能性的動態過程，即不斷地背叛自己，又回歸自己的過程。當人物處於異質環境時，性格就朝著負方向運動，此時人物就背離自己；當人物處於同質環境時，性格就朝正方向運動，這時人物又回歸自己。」[125]

像端麗這位受過高等教育的資產階級家庭主婦，在享受闊少奶奶錦衣玉食，舞會筵宴的享樂生活時，這是她自己所認同的「同質環境」；一旦因文革風暴的政治動亂，使她淪為市井賤民，她一面對過去的舊生活再三咀嚼，一面又不得不面對現實生活，這是「同質環境」向「異質環境」的過渡；接著她便進入了「異質環境」，她必須咬緊牙根度過艱難困窘的日子。

---

[123] 張德林：〈為人物而設計環境〉，上海《文藝理論研究》第三十四期（一九八七年十月），頁二四～二五。
[124] 同註一，頁一一五～一一六。
[125] 同註一，頁一一四。

從下列表格的對比可看出端麗在「同質環境」與「異質環境」中的明顯差異——

同質環境——富家少奶奶	異質環境——平凡勞動婦女
從不曾以為早起出門是什麼難事。以前佣人沒買到時鮮菜，她會怪說：「你不能起早一點嗎？」	從沒想到上海會有這麼料峭的北風。因為她從來不曾起這麼早並且出門趕著上菜場排隊買菜。
為參加一場婚禮，兩個月前就開始準備，特地去做了條連衣裙，取衣時間正是婚禮那天的早上，她以為很合身，誰料裁剪師傅把胸圍的尺寸量大了一寸。喜宴一整晚，她都無精打采，只盼宴席早散。	為趕著早起買菜，她迅速套上毛衣、棉襖、毛褲，把圍巾沒頭沒腦地包裹起來，只露出兩隻眼睛，活像個北方老大嫂。
她的頭髮又黑又長，經過冷燙，就像黑色的天鵝絨。披在肩上也好，盤在腦後也好，都顯得漂亮而高貴。她在這上頭花時間是在所不惜的。	披頭散髮地在菜場上走了一個早晨。
她的三個孩子都是請奶媽帶的。她雖然有奶，自己卻不餵，因為餵奶會影響形體的美觀。從前她的孩子總是和奶媽親，和她較疏遠，她視為正常。	當了保姆後，她才從孩子身上嘗到各種滋味。因為帶孩子的經歷，端麗和自己的孩子有了更多的互動。她找出自己半新的旗袍，親自為女兒改作衣服，母女倆人為此興奮不已。

她從來沒對誰負過責任，孩子生病了，只須找奶媽問罪，心靈上是沒有一點負擔的。	她要擔憂為什麼她帶的小孩不吃飯，她不知道其實她的孩子小時候比現在這個還難伺候。
她習慣了碗櫥裡必定要存著蝦米、紫菜、香菇等調味的東西，她習慣每頓飯都要有一只像樣的湯。	她在剝好的光滑的雞蛋上淺淺劃了三刀，放進肉鍋，味道才能燒進去。這種菜是鄉下粗菜，過去很少有人動筷子，她看了就發膩，可是現在居然覺得真香。
她的生活就像在吃一隻奶油話梅，含在嘴裡，輕輕地咬一點兒，再含上半天，細細地品味，每一分鐘，都有很多的味道，很多的愉快。	生活就像她正吃著的這碗冷泡飯，她大口大口嚥下去，不去體味，只求肚子不餓，只求把這一頓趕緊打發過去，把這一天，這一月，這一年，甚至這一輩子都盡快地打發過去。好些事，她不能細想，細細起來，她會哭。

大抵上來說，「異質環境」會使得人物在他的「同質環境」裡所培養的性格出現一種遠離平衡狀態的「非平衡狀態」。但是，端麗卻在她的「異質環境」中活出了自我，肯定了自我的存在價值。

我們從以下幾個方面來看看端麗在「異質環境」中的成長。

一、為維持生計精打細算、賺錢補貼

環境的轉變，迫使端麗不得不省吃儉用、精打細算。炒

菜時，發現味精沒有了，正要女兒去買，但轉念一想：鮮與不鮮之間，本來就沒有一道絕對的界線；上街買牙膏，也捨棄了慣用的牌子，買了較為便宜的牙膏。

端麗在節約中找到了樂趣。

除了節省家用外，端麗還必須找門路賺錢，貼補家用。

為了能兼顧家庭又能賺錢，這位大學畢業生當起保姆，幫人家帶小孩。

端麗帶的小孩要上幼稚園，被家長接回去後，她又託人留意工作。也許是工場間為了好好改造端麗這位「資產階級少奶奶」，很快她的工作就有了下落，雖是個臨時手工業員，但她看見從自己手裡繞出的一個個零件，既興奮又得意。

端麗在工作中得到了成就，不僅是經濟上的成就，還有精神上的成就。

二、地位提升，有決定發言權

小叔報名參加黑龍江的戰鬥隊，婆婆知道後十分生氣，端麗是這樣開解婆婆的——

> 「報名也不要緊。現在都興這樣，動員大家統統報名，但批准起來只有很少一部分人。」
> 「說不定就因為我們成份不好，人家不批准呢！雖是去黑龍江，也是戰鬥隊，政治上的要求一定很嚴。」[126]

批准後，婆婆萬分傷心，端麗又這樣安慰婆婆：

[126] 王安憶：《雨，沙沙沙》，台北：新地出版社，一九八八年二月，頁四三。

「姆媽，你不要太傷心，你聽我講。弟弟這次被批准，說不定是好事體。說明領導上對他另眼看待，會有前途的。」[127]
「這些就不要去想了，文光是有出息的，出去或許能幹一番事業。」[128]

小姑因為失戀，精神不正常，不能受刺激，婆婆擔心送去看病，事情若傳開會影響小姑的將來，於是決定為她找個可靠的人嫁了，對方是婆婆娘家的遠親，書信聯絡及事情安排由端麗負責。

相親那天，當婆婆避重就輕地回答小姑的病情時，對方悶悶不樂地說：「我又不是一帖藥。」婆婆表示等小姑毛病好了，以他們張家來說，有他可享福的。對方卻說：「現在還有什麼，不都靠勞動吃飯。」端麗聽了，不由分說地拉著婆婆到廚房，關起門說：

「這門親算了吧！嫁過去，對誰也不會有好處。」端麗壓低聲音急急地說，「且不說結了婚，妹妹的病不一定能好。那裡雖是姆媽你的老家，可那麼多年不走動，人生地疏，妹妹在那裡舉目無親。萬一婆家再有閒言閒語，只怕她的病只會加重。再說，人家好端端一個小伙子，為何要到上海來找媳婦，恐怕也有別的方面的貪圖。」[129]

在以前端麗可能是沒有發言權的，但隨著端麗總攬了家

[127] 同前註，頁六一～六二。
[128] 同註一二六，頁六二。
[129] 同註一二六，頁一〇六。

中的大小事務後，她在家中的地位就非比往昔了。

三、敢於表達看法，據理力爭

鄰居阿毛嫂曾傳授端麗人生哲學：「做人不可太軟，要兇！」環境的轉變教端麗也軟弱不起來，所以，當女兒要被分配時，端麗為女兒向上門的工宣隊師傅和老師據理陳詞——

> 「多多年齡很小。參軍年齡，工作年齡都是十八歲，她不到十五，不去。」
> 「李鐵梅也很小……」那工人師傅說。
> 「多多比李鐵梅還小三歲呢！」
> 「早點革命，早點鍛鍊有什麼不好？」工人師傅皺皺眉頭，那老師只是低頭不語。
> 「在上海也可以革命，也可以鍛鍊嘛！再說她是老大，弟弟妹妹都小，她不能走。等她弟弟到了十八歲，我自己送到鄉下去。」也許精神準備過了頭，她說話就像吵架一樣。
> 工宣隊師傅和老師相視了一眼，說不出話來了，轉臉對著文耀說：「多多的父親是怎麼想的呢？」
> 文耀摸著下巴，支吾道：「上山下鄉，我支持。不過，多多還小……」
> 「多多的出身不太好，她思想改造比別人更有必要。」
> 端麗火了，一下子從板凳上跳下來：「多多的出身不好，是她爺爺的事，就算她父親有責任，也輪不到她孫囝輩。黨的政策不是重在表現嗎？你們今天是來動員的，上山下鄉要自願，就不要用成份壓

> 人。如果你們認為多多這樣的出身非去不可，你們又何必來動員，馬上把她戶口銷掉好了。」
> 這一席話說得他們無言以對，端麗自己都覺得痛快，而且奇怪自己居然能義正辭嚴，說出這麼多道理，她興奮得臉都紅了。[130]

由以上的對話，我們可看出端麗和文耀夫妻兩人的不同性格，而文耀的懦弱無能也在此展現。

在艱困的環境中，女性的適應能力，大抵說來是較男性更有彈性，更能屈能伸的。文耀因為有端麗可以倚靠，所以，他可以仍然安逸地活在他的「同質環境」中；相對地，端麗被迫在困阨的「異質環境」中成長，表現了兩性的差異以及女性堅忍的韌性。

在菜市場上，端麗敢和人爭辯了，有一次排隊買魚，幾個野孩子在她跟前插隊，反而還賴說她插隊。端麗二話不說，奪過他們的籃子，扔得遠遠的。這和她第一次鼓起勇氣上菜市場買魚有著天壤之別——賣魚的營業員為了防止插隊，用粉筆在人們的胳膊上寫號碼，一邊寫一邊喊著號碼。端麗覺得在衣服上寫號碼，像是犯人的囚衣。於是向營業員商量把號碼寫在她夾襖前襟的一角。誰知到她買魚時，她的號碼因人擠人和毛線衣的磨蹭給擦掉了。她急得快哭了，一句話也說不出來。後來，是鄰居為她作證，才順利買到魚。

端麗不再畏縮，她獲得了與過去所不同的自尊感，那是在貧窮中才有的自尊。

女兒剛升中學，在學校受到別的孩子的欺負，端麗跑到學校，據理力爭，迫使老師和工宣隊師傅要那孩子來向她女

---

[130] 同註一二六，頁九九～一〇〇。

兒道歉。

所以，端麗深覺「今日之我，已非昨日之我」——

> 她感覺到自己的力量，這股力量在過去的三十八年裡似乎一直沈睡著，現在醒來了。這力量使她勇敢了許多。[131]

四、具有勇於擔當的道德勇氣

漸漸病重的小姑在端麗的安排下住進了精神病院。七三年下來了一個文件，小姑有資格可以辦理病退。端麗到處奔波，不過，最後還須去一趟江西。

> 「讓二弟去吧！他在家橫豎沒事，並且又是出過門的人，總有數些。」文耀提議。
> 「我？不行！江西話我聽不懂，如何打交道。」文光很客氣，似乎除他以外，其他人都懂江西話似的。「還是哥哥去。哥哥年齡大，有社會經驗。」
> 「我要上班呢！」
> 「請假嘛。你們研究所是事業單位，請事假又不扣工資。」
> 「扣工資倒好辦了。正因為不扣才要自覺呢！」文耀頓時有了覺悟，「弟弟去嘛！你沒事，譬如去旅遊。」
> 「我和鄉下人打不來交道，弄不好就把事辦糟了。」兄弟倆推來推去，婆婆火了：

---

[131] 同註一二六，頁八一。

「反正，這是你們兩個哥哥的事，總不成讓你們六十多歲的爹爹跑到荒山野地去。」

「哥哥去，去嘛算了！」

「弟弟去，弟弟去，弟弟去了！」

端麗又好氣又好笑，看不下去了，說：「看來，只有我去了。」

「你一個女人家，跑外碼頭，能行嗎？」婆婆猶豫著。

端麗苦笑了一下：「事到如今，顧不得許多了。總要有個人去吧！」[132]

從小家裡便對小叔照顧得無微不至，要什麼有什麼。文革剛開始的時候，他站出來和父親劃清界線，將被子鋪蓋一捲，上學校去住了。可兩個月不到，卻又灰溜溜地回了家。後來，又報名參加戰鬥隊。批准後，端麗一改羞澀，為小叔下鄉爭取補助；又陪小叔上街買東西，那是要「憑上山下鄉通知購買」的，所以人山人海。小叔在擁擠的人群面前很怯懦，不敢擠，擠了幾下就退下去。

不僅僅是小叔如此，連身為長子的丈夫依然悠哉悠哉地活著，一點也沒有男子漢該有的擔當，他把家裡的重擔不知不覺地丟給了端麗。

文耀以前在學校以瀟灑出名，風度翩翩吸引了不少女孩子。功課平平，參加各項活動都很積極，端麗和他在一起很快活。這是高傲而美麗的端麗委身於他的一大因素；而今到了這個沒得玩了的日子，端麗發覺他，只會玩。

端麗當家後才知道錢是最不經用的；而文耀不知民間疾

---

[132] 同註一二六，頁一〇九～一一〇。

苦，從不分擔著為家裡的用度作打算，只會嘆氣。端麗突然發現自己的丈夫是這麼無能。過去，她很依賴他。任何要求，任何困難，到了他跟前，都會圓滿地得到解決。其實，他所有的能力，就是公公那些用不完的錢。沒了錢，他便成了草包一個，反過來倒要依賴端麗了。

端麗不禁感嘆，要是文耀的能力強一點，可以減少她很多疲勞。比如：有一次，文耀對端麗說：「妹妹學校來通知，晚上要召開家長會。媽媽耳朵不好，叫我去。我想恐怕是要動員上山下鄉的事。我不大會應付這些事，你去吧，啊？」端麗深覺是公公的鈔票害了文耀，她實在不知道他到底會做什麼？又如：端麗在工場間工作，中午有一小時午飯時間，她不像別人可以帶便當吃，吃完還有時間打個盹；因為，她還得匆忙地趕回家去弄飯給文耀和孩子吃，文耀是一點忙也幫不上的。

五、侍奉公婆更勝於昔

文革爆發後，掃蕩了他們所有的一切，公婆無法接受事實，仍舊沈迷於往日光采。

以前，公公婆婆也並不是那麼照顧他們，那年，端麗想買一套家具，婆婆說沒錢，等明年吧！可是不久卻給小姑買了一架鋼琴。

端麗對婆婆原是有些「敬畏」的。有一次，正值發育期的兒子吵著肚子餓，端麗要他自己泡一碗飯吃。此時，端麗立刻察覺到婆婆極不高興地看了她一眼，她便改口說給兒子一角錢，兒子是長孫，是婆婆的命根子。

隨著環境的轉變，端麗在轉變的環境中成長，我們也看得出端麗在公婆心中的地位亦直線成長。小叔參加報名戰鬥隊，要到黑龍江去開荒種地，婆婆有意要端麗去勸解；小姑感情受挫，精神不穩定，婆婆找端麗商量解決之道。

也許是環境的歷練，端麗操持一家的經濟和家務，變得懂事成熟許多，變賣東西，要孩子保密，怕公婆知道了擔心；每月把從工場間的工作所得，補貼婆婆十五元，充作小姑的生活費；小姑被迫分配往江西，公公去送行，難過地表示要是當年他不做老板，只老老實實當一生夥計，小姑就不會這樣了。公公自責地說是他作孽，拖累了全家人。端麗安慰他老人家說：「爹爹，你不要說這個話，我們都享過你很多福。」

公公面對在患難中扛起責任的媳婦，十分感慨地說：「端麗，我看你這兩年倒有些鍛鍊出來了。我這幾個孩子不知怎麼，一個也不像我。許是我的錢害了他們。他們什麼都不會，只會花鈔票。以前，我有個工商界的老朋友，把錢都拿到浙江家鄉去建設，鋪路、造橋、開學堂、造工廠，加上被鄉下人敲竹槓，一百萬美金用得精光。我們笑他憨，他說鈔票留給子孫才是憨。果然還是他有遠見。」

端麗的辛勞，公婆是看在眼裡的，所以，當公公拿到了十年強制儲蓄起來的一大筆錢，他除了分給每個子女一份，另外，又給了端麗一份。公公誇她在這十年裡，很辛苦，這個家全靠她撐持著，在小叔和小姑身上花的心血是不可用錢計算的。

六、女兒受其耳濡目染的影響

端麗的孩子也因為母親的轉變，而耳濡目染受到其影響。

端麗打包了以前還算新的衣服，要大女兒送到寄售商店去賣。她連對女兒都羞於承認目前的貧困，她對女兒說：這都是沒用的東西，放在家裡也佔地方，賣掉算了！大女兒也覺得害羞不願去；後來，在端麗的軟硬兼施下，才邊走邊掉淚離去；苦日子過慣了，孩子們也懂事不少。大女兒不再為跑寄售商店掉眼淚了，放學以後常常和幾個要好的小朋友一起到寄售店逛逛，看寄賣的東西賣出去了沒有。如果已經賣出，她就極高興地回來報告。

小姑被迫分配到江西，家裡傾其所有，為她準備行裝，如果沒有錢滿足她的需要，她就哭。後來，只得賣東西。端麗把錢包裡的錢也奉獻出來，大女兒把為了買鬆緊鞋的存錢撲滿交給端麗，對端麗說：「你捧好了，鬆緊鞋我不買了，現在反正已經不興了。」

大女兒下鄉參加三秋勞動，寫信回家報平安，信的起頭就寫：「親愛的媽媽、爸爸、弟弟、妹妹：你們好」然後又問候爺爺奶奶，接著寫他們的生活；最後，要媽媽保重身體，不要太勞累。

讀者應該都注意到在她的信中，把媽媽排在爸爸的前面，可見端麗在她心中的地位。

動亂過去，家產失而復得後，端麗一家又回到從前富裕的生活。

端麗發現小女兒並不是讀書的料，端麗可憐她，認為她大可不必費那麼大勁讀書。

> 「你跟著爸爸媽媽吃不少苦，現在有條件了，好好玩玩吧！」
> 咪咪抬起頭，認真地看著媽媽：「媽媽，我們怎麼一下子變得這麼有錢了？」
> 「爺爺落實政策了嘛！」
> 「那全都是爺爺的錢？」
> 「爺爺的錢，就是爸爸的錢……」端麗支吾了。
> 「是爺爺賺來的？」

「是的，是爺爺賺來的。但是爺爺一個人用不完，將來你如果沒有合適的工作，可以靠這錢過一輩子。」

「不工作，過日子有什麼意思？」咪咪反問道。她從小苦慣了，是真的不習慣悠閒的生活。[133]

這最後一句話「畫龍點睛」，端麗不知道其實小女兒的成長在潛移默化中受到她極大的影響。端麗過慣了富裕的生活，經過苦，回到原本的生活該是習慣，只是竟不知她為何感到茫然。

七、女性意識因「成長」而展現

任一鳴在《中國女性文學的現代衍進》中為「女性意識」下定義說：「女性意識應該是女作家的主體意識之一。首先體現為女作家明確的性別自認，即女性的自覺。在這個大前提下，女作家以其特有的經驗關注女性生活、女性生存處境、女性命運；以其特有的目光觀照社會、過濾人生，從而對人生社會，尤其是女性生活有更多的發現，更深的理解。」[134]他將女性現代意識分為兩個層面：其一是以女性眼光洞悉自我，確定自身本質、生命意義及其在社會中的地位；其二是從女性立場出發審視外部世界，並對它加以富於女性生命特色的理解體驗和把握。[135]

女性意識源於女性特有的心理和生理的反映，女性以其獨特的眼光去體驗和感受外部世界時，有著自己獨特的方式

---

[133] 同註一二六，頁一三七～一三八。

[134] 任一鳴：《中國女性文學的現代衍進》，青文書屋，一九九七年六月，頁二三～二四。

[135] 同前註，頁二六。

和角度，而從不同的方式和角度，不同程度地映現出其內在的感情與外在環境對其生活經驗的影響或制約。王安憶即是以其意識刻劃了端麗的性格，為當代文學人物畫廊增添了一個獨特的女性形象。

當端麗謝絕了公公對她的犒賞，回到房間，文耀便和她爭執起來——

「你的主意真大，當場就回脫爹爹的鈔票。」

「是爹爹給我的，當然由我作主。」

「我是你的什麼人啊？是你丈夫，是一家之主，總要聽聽我的意見。」當家難的時候，他引退，如今倒要索回家長的權利了。

「那麼現在我對你講，我不要那錢，要這麼多錢幹嗎？」

「你別發傻好嗎？這錢又不是我們去討來的，有什麼好客氣的？」

「我不想……」

「為啥不想要？你的那個工作倒可以辭掉了，好好享福吧！」

「不工作了？」端麗沒想過這個，有點茫然。

「好像你已經工作過幾十年似的。」文耀譏諷地笑道。端麗光火了：

「是沒有幾十年，只有幾年。不過要不是這個工作，把家當光了也過不來。」

「是的是的，」文耀歉疚地說，「你變得多麼厲害呀！過去你那麼溫柔，小鳥依人似的，過馬路都不敢一個人……」

他那惋惜的神氣使得端麗不由地難過起來，她惆悵地喃喃自語道：「我是變了。這麼樣過十年，誰能不變？」[136]

端麗開始意識到她自己，發掘了過去她所未發覺的自我潛能。在艱辛的生活中，領略到「自食其力」的喜悅；她忍辱負重，含辛茹苦地支撐著這個從闊綽變為貧困的家，毅然決然挑起家庭的重擔，體驗到「自立自強」四個字並不專屬於男人。將近十年的磨練，她在她的「異質環境」中肯定了自己存在的價值，所以，她當然不再「小鳥依人」，不再「不敢一個人過馬路」，她意識到自己有決定要或不要的權利，這些都拜環境給予她的磨練所賜。

人類學的實徵研究證實，男女的角色行為與特質是具可塑性的。[137]這一點我們倒是可以從端麗身上得到答案。

女人比較具有母性，一般母性行為不只是照顧小孩，廣泛地說，應該是一種願意照顧別人的慈善特質。[138]所以，當端麗從滿屋音響電器，渾身珠光寶氣的優渥環境，淪為為三餐溫飽而擔憂的貧民，她為了孩子、丈夫和其他家人不得不支撐起快要支離破碎的家庭，同時，她也享受到了被別人所需要的自豪。

過去的富裕生活雖然過得舒服無憂慮，可是似乎沒有眼下的窮日子有著甜酸苦辣的滋味，端麗不但心裡充滿了做母親的幸福，也深覺自己是丈夫和孩子的保護人，很驕傲，很幸福。

隨著政策的落實，端麗從她的「異質環境」回到「同質

---

[136] 同註一二六，頁一一三～一一四。
[137] 劉惠琴：《從心理學看女人》，台北：張老師出版社，一九九一年五月，頁一一七。
[138] 同前註，頁一四四。

環境」——逛街、舞會、宴客、晚睡晚起，當回到「同質環境」的興奮消失後，她開始適應不良——

> 她不再感到重新開始生活的幸福。這一切都給了她一種陳舊感，有時她恍惚覺得退回了十幾年，可鏡子裡的自己卻分明老了許多，於是，她惆悵，她憂鬱。……人生輕鬆過了頭反會沈重起來；生活容易過了頭又會艱難起來。[139]

這是端麗女性意識的覺醒，她不再覺得無所事事是一種幸福。時空改變所帶給她的成長，使得她開始重新思索生活的目的和意義。

長久以來的社會期望要求男性要剛強、獨立、主動；女性要柔順、依賴、被動，端麗在她原本的「同質環境」中是照著這樣的性別角色去走的；可是到了「異質環境」，她的丈夫未能剛強、獨立、主動，她只得讓自己變成丈夫的角色。「人格主要是指個體的身心系統與所處的社會環境的互動中所形成的獨特行為特徵。」[140]我們從這話更可以肯定端麗人格的轉變和成長與當時社會環境緊密聯繫。

余向學在〈引人思索的意境——讀〈流逝〉〉一文中說：「歐陽端麗在『文革』中的變化，完全是由於外部條件所迫，並非對主觀世界有什麼觸動。」[141]這話說得過於決斷，十年的困頓生活應該讓端麗有所醒悟，而且是起了相當大的影響的，不能說對她的主觀世界沒有任何觸動，否則她可以依舊

---

[139] 同註一二六，頁一三五～一三六。

[140] 同註一三七，頁八六。

[141] 周伯乃：《現代小說論》，台北：三民書局，一九七四年五月，頁六一九。

故我地活在她原本的「同質環境」，而不會有銷假回去繼續工作的念頭。

在小說結尾文耀要端麗辭職，雖然作者並未告訴我們端麗的最後決定，但我們相信：人的行為起源於遺傳，而發展於社會環境，端麗經過了十年的歲月洗禮，而有了一番自覺，她應該會做出慎重的抉擇，選定一條她未來所該走的路。

王安憶一貫主張的積極、主動的人生態度是：「人應該自己掌握自己的命運」。[142] 我們從〈流逝〉中透過端麗，可以見到她的寄託，也可以見到她所昭示的社會人生的問題，那是頗值得深思的。

不同的人物，在不同的環境，表現不同的思想、舉止和感情，一個有豐富的生活積累的作家，還會有藉人物的活動暗示出環境的本事。

六、開放的巧妙法

就整體結構而言，短篇小說可分為兩大類型：

一是，封閉型結構作品：人物和事件的發展，基本上有內在的因果關係和必然性，它的故事情節有頭有尾，人物命運在結局時有所交代，彷彿最後將故事發展封閉式結束。

二是，開放型結構作品：也稱散點結構作品，它不主張由一兩位主要的角色貫穿故事始終，而是隨時可出現新的人物、新的事件。其理論基礎是：人的生活本身便充滿了偶然性和喜劇因素，使生活顯得並不完整，總是開放式地向前發展。因而反對有頭有尾、層次分明的結構方式，也反對必然

[142] 嚴綱主編：《當代文學研究叢刊》第六輯，北京：中國社會科學出版社，一九八五年五月，頁一五五。

的因果規律和巧合。[143]

在中國古典小說中，說起巧合，宋話本的《錯斬崔寧》可能是第一個想到的故事。這則公案小說是：陳二姐的身懷十五貫錢的丈夫醉酒回家，戲稱要賣了她，她信以為真，連夜逃跑，途中與一賣絲的商人崔寧邂逅，兩人同行；而其時陳二姐的丈夫正好被盜賊所害，且偷走他身上的十五貫錢；官兵追到陳二姐，搜出崔寧身上正好也有十五貫錢，於是兩人成了通姦謀財的兇手。

而在外國小說中，美國小說家歐．亨利的《麥琪的禮物》，也是「無巧不成書」的代表，小說寫一對貧困的夫妻互贈聖誕禮物的故事——妻子賣掉自己一頭金髮，買了金錶鏈要送給丈夫；而在另一頭的丈夫卻是賣了金錶，買了髮梳要送給妻子。

巧合「可以把本來互不關聯的人物、事件以一種獨特的方式聯繫在一起，集中而強烈地反映社會生活中的現象，深化作品的主題，增強作品的故事性、戲劇性，使作品波瀾突起，奇事巧合。」[144]

以上所說的屬於情節方面的巧合。筆者認為更高竿的設計是駕凌在此之上的「開放式的巧妙法」，它融合了情節的巧合，但又不落俗套地設計了讓讀者意想不到的結局。

有一篇西洋短篇小說，說一個人開著車，路上遇到一個衣著不整的人搭便車。上車後，車主覺得那人的言談舉止有些怪異，於是摸摸自己的口袋，發現手錶不見了，於是不動聲色地拿起手槍，要對方把手錶交出來；對方情急之下脫下

---

[143] 胡平：〈妙語與巧妙的創作風格〉，《文藝理論》，一九九三年五月，頁一二七。

[144] 劉勵操：《寫作方法一百例》，台北：萬卷樓圖書有限公司，一九九〇年十月，頁五。

了自己的手錶，倉皇下車。車主自得意滿地繼續往前開，後來居然在另一個口袋發現自己的手錶。

故事的結尾是意料之外的，這就是作者設計的巧妙所在。如果搭便車的人真的是小偷，那這個故事就不稀奇；問題是他是無辜的，反而在車主的喝令下，反以為車主是強盜，那這樣的安排就是作者的高明所在了。

沈從文的〈阿金〉是敘述三十三歲的大男人阿金，預備了錢財，打算在晚上下聘禮，娶一個新寡婦人。偏偏阿金的一個地保老朋友，聽到有關那位新寡美婦的許多與其他男人間的流言。援古證今，苦口婆心地勸諫阿金放棄，阿金只得答應，考慮一天，到明日再作決定。

話雖如此，他的心全在美婦人身上；也知道人家正等他一句話。因此，阿金一次又一次往媒人家去，每次都被守在路口的地保攔截阻撓；為避地保，無意間逛進賭場。當地保終於回家去，阿金也已賭得罄空盡光。等待著的婦人，被一個遠方來的綢商帶走了。當明日終於來臨，阿金的希望和夢想，全部破滅了。

這也是一個意外的結局。

張曼娟的〈終站〉說的是這樣一個故事：

外文系的系花嬌嬌女潤卿愛上了家世背景和她截然不同的電機研究所高材生薛家齊，她幾乎是把自尊完全扔掉，毫無理智地對他傾盡情愛，但他始終不肯給她一個承諾，因為他曾明白告訴她，他們不適合。他表示等他母親見過她後再談，他說他母親比他更了解他，並要她放心，他相信他母親會喜歡她的。

好友亞玲見到潤卿為情所苦時，分析說，她只是不服氣薛家齊不同於他過去的男朋友把她捧在手上，所以去招惹他，等他拜倒在她石榴裙下，她又會把他一腳踢掉。潤卿覺得雅玲錯看她了，她確實是愛他的。

潤卿在薛家齊的畢業典禮當天將和他母親見面，所以一大早她捧著傭人買的花，不搭轎車，改搭公車，她要讓薛家齊看見她從擁擠的公車下來，讓他的那位刻苦耐勞、勤儉持家的母親，讚許她雖是富家出身卻沒有半點驕縱氣。

潤卿搭上公車，她的人和花引起矚目，碰到幾個同學，大家都訝異於她會在公車上出現。車上的人越來越多，她一直擔心手上的花岌岌可危。正好有人下車，她急著去搶那個空位，她推開一個婦人，婦人差點跌倒，還好被友人扶住。她覺得全車的人彷彿都在盯著她，等她讓座給婦人，她實在恨那婦人為什麼站在她身邊。

> 「早知道我就坐計程車！」潤卿向著美倫說，故意提高聲音：
> 「這花重得要死！」
> 只是要叫婦人死心，讓座是不可能的。
> 「薛哥和薛伯母一定會很喜歡的。」美倫說。
> 「誰知道！」潤卿嗅了嗅玫瑰，她有些意態闌珊：
> 「他媽也許很難纏呢！」
> 「不會的，他媽媽一定喜歡妳！」
> 「不喜歡就算了！」她突然意識到自己不該在這女孩面前示弱的：「她喜歡我，我還不一定喜歡她呢！」[145]

後來另一個同學說她這一回可真是委曲求全，曲意承歡；潤卿意氣用事地卻說：「我當然要先讓他拜倒在我的石

[145] 張曼娟：《笑拈梅花》，台北：皇冠文學出版有限公司，一九八七年二月，頁一二五。

榴裙下，才能把他一腳踹開呀！」

終點站到了，潤卿怕花受到擠壓，坐在位子上等人下車，她望向窗外，見到站牌下的薛家齊，才正在猜想他怎麼知道她搭這班公車，知道來接她，卻見到他大步走向車門，然後與一個女人擁抱，那個女人竟是剛才被她推開的婦人。

那果然是潤卿愛情的「終站」。

詹姆斯·邁基米的《哈里的罪過》被選入全美《最佳短篇小說集》。

哈里是一個身上只剩下五塊錢的窮途潦倒的詩人，他決定犯罪被抓進監獄，才能繼續寫作。他拿著玩具手槍，搶劫了一家商店，然後在門口等警察來。誰知警察來抓走的卻是老闆第二任老婆的拖油瓶，他常常鬧事，老闆為感謝哈里陰錯陽差幫他除掉了這個累贅，於是送給了他一些罐頭；哈里用磚頭砸碎了一個有錢人的豪華轎車的玻璃，結果，有錢人送給哈里二十元，因為他正好可以向保險公司申請理賠；接著，哈里在晚上爬上陽台，進入一個女子的房間，強暴那女子，誰知女子欣賞他的冒險犯難的精神，甘願獻身給他，還送給了他一些錢；最後，哈里索性使出最後一招，公然毆打警察，果然當場被趕來的警察給帶到了警察局，誰料，原來哈里打的是專門冒充警察犯案的累犯，他得到警方頒發的一萬五千元獎金，終於他決定可以安心寫作了，然而，就在這個時候，他被國稅局找去，稅務部門以弄不清錢財來源的罪名，將他關進了監獄。

以下再舉幾則例子。

福約斯特的《人質》——

一九四四年秋天，一位德國的將軍接到元首的命令要去守衛一個不重要的要塞，且要堅持到最後一個士兵死去，這和大屠殺沒什麼兩樣，可是根據當時的人質法，軍官如果不盡忠職守，家屬就會被處決。將軍為了保護他的妻子，在陣地上努力做好自己。此時，他接到妻子的訣別信，說是罹患了癌症。將軍悲痛之餘，決定向盟軍投降，挽回一萬士兵的性命。然而，就在這個時候，他那謊稱患病的妻子，坦然地接受在柏林被捕的命運。

加斯克爾的《彩票福》——

一間小酒館的老闆，是怕老婆出名的。有一次，他圖吉利，花了一百美元，買了整整一套同一號碼的彩票。回家後，遭到妻子的斥責，要他把彩票賣掉，只能留一張。後來，開獎後，這些彩票全部中獎，總值一百萬美元，而他只得到一萬美元。朋友去看望他，想安慰他幾句，卻不見他感傷，他反而滿意地說，他用九十九萬美金，得到了多數男人所買不到的東西，那就是一個安靜賢淑的妻子。

普朗茲尼與馬爾博格合著的《報應》——

在紐約一場冠亞軍的籃球比賽中，威德凱茨隊的主力中鋒受了傷，輪到一位替補球員上場，他在隊員們體力不濟的情況下，展現了超乎水準的演出，十分鐘獨得十八分，後來，又在延長賽中，奪得十四分，拿下了冠軍的寶座。翌日，當紐約各大報準備爭相報導這位名不見經傳的新球員時，大家卻採訪不到他，他像泡沫式地消失在世上。

一位當時看好另一隊的記者，一直在找尋他的下落，終於在二十一年後，在一間小酒館裡找到了他，軟硬兼施地讓他說出了當年的真相。

當年一個從事球賽賭博的賭徒，要他保證自己的球隊輸球，否則會將他的右腿打斷。誰知道，他一上場後，禁不住觀眾的掌聲，他找到了自己的舞台，愈打愈順手。比賽揭曉後，他果然失去了右腿，從此，不再與外界聯絡，過著隱居的生活。

這位記者在採訪完後說，其實當年，他也得到了內幕消息，所以將所有的財產押在另一隊，結果，他為此喪送了自己的婚姻與前途。

袁枚《子不語》〈騙術巧報〉裡一位華姓商人身懷鉅款準備搭船前往淮海一帶購買貨物，當船經過丹陽時，岸邊有個旅客背著行囊，呼喊搭船。華姓商人看他可憐，想讓那旅客上船，但船戶不答應，擔心會有禍害。

後來，旅客還是上了船，當船過丹徒時，搭便船的人上了岸，這時華姓商人打開箱子拿衣服，才發現箱子中的三百兩銀子全部變成瓦石，此時他才大悟，旅客是騙子。

接下來幾天，天氣遽變，風雨交加，船在海上十分難行，再加上銀子失竊，華姓商人重新考慮對策，決定先返回鄉里收拾整頓，再赴淮海。沒想到在返途時，又有人冒雨背著行李呼喊搭船，一看竟是剛才那個騙子！原來那騙子在風雨交加之際，沒看清剛剛的船又折返回來，直到他上了船，這才發現華姓商人，一時情急之下，把所有的東西都丟在船上，匆忙逃走了，於是華姓商人的三百兩銀子失而復得，額外還得到珍珠數十粒，從此大富。

這篇文章篇幅雖短，但卻充滿情節設計的趣味性，作者利用巧合寫出了「開合」的變化（開，指矛盾衝突的開始；合，指矛盾衝突的解決）經由這一開一合的設計，讀者可以充分理解「無巧不成書」的巧妙所在。

第二節　次要的刻劃法

一、景物烘托法

景物的描寫是為了烘托人物的思想、心理、性格和行動，適當的景物描寫將使讀者獲得特殊的審美感。透過景物的描寫，故事才能有骨有肉。

白先勇在〈秋思〉中安排走到花園裡的華夫人，被「一捧雪」的冷香給吸引，她在那幾十株齊腰的白菊花的團簇下，想起以前華將軍打跑日本鬼子，班師回朝時，「一捧雪」在他身後招翻成雪海的景象，那是她最風光的一段歲月。

在〈悶雷〉中，白先勇以天氣的變化，襯托福生嫂的心理變化——「天上的烏雲愈集愈厚，把伏在山腰上的昏黃日頭全部給遮了過去。大雨快要來了，遠處有一兩聲悶雷，一群白螞蟻繞著芭蕉樹頂轉了又轉，空氣重得很，好像要壓到額頭上來一樣。」[146]隨著白先勇安排窗外飛蛾「噗咚、噗咚」和悶雷「隆隆隆隆」等字眼，穿插於福生嫂心情的轉折與起伏之中，前後有十多次之多，使讀者更容易接近她心頭的震盪。

張愛玲《半生緣》裡的世鈞在同窗的介紹下認識了曼楨，二人有了感情。曼楨的父親早逝，其姊曼露為了一家的生計，被逼去當舞女，後來嫁給鴻才。婚後，夫妻的感情起了危機，她為求自保，竟安排機會讓鴻才所喜歡的曼楨失身於鴻才。曼楨因此而懷孕，曼露更又將她軟禁。世鈞回南京探親，其母急欲撮合他與富家女翠芝的婚事。世鈞與曼楨終究錯失了幸福。

小說中有一段是描寫曼楨被曼露囚禁，曼楨看到窗外的景色襯托出她當時心中的感受——她扶著窗台爬起來，窗櫺上的破玻璃成為鋸齒形，像尖刀山似的。窗外是花園，冬天的草皮地光禿禿的，特別顯得遼闊。四面圍著高牆，她從來

[146] 同註五，頁四三。

沒注意到那圍牆有這樣高。花園裡有一棵紫荊花，枯藤似的枝幹在寒風中搖擺著。她忽然想起小時候聽見人家說，紫荊花底下有鬼的，不知道為什麼這樣說，但是，也許就因為有這樣一句話，總覺得紫荊花看上去有一種陰森之感，她要是死在這裡，這紫荊花下一定有她的鬼魂吧？反正不能糊裡糊塗地死在這裏，死也不服這口氣，她想，房間裡只要有一盒火柴，她真會放火，趁亂裏也許可以逃出去。

小說裡的「冬天的草皮地光禿禿的」、「枯藤似的枝幹在寒風中搖擺著」、看見紫荊花即想到「死亡」，這些景物的描寫都在暗示她的孤立無援。

張愛玲的另一篇〈華麗緣〉說在一個鄉下地方，正月時照例都要做戲，該篇以「戲」的方式來呈現，敘述一對男女互相看對眼，正當男生要去向女生提親的途中，卻因為在廟中看見另一位很美的女子，竟然就跟她走了，而這篇就是包括戲與現實的部分。現實的部分，以太陽為主軸，當有陽光出現時，是充滿希望，反之，沒有陽光卻是暗淡無希望的。

> 這是我第一次看見舞台上有真的太陽，奇異地覺得感動，繡著一行行湖色仙鶴的大紅平金帳幔，那上面斜照著陽光，的確是另一個年代的陽光。
> 我禁不住時時刻刻要注意台上的陽光，那巨大的光筒，裡面一篷篷浮著淡蘭的灰塵——是一種聽頭裝的日光，打開了放射下來，如夢如煙...我再也說不清楚，戲台上照著點真的太陽，怎麼會有這樣的一種悽哀。[147]

[147] 張愛玲：《餘韻》，台北：皇冠出版有限公司，一九八七年五月，頁一〇一、一〇四～一〇五。

黃春明在〈兒子的大玩偶〉裡用——光晃晃的柏油路面，熱得實在看不到什麼了。稍遠一點的地方的景象，都給蒙在一層黃膽色的空氣的背後，他再不敢穿望那一層將帶有顏色的空氣看遠處——這樣的景物襯托出主角坤樹對於未來產生不安全感，前途渺茫的恐慌及養活兒子的壓力，是那樣地沉重到喘不過氣來。

朱天心〈風櫃來的人〉裡那三個來自澎湖島上的逐風少年——阿清、郭仔、阿榮，守在藍天大海的家鄉，正值高中畢業，等待著入伍當兵，過著家人眼中遊手好閒的無聊日子。虛耗多餘的精力、扔擲旺盛的青春，卻無力面對自己的未來，於是離鄉背井從澎湖鄉間到高雄大都市工作，努力地探索未來的生活，當兵、愛情或生存，都成為一種莫名壓力；即使他們有所自覺，但茫然與壓力仍揮之不去，故事的結尾，在城市走了一遭的主人翁——阿清，還是決定返鄉了。

小說裡有一段描述——血紅的落日像鹹鴨蛋黃浸在金粼粼的海面，郭仔走到浪裡把手腳沖淨。摩托車支在沙灘上，一道輪印老遠從大馬路斜斜劃過細白的沙岐，沙上平躺著兩個人，空寂的海邊再沒有別人。黃昏一寸寸，一寸寸蝕掉海岸，最終一暗，太陽沉到水裡，沙上起了風，細細清清的晚涼的風，叫人很累，很累的，想丟掉這一身臭重皮囊，讓潮水把他們帶走，走得遠遠的。

作者以「落日的沙灘」、「想丟掉這一身臭重皮囊」襯托小說人物對未來所感到的未知與渺茫。

楊小雲的〈不是雨季〉裡頭也有精采的景物描寫。

小說描述男主角石立人從小被拋棄在孤兒院，為了爭取名利向上爬，於是和沒有感情基礎卻深愛著他的高虹美結婚，但他卻忘不了心中的摯愛白柔安。後來白柔安又接受了他，兩人展開婚外戀情。高虹美懷了他的孩子，但他對他們母子倆仍不放在心上。

後來石立人因為一場意外的車禍而身亡，高虹美對白柔安的恨不減反增。直到有一次高虹美的小孩發生意外，白柔安捐血救了他，她們之間的怨恨方才冰釋。

在小說中作者用「片片金色光波」、「和煦的山風」所帶給石立人罕有的寧靜感，來暗示石立人即將與高虹美結婚，邁向他所驥望的名利之路，因此感到愉悅；又以報歲蘭由原本的枯萎至再度萌芽，投影白柔安再度接納石立人後，愉悅的心情及旺盛的生命力；小說最後以雨過天晴之景——太陽正從飛舞著牛毛細雨的流雲中間，掙扎著爬出來，發射出輝煌眩目的金光。滿天濃重的烏雲，裂開一道藍縫，雲層飄過樹林，天空似乎已在微笑了。暗示兩個女人之間糾葛的愛恨亦得到解脫。

蕭麗紅《桂花巷》裡的高剔紅，從小生長在窮苦的家庭中，她的弟弟為生計出海捕魚被淹死，正因如此，她了解到貧窮的可怕，選擇嫁入豪門，捨棄真心所愛的漁民秦江海，婚後不久，丈夫死亡，她開始掌握一切，也開啟了她下半生的愛恨情仇。

小說裡有一段描述高剔紅喪夫多年，和下人懷了小孩，於是帶著她的兒子去日本，在那裡生下孩子；當她從日本回到故鄉時，看到故鄉蕭瑟的景物——石砌門牆的外道，是排半高的木棉樹，原有的綠葉，可能冬天前，就落光了。禿著的樹幹，只好用剝皮露肉來形容，枝枒全洒上一層白，像水柿仔上頭的柿霜——她想到自己就如同沒有軀殼的靈魂，真正的自己並沒有回來，在這人世間彷彿沒有她可以依靠的。我們可以想見其悲哀！

張曼娟的〈今夜明月在荷塘〉三十歲的服裝設計師程嘉在服裝發表會上昏倒，她回想起年少時她生命中的第一個男孩傅彥輝。小說裡以荷塘之景，描寫程嘉心情的起落。

程嘉決定上台北發展，而與傅彥輝起衝突後，到了一個荷塘邊，作者對她的心理狀態有了以下的描寫。

她離開傅家「走到荷塘去，坐在一株歪斜在池面上的樹上。荷花早開過了，幾片稀疏的荷葉伸出水面，被風撩撥，如翻飛的幅裙。有一種孤零，柔弱，不肯屈服的意味，恰似她的心情。」[148]

這是作者以景襯情的寫法，宗璞的〈紅豆〉也是一例。

故事背景在中共建國後的十七年左右，女主角江玫唸大學時認識了男主角齊虹，江玫因想投入革命事業而與齊虹發生了激烈的衝突。

> 風呼嘯著，雨滴急速地落著。疾風驟雨，一陣比一陣緊，忽然嘩啦一聲響，是什麼東西摔破了。齊虹把江玫摟在胸前，藉著閃電的慘白的光輝，看見窗外階上的夾竹桃被風刮到了階下。江玫心裡又是一陣疼痛，她覺得自己的愛情，正像那粉碎了的花盆一樣，像那被吹落的花朵一樣，永遠不能再重新完整起來，永遠不能再重新開在枝頭。[149]

張愛玲〈金鎖記〉描寫民初一名叫七巧的女子，一生在舊式婚姻的糾結情慾、權力和金錢的慾望中沉浮。七巧嫁到姜家後，因為家世背景不佳，飽受欺凌。丈夫又體弱多病，情慾無法抒解。愛上小叔卻也得不到真愛。在當家主政後，

---

[148] 張曼娟：《喜歡》，台北：皇冠出版社，二〇〇一年一月，頁一五一。

[149] 宗璞：《弦上的夢》，台北：新地文學出版社，一九九〇年三月，頁三〇三。

以幾近變態的行徑，投射在兒女身上，一生孤寂。

> 風從窗子裡進來，對面掛著的回文雕漆長鏡被吹得搖搖晃晃，磕托磕托敲著牆。七巧雙手按住了鏡子，鏡子裡反映著的翠竹簾子和一副金綠山水屏條依舊在風中來回盪漾著，望久了，便有一種暈船的感覺。再定睛看時，翠竹簾子已經褪了色，金綠山水換為一張她丈夫的遺像，鏡子裡的人老了十年。[150]

七巧就在這樣的恍惚中，發現鏡子裡的人老了十年。

余華的《活著》說一個到鄉村收集民間歌謠的人，遇見一個名叫福貴的老人。全文以收集民間歌謠的「我」做敘述，福貴向「我」講述了自己精采卻又可悲的大半輩子。福貴一生經歷日軍投降、國共戰爭、土地改革、人民公社、大食堂、文化大革命。親人相繼過世。本文最後透過「我」聽完福貴講述後，所見的鄉村景象，展現一種寧靜又平凡的鄉村氣息，和「我」身邊的福貴相互輝映，也可發覺「我」對福貴的故事所引發的一種悸動。

> 炊煙在農舍的屋頂裊裊升起，在霞光四射的空中分散後消隱了。女人吆喝孩子的聲音此起彼落，一個男人挑著糞桶從我跟前走過，肩擔吱呀呀一路響了過去。慢慢地，田野趨向了寧靜，四周出現了模糊，霞光逐漸退去。我知道黄昏正在轉瞬即逝，黑夜從天而降了。我看到廣闊的土地坦露個結實的胸膛，那是招喚的姿態，就像女人招喚她們的兒女，土地

[150] 同註八一，頁一五六。

招喚著黑夜來臨。[151]

褚威格《一位陌生女子的來信》寫一位作家收到一封來自陌生女子的信，信中敘述女子的兒子死了，她正在兒子床邊的燭光下寫這封信。信中還述說著作家和女子之間相遇及女子單戀的過程，而死去的兒子亦是作家的兒子。

本篇以「兒子已死」來貫穿文本，而主要勾起女子悲傷的是「燭光」。因為「燭光下」晃動的影子，使她認為兒子還活著，但他卻早已死去；而兒子的死使她失去生命的支柱。「燭光」襯托了女子悲傷的情緒。

張曼娟〈儼然記〉裡的樊素長期以來被相同的夢境所困，於是到廟裏問神。解籤得「既是無緣；不如不相見」。不久她在劇場遇見一個出家男子，後來得知他就是自己命中的那個人。只聽見遙遠的聲音傳來：「是我修得不夠，今生只得相遇，不能相守。求來生吧。」樊素聽著微笑著不覺悲傷憾恨。

作者以夢境的方式呈現樊素所置身的環境，以營造那種迷離——

她置身在一座竹林中，碧竹高聳入雲，密密排列著，有輕煙或薄霧籠在眼前，微透著沁膚的涼意，她在林中奔跑，似乎在尋找什麼人；又像是被人追趕，一顆心悽悽惶惶地懸吊著，除了自己的喘息，什麼聲音都聽不見。她困難而費力地邁著步子，常感覺來路被阻了，卻又豁然開通……她一直跑到一道小溪旁，不得不停住，溪水湍急，沒有可以跨越

[151] 余華：《活著》，台北：麥田出版社，一九九八年，頁一五六。

的石塊，也沒有渡船。她極為不甘的停下來，然後便清楚地聽見一聲歎息，悠長、緩慢、深沉、男性的嘆息……她醒來，冷汗涔涔，全身毛孔張開，虛弱與迷惘自心底升起，泛漫開來。[152]

《挪威的森林》裡的渡邊藉由舊日情景，追尋與女主角直子共同度過的過往回憶——

我想起她在那雨天的早晨，穿著黃色雨衣打掃鳥舍，搬運飼料袋的光景。想起那形狀倒塌了一半的生日蛋糕，和那夜把我襯衫都哭濕的直子眼淚的感觸。對了，那一夜也下著雨。冬天裡她穿著駝毛大衣走在我身旁。她總是夾著髮夾，總是用手摸著那髮夾。並以澄澈透明的眼睛注視著我的眼睛。穿著藍色長袍彎曲雙膝把下顎搭在那膝蓋上。[153]

三島由紀夫的《金閣寺》描寫一個天生口吃的青年僧侶的苦惱以及對生存的詛咒，最後為擺脫美的觀念的羈絆，以致火燒金閣寺。

主角溝口在幻想中對金閣寺景緻的描述，突顯金閣寺所代表所謂「美」的極致表現：

黑暗中，我幻想中的金閣，仍歷歷在目，仍舊那麼輝煌燦爛。現在，法水院臨水的勾欄已謙虛的隱

[152] 張曼娟：《海水正藍》，台北：皇冠出版社，二〇〇〇年九月，頁六七。
[153] 村上春樹：《挪威的森林》，台北：時報文化出版有限公司，一九九七年，頁三五二。

> 縮，潮音洞支撐著天竺式插肘木的勾欄，朝池面伸出，廊柱因受水光的反射顯得很光亮，隱約可看到蕩漾的水波。由於水光的陪襯，更把金閣寺罩上一種神奇的美感，每當夕陽斜照或明月高懸時，金閣似在美妙的舞動，又像在翩翩翱翔。那時的金閣，看來就不再是堅固的建築，她像是以風或水、火焰之類的材料所構築而成，永遠搖曳不停。[154]

成功的景物描寫，足以增強小說的美學藝術，因為，寫景可以輕易地暗示出一種境地，讓讀者「心中有物」地勾畫出人物的所在環境。

二、色彩意象法

現代小說家使用色彩藝術去塑造人物最受讚譽的，有兩個人，一個是張愛玲，一個是白先勇。

張愛玲在〈紅玫瑰與白玫瑰〉中將聖潔的妻子形容是「白玫瑰」；熱烈的情婦形容是「紅玫瑰」——

> 也許每一個男子全都有過這樣的兩個女人，至少兩個。娶了紅玫瑰，久而久之，紅的變了牆上的一抹蚊子血，白的還是「床前明月光」；娶了白玫瑰，白的便是衣服上的一粒飯黏子，紅的卻是心口上一顆硃砂痣。[155]

---

[154] 三島由紀夫：《金閣寺》，台北：志文出版社，一九九九年十月，頁二七六。
[155] 同註八一，頁五二。

這樣紅與白的兩個女人卻改變了男主角的一生。

小說中還有一些關於色彩意象的描寫。像是振保發現了妻子有了外遇後，開始過著放浪不羈的生活——

> 那天下午他帶著個女人出去玩，故意兜到家裏來拿錢。女人坐在三輪車上等他。新晴的天氣，街上水還沒退，黃色的河裏有洋梧桐團團的影子。……振保拿了錢出來……抬頭望望樓上的窗戶，大約是煙鸝在窗口向外看，像是浴室的牆上貼了一塊有黃漬的舊白蕾絲茶托，又像一個淺淺的白碟子，心子上沾了一圈茶污。振保又把洋傘朝水上打——打碎它！打碎它！[156]

而〈傾城之戀〉則是敘述一段民初因戰爭而相屬的愛情故事。離婚後的白流蘇寄住在哥哥家，處境並不好。前夫過世後，她想要離開這個環境。風流倜儻的男主角范柳原在此時出現。

作者以上海的景物的顏色意象——虛飄不踏實——來比喻白流蘇的現況。

> 門掩上了，堂屋裡暗著，門的上端的玻璃格子裏透進兩方黃色的燈光，落在青磚地上。朦朧中可以看見堂屋裡順著牆高高下下堆著一排書箱，紫檀匣子，刻著綠泥款識。正中天然几上，玻璃罩子裏，擱著琺藍自鳴鐘，機括早壞了，停了多年。兩旁垂

[156] 同註八一，頁九六。

著硃紅對聯，閃著金色壽字團花，一朵花托住一個墨汁淋漓的大字，在微光裏，一個個的字都像浮在半空中，離著紙老遠。[157]

又作者以香港的景物——色彩鮮明——來預示男主角的出現，即將為她帶來改變——

那是個火辣辣的下午，望過去最觸目的便是碼頭上圍列著的巨型廣告牌，紅的、橘紅的、粉紅的，倒映在綠油油的海水裏，一條條，一抹抹刺激性的犯沖的色素，竄上落下，在水底廝殺得異常熱鬧。[158]

其中上海的老舊陳腐的顏色，對照著白流蘇在上海時內心的苦悶；和香港輕快明亮的心情和色彩造成極佳對比。

白先勇和張愛玲一樣在人物刻劃上，運用象徵手法用的最好的是色彩，他們常利用色彩的視覺意象，對筆下人物進行強烈的暗示。

白先勇在描繪尹雪豔時，幾乎離不開死亡之色——白色——「素色旗袍」、「雪白的肌膚」、「混身銀白」、「一身素白打扮」、「白色的衣衫」、「犯了白虎」；尹雪豔在參加吳經理六十大壽的慶生會上，她穿著月白旗袍，且破例地在右鬢簪上一朵「血紅的鬱金香」，就連她捧給徐狀圖的點心，也是紅白相映——一碗杏仁豆腐，上面放著兩顆鮮紅的櫻桃。白色象徵著死亡，紅色象徵著流血，這似乎可以想見徐狀圖即將面臨的厄運。

小說以『尹雪艷總也不老』為開頭，雖然物換星移，但

[157] 同註八一，頁一九四～一九五。
[158] 同註八一，頁二〇二～二〇三。

尹雪艷仍舊受大家的喜愛，一舉手一投足，總是讓人覺得美極了，一開口總能讓大家畏敬。而她總是一身白色的衣服，給人彷彿是神的感覺，是那麼地迷人，總有自己的旋律，自己的步伐，不因外界環境而影響她的平衡。

> 在台北仍舊穿著她那一身蟬紗的素白旗袍，一逕那麼淺淺的笑著，連眼角兒也不肯縐一下。
> 那天尹雪艷著實裝飾了一番，穿著一襲月白短袖的織錦旗袍，襟上一排香妃色的大盤扣，腳上也是月白緞子的軟底繡花鞋，鞋尖卻點著兩瓣肉色的海棠葉兒。
> 尹雪艷站在門框裡，一身白色的衣衫，雙手合抱在胸前，像一尊觀世音。[159]

〈遊園驚夢〉裡的錢夫人到竇公館赴宴，被要求唱一曲驚夢。然後前塵往事全都湧上心頭。她發現自己的舊情人程參謀和妹子月月紅在一起。映照出現實中的驚夢。

> 他的馬褲把兩條修長的腿子繃得滾圓，夾在馬肚子上，像一雙鉗子。他的馬是白的，路是白的，樹幹子也是白的，他那匹白馬在猛烈的太陽底下照的發了亮。……太陽照在馬背上蒸出了一縷縷的白煙來。一匹白的，一匹黑的，兩匹馬都在淌著汗……他的眉毛變的碧青，眼睛像兩團燒著了的黑火，汗珠子一行行從他額上流到他鮮紅的顴上來。[160]

---

[159] 同註七，頁一一、一三、一五。
[160] 同註七，頁二三三。

以上這一段是著名的性的意象，用白色的、黑色的馬來作性行為的描寫。其動作、影像與色彩的運用描寫，無不為經典中之經典。

三、細節描寫法

細節描寫是藝術作品中所不可或缺的。人物思想情感的自然流露，有賴於細節的描寫，一個成功的細節描寫，是在映襯、對比或前後呼應中發揮作用，而加以展現的。

作者若能善用細節描寫，細節描寫還能呈現人物的性格。

以魯迅〈阿Q正傳〉和〈孔乙己〉裡的兩位主角來看，阿Q和孔乙己都愛上酒家喝酒，兩人雖為了展現逞強、擺闊的虛矯心態，都是直接付現，但付錢的方式卻不同。

魯迅在描寫手頭寬裕的阿Q要酒時，是從腰間伸出手來，滿把是銀的和銅的，往櫃檯「一扔」；而要表現手頭拮据的孔乙己時，則是「排出」九文大錢，作者單就「排」這個字，不但反映了孔乙己在經濟上的困頓，同時也突顯了他窮酸性格下的虛榮心，因為他必須用排錢的動作來顯示他是有錢人。

愛彌麗・勃朗特的《咆哮山莊》是以「咆哮山莊」的女僕向來自倫敦的一名青年述說有關「咆哮山莊」的故事方式描寫。

「咆哮山莊」的主人老安蕭從利物浦帶回一孤兒——希斯克利夫，且待他甚至超過自己的兒子亨得利，此引起亨得利與僕人的嫉妒與不滿。

希斯克利夫原本乖僻，由於受到偏愛，更養成他狡獪而自私的性格。

老安蕭去世後，亨得利把他貶為僕人又虐待他，而與他相愛的老安蕭的女兒凱莎琳．安蕭，又嫁給附近地主「畫眉田莊」林頓家的兒子艾德加，這導致他後來種種的報復行為。

希斯克利夫耍手段變成「咆哮山莊」的主人，又虐待亨得利的兒子海埃頓，由於對凱莎琳又愛又恨，而與林頓家接近，贏得艾德加的妹妹伊莎白拉的感情，又利用各種手段使自己的兒子林頓．希斯克利夫與凱莎琳．安蕭的女兒凱莎琳．林頓結婚，但林頓．希斯克利夫於婚後不久便去世，而凱莎琳．林頓乃成為「處女寡婦」。孰料後來凱莎琳．林頓與海埃頓發生感情。希斯克利夫想用來報復的工具，卻成為打擊他的武器，這是他萬萬想不到的。

希斯克利夫告訴女僕，他昨天在凱莎琳．安蕭的墳地，請求正在為艾德加．林頓掘墳，要將林頓與凱莎琳．安蕭埋葬在一起的人，幫他打開凱莎琳．安蕭的棺蓋；而女僕卻認為他打擾死者：

> 「我沒有打擾任何人，芮麗」他回答道，「我只是給自己一些安慰罷了。我現在舒服的多了，即使我死後，我也可以較為寧靜地睡在土下了。打擾了她嗎？不！她打擾了我，日日夜夜，整整十八年—毫不間斷、毫不饒人—直到昨天晚上，昨天晚上我寧靜了。我夢見我陪著那個長眠者睡了最後一覺，我的心不再跳，我的臉貼著她冰冷的臉。」[161]

由這段描寫，可以感受到希斯克利夫對凱莎琳的愛，他並沒有因為她的去世而減低對她的愛；相對的，更可以感受

---

[161] 愛彌麗．勃朗特：《咆哮山莊》，台北：志文出版社，一九九九年二月，頁三〇四。

到他在凱莎琳死後的這十八年間，他的內心一直惦著她而無法平靜的煎熬。

希斯克利夫在打開凱莎琳的棺蓋見了一面後，竟然在當晚夢見自己的心不再跳，而臉貼著凱莎琳冰冷的臉，讓人強烈的感覺到，就算他馬上死去也無憾。

這段由希斯克利夫夢見凱莎琳的細節描寫。更可以明白為何他用盡手段，來報復林頓與安蕭兩家族，是因為他對凱莎琳強烈的愛以及心理不平衡的宣洩。

魯迅《阿 Q 正傳》裡有一段阿 Q 在賭場上押牌寶，贏了許多洋錢，結果在一陣混亂中，錢被人搶去了，挨了打後，他立刻轉敗為勝。他用力地在自己臉上連打了兩個嘴巴，熱剌剌地有些痛；打完之後，便心平氣和起來，似乎打的是自己，被打的是別一個自己，不久也就彷彿是自己打了別個一般，雖然還有些熱剌剌，心滿意足地得勝了。

這個細節描寫提示了阿 Q 的「精神勝利」。

藉由魯迅筆下的阿 Q，一位清末中國鄉下的悲劇人物，躍然於紙上，從作者對主角性格種種細微的刻畫，不但是國家近百年來屢遭列強欺侮慘狀的一大寫照，更是一大諷刺。

曹雪芹在《紅樓夢》裡也安排了「細節描寫」在幾個重要的人物身上。

關於薛寶釵——

當日芒種節，姑娘們精心打扮，便是要送花神，花神送畢，夏天便也正式來臨，薛寶釵不見黛玉，便尋覓至瀟湘館，卻見寶玉進瀟湘館，寶釵為了避嫌，素日知寶玉、黛玉的感情之深，就折返回頭，卻遇到彩蝶。這裡有一段精采的描寫。

第二十七回　　滴翠亭楊妃戲彩蝶
　　　　　　　埋香塚飛燕泣殘紅

說著，逶迤往瀟湘館來。忽然抬頭見寶玉進去了，寶釵便站住，低頭想了一想；寶玉和黛玉是從小兒一處長大的，他兄妹間多有不避嫌疑之處，嘲笑不忌，喜怒無常；況且黛玉素昔多猜忌，好弄小性兒；此刻自己也跟了進去，一則寶玉不便，二則黛玉嫌疑，倒是回來的妙。想畢，抽身回來。剛要尋別的姊妹去，忽見面前一雙玉色蝴蝶，大如團扇，一上一下，迎風蹁躚，十分有趣。寶釵意欲撲了來玩耍，遂自袖中取出扇子來向草地上來撲。只見那一雙蝴蝶，忽起忽落，來來往往，將欲過河去了。引得寶釵躡手躡腳的，一直跟到池邊滴翠亭上，香汗淋漓，嬌喘細細。

雖然人人稱讚寶釵姑娘好，在賈府中亦上下討好，但在寶玉的心中總只有黛玉，所舉之例表現了寶釵心思細密，這段細節的心計描寫，即知其人之深慮、心機。另外而後的戲蝶之外部體態之細節描寫，也看出寶釵這位年輕女子的青春氣質，意識極具強烈吸引力，如此極具吸引力的女子，在寶玉心中竟只有黛玉，於是更要讓讀者細思黛玉與寶釵之異。

關於林黛玉——

寶玉與黛玉的口角在《紅樓夢》中常見，但總在真心道出心事後，又圓滿解決。這一段例子，正是寶玉表明黛玉在他心中的地位後，黛玉的驚喜悲歡交集。

第三十二回　　訴肺腑心迷活寶玉
　　　　　　　含恥辱情烈死金釧

黛玉聽了這話，不覺又驚又喜，又悲又嘆。所喜者：果然自己眼力不錯，素日認他是個知己；所驚者：他在人前，一片私心，稱呼於我，其親熱厚密竟不避嫌疑。所嘆者：你既為我的知己，自然我亦可為你的知己，既你我為知己，又何必有金玉之論，也該你有之，又何必一寶釵呢？所悲者：父母早逝，雖有銘心刻骨之言，無人為我主張。況近日每覺神思恍惚，病已漸成，醫者更云：「氣弱血虧，恐致勞怯之症。」我雖為你的知己，但恐不能久待；你縱為我的知己，奈我薄命何！——想到此間，不禁淚又下來。待要進去相見，自覺無味，便一面拭淚一面抽抽身回去了。

這是黛玉的內心世界。安排這個細節描寫，代表的意義很大。黛玉原本便喜歡寶玉，但總是見他任性妄為，也不明其心意，總有不踏實感，寶玉此次的告白，化做了所喜者、所驚者、所嘆者、所悲者四種內心情緒。經過了此「細節」，寶、黛之間已從兩小無猜轉移至真誠交心，已是其他女性角色無法替代。

關於王熙鳳——

賈璉私娶尤二姐，而後愈發不得了，又納了一個妾，名叫秋桐。王熙鳳想除掉尤二姐，又不想讓自己的名聲因此拖累，便設計「借刀殺人」、「坐山觀虎鬥」的計謀，果然順利除掉尤二姐，而也間接加害於秋桐，此狠毒的設計真令人害怕。

第六十九回　弄小巧用借劍殺人
　　　　　　覺大限吞生金自逝

鳳姐雖恨秋桐，且喜借他先可發脫二姐，用「借刀殺人」之法，「坐山觀虎鬥」，等秋桐殺了尤二姐，自己再殺秋桐。主意已定，沒人處，常又私勸秋桐說：「你年輕不知事；他現在是二房奶奶，你爺最心坎兒上的人，我還讓他三分你去硬碰他，豈不是自尋其死？」

那秋桐聽了這些話，越發惱了，天天大口亂罵，說：「奶奶是軟弱人！哪等假惠。我卻做不來，奶奶把素日的威風，怎麼都沒了？奶奶寬宏大量，我卻眼裡抹不下沙子去。讓我和這娼婦作一回，他才知道呢！」鳳姐兒在房裡，只裝不出聲兒，氣得尤二姐在房裡哭泣，連飯也不吃，又不敢告訴賈璉。次日，賈母見他眼睛紅紅的腫了，問他，又不敢說。

鳳姐的內心在這個例子可以全然得知，而秋桐亦是尤二姐自殺的關鍵人物，鳳姐對秋桐所言的，讓秋桐步步進入陷阱，其實真正的兇手是向上一笑臉、腳下使絆子的王熙鳳。

關於史湘雲——

寶玉生日，眾姊妹吃酒划拳，湘雲不勝酒力，卻也不自量，喝多了酒，尋了一處便也睡去，豈知眾人不見湘雲，尋覓最後，竟見她酣睡在芍藥花群的石凳子上。

第六十二回　憨湘雲醉眠芍藥裀
　　　　　　呆香菱情解石榴裙

> 果見湘雲臥於山石僻處一個石凳子上，業經香夢沉酣，四面芍藥花飛了一身，滿頭臉衣襟上皆是紅香散亂，手上的扇子掉在地下，也半被落花埋了，一群蜜蜂蝴蝶，鬧嚷嚷的圍著，又用鮫帕包了一包芍藥花瓣枕著。眾人看了，又是愛，又是笑，忙上來推喚攙扶。湘雲口內猶做睡語說酒令，嘟嘟嚷嚷說：「泉香酒冽，——醉扶歸，——宜會親友。」眾人笑推他說道：「快醒醒兒，吃飯去。這潮蹬上還睡出病來呢！」
>
> 湘雲慢啟秋波，見了眾人，又低頭看了一看自己，才知是醉了，原是納涼避靜的。不覺因多罰了兩杯酒，嬌娜不勝，便睡著了，心中反覺自悔。

例子中重點在於湘雲之睡姿與外部的花、蟲、手巾描寫，如此精準刻劃，可見作者描述人物、景物功力之深，但這細節描寫就僅止於此嗎？其實不然，為何酣睡芍藥群的人不是寶釵或襲人，偏偏選中湘雲來寫，可見湘雲的人格特質就是豪放不羈，是個不拘泥生活的人，這是作者正面讚頌的人物性格。

受《紅樓夢》影響亦深的白先勇，使用細節也不會直接明用過直過露的細節，反而以隱蔽的暗示，使讀者擁有更深的感觸。

如〈那晚的月光〉中的李飛雲安慰即將臨盆的余燕翼，說等會兒一起去看名為「鴛鴦夢」的電影，白先勇不正是暗示他們兩人對前途的幻想不過是一場夢罷了！

又如在〈謫仙記〉李彤遭家變前利用一個細節描寫，暗示事事無法盡如人意——李彤自以為長得漂亮，對男孩子傲慢異常。有一個哈佛學生，人品學問都是第一流，對李彤萬分傾心，可是李彤裝腔作勢慣了，表面總是相當冷淡，他失了望便不再找李彤了。朋友知道其實李彤是喜歡他的，她一定為了這事相當難過，只是嘴硬不肯承認罷了。這個細節的設計不但讓讀者看穿了李彤好強的性格，也為她日後的家變埋下伏筆。

白先勇〈一把青〉裡的朱青原是一飛行軍的妻子，丈夫失事，不幸去世後，朱青悲痛欲絕，無法接受；數年後的朱青，已變得非常幹練，和以前全然不同。

小說最後，當她的新男友失事後，大家原以為她會像上次一樣，但卻見到一頭髮捲子的她正在腳指甲上塗蔻丹，她對來探望的師娘說：「我早就看見你們兩個了，指甲油沒乾，不好穿鞋子走出去開門，叫你們好等——你們來得正好，晌午我才燉了一大鍋糖醋蹄子，正愁沒人來吃。回頭對門余奶奶來還毛線針，我們四個人正好湊一桌麻將。」[162]這裡展現了朱青的「哀莫大於心死」，這個轉變是一個很重要的細節。

橋田壽賀子在《阿信》這篇小說中利用阿信懷孕、生產的細節描寫去刻劃阿信的堅忍執著，逆來順受地接受命運，永不向命運屈服的性格。

小說裡描述田倉家嫁出去的女兒篤子和阿信差不多同時懷孕。而且依照習俗，出嫁女兒的第一個孩子，須由娘家照料一切。因此篤子是要回來生產的。

阿信挺著大肚子，已經是臨月了；也不得有片刻的休息；眼看同樣是大腹便便的小姑，一天到晚晃來晃去，像個老祖宗似地，被婆婆伺候得無微不至。

公公有時看不過去，向婆婆嘀咕兩聲，可是婆婆藉口說女兒是人家的媳婦，只是暫時住到家裡來待產，萬一有什麼

---

[162] 同註七，頁四七。

差錯，如何對得起親家，根本不把公公的話當回事。

產期近了以後，婆婆更下了一道命令：阿信住的房間必須騰出來給篤子充做產房，要阿信搬到屋後柴房去。

婆婆的理由是：如此便可以避免一個屋子裡有兩個嬰兒誕生的不幸。當時地方上有個迷信，家裡如果在相近的期間有兩個嬰孩誕生，其中便有一個是不吉利的。

阿信沒有第二句話就答應了。向婆婆請得半日不去田裡做活的假，在柴房裡挪出一角空間，攤上稻草，在稻草上鋪棉被。龍三為此憤憤不平，倒是阿信心平氣和，表示婆婆肯為她備好一些生產時所需的東西，已經該感謝了，在哪兒生都一樣。

十月份，也正是刈稻的收穫季，是一年中最忙碌的期間。阿信天天上田做苦工。想到母親當年也是這樣，甚至在田邊生孩子，便覺怎樣的辛勞都可以忍過去。

一天，入晚時分，龍三和阿信從田裡回來，忽然聽到小姑篤子開始陣痛了，家裡上下正亂成一片。阿信也感到肚子開始陣痛了。她讓龍三留下幫小姑的忙，自己則獨自回去柴房。剛點亮了油盞，劇烈的疼痛就襲來，禁不住匍匐在稻草地舖上，咬緊牙根拼命地忍著。

篤子有難產的現象，助產士都說非請醫生不可，龍三連夜在大雨中被差了出去。母親一直在埋怨女兒難產，都是因為阿信也要生的緣故，因此龍三雖然十分掛念阿信的狀況，卻也不得不去請醫生。

醫生趕到後，保住了篤子母子倆的平安。可是阿信這邊一切都要靠自己。她相信自己有過一次經驗，不但不至於難產，而且孩子下地後，也可以自己照料。

當龍三忙完了篤子的事，天都微亮了，這才在雨幕中趕往柴房，發現事情已不可收拾了。他發現阿信倒在柴房門前的泥土裡，渾身沾滿血漬和泥巴，人也不知昏過去多久了。幸好醫生還沒走，經過急救後，總算保住了阿信的性命，可是嬰兒已經死了。

由此段不難看出阿信堅忍不拔和刻苦耐勞的精神。同樣是孕婦，待遇卻是天壤之別。縱然她的公公、丈夫為她抱不平，她也不怨天尤人，還反過來安慰他們。從這段細節，也襯托出阿信無比的堅毅、超人的耐力、容人的雅量和善良的個性。

羅伯·J·華勒的《麥迪遜之橋》述說著這樣一則故事：芬西絲卡遠從義大利嫁到愛荷華，愛荷華的生活平淡，而芬西絲卡的生活更是無止盡的奉獻與壓抑，芬西絲卡有時連聽自己喜歡的音樂都被剝奪了。

有一天，芬西絲卡的丈夫帶著孩子趕牛群到市集，芬西絲卡一人獨自在家，國家地理雜誌旅遊攝影師若伯琴凱，為了尋找木造橋而迷路，他向芬西絲卡問路後，於是兩人有了交集。

丈夫和孩子不在的這幾天給了若伯琴凱和芬西絲卡相處的機會，他們相談甚歡，進而迸出愛的火花。若伯琴凱不願芬西絲卡的才情被壓抑在保守的小鎮，乃力邀她一起離開。幾經掙扎，她仍舊無法拋下屬於她的責任與道義，她選擇將這段感情永遠深埋內心，終生回味。

小說裡有一段描寫若伯琴凱和芬西絲卡暢談後，從芬西絲卡家離去，芬西絲卡赤裸地站到衣櫥的穿衣鏡前，從鏡子裡她見到自己的臀部在生了孩子之後，只略微向外擴大。乳房仍然美好而堅實，大小適中。腹部略微變圓。她無法在鏡子裡看到她的腿，但她知道她的腿仍然完美。

此段芬西絲卡審視自己的身體的細節描寫，暗喻了她在婚後已死的部份（如媚力、自信…等）又重新活了起來，而這些部份是在她貧瘠的婚姻裡，她先生所無法給予她的。

張小嫻在《荷包裡的單人床》這部愛情小說中，設計了很多唯美的細節，不但用作伏筆，也把女主角暗戀的心情真實披露。

蘇盈和秦雲生在百貨公司的電器部相遇，秦雲生把他們同時看上的電暖爐讓給蘇盈。後來蘇盈又在好友的店遇上秦雲生，方知好友的店原是一間餐廳，秦雲生和他的女友都在這裡約會，秦雲生在等待他的女友的出現。蘇盈毅然離開了交往多年的男友，轉而為自己製造機會和秦雲生見面。蘇盈雖然苦苦暗戀秦雲生，卻製作了巨型的海報要幫秦雲生把他的女友找回來。就在秦雲生女友的妹妹出現後，蘇盈才得知秦雲生等的女友早已在五年前死去。後來，雖然蘇盈和秦雲生成為了情侶，但蘇盈卻發現秦雲生對死去的女友念念不忘，就在兩人分手後又重逢時，蘇盈考慮著是否該給這段感情再一次機會。

搬離男友家的蘇盈，在添置新家的家具時，經過了一間義大利燈飾店，被一盞玻璃吊燈吸引住，但價錢很昂貴，可是她還是決定買下它，因為吊燈有一個美麗的名字——「恩戴米恩的月光」。

小說中蘇盈說——

恩戴米恩是神話裡的人物，有人說他是國王，但是大多數人都說他是牧童。恩戴米恩長得俊美絕倫，當他看守羊群的時候，月神西寧偶然看到他，愛上了他，從天而降，輕吻他，躺在他身旁。為了永遠擁有他，月神西寧使他永遠熟睡，像死去一樣躺在山野間，身體卻仍然溫暖而鮮活。每一個晚上，月神都會來看他、吻他。恩戴米恩從未曾醒來看看傾

瀉在自己身上的銀白的月光。癡情的月神永恆地、
痛苦地愛著他。
你就是我的牧童，可惜我不曾是你的月光。[163]

對蘇盈而言，她愛秦雲生，但佔據秦雲生的月光卻是他念念不忘的女友。

後來蘇盈邀請秦雲生到她的新家，他們有了這樣一段對話——

「要不要參觀一下？」
「這盞吊燈很漂亮。」你說。
「它叫『恩戴米恩的月光』。」
「它有名字的嗎？」
「我是為了名字才買下它的。」
「是不是那個神話裡的牧童？」
「你也知道那個神話嗎？」
「他一直都在山野間熟睡，像死了一樣。」
「他沒有死，他是被深深地愛著。」
「是的，他沒有死，他被深深地愛著。」你說。[164]

秦雲生一直不願相信深愛的女友已死的事實，也許對他而言，他是月神，而牧童則是他死去的女友，所以他才會說她沒有死，她被深深地愛著。

還有一處是伏筆的細節描寫——在蘇盈還不知秦雲生的女友已不在人間，她向秦雲生提議抽竹籤看看他女友會不

163 張小嫻：《荷包裡的單人床》，台北：皇冠文化出版有公司，二〇〇〇年三月，頁一〇八。
164 同前註，頁一一一。

會出現。

「如果她不來，你是不是會永遠在這裡等她？」
你垂首不語。
「這樣等待一個不知道會不會來的人，你不認為很飄緲嗎？這樣吧——」我站起來，去拿了一包新的竹簽。
我把其中一支竹籤折斷，跟其他竹籤放在一起。
「你在這裡抽一支，抽中最短的一支的話，她會回來的。」
我數數手上的竹籤，不多不少，總共有六十五支。
「來，抽一支，賭賭你的運氣。」
你隨手抽出一支。
怎麼可能？你抽中我折斷的那一支。
你好像也開始相信這個毫無根據的遊戲。
「恭喜你。」我說。
六十五分之一的機會，都給你遇上了。
我望著你，愈望著你，愈捨不得你朝思暮想的是另外一個女人。[165]

後來，他們倆開始戀愛後，住在一起了。有一次——

你的西裝就掛在椅背上，我想替你把西裝掛起來，可是，在西裝的口袋裡，我發現那半截竹籤，事隔那麼久，你仍然保留著那半截竹籤。
我跟你玩的那個遊戲，你很願意相信。

---

165 同註一六三，頁四七。

你從浴室裡出來，我拿著那半截竹籤問你：「你還保留著嗎？」

你不否認也不承認。

「你以為她會回來嗎？」

「她不會回來的。」

「但是你一直希望她會回來，即使只是個魂魄，對嗎？」

「你別胡說，那根本是不可能的。」

「那你為甚麼要把竹籤放在身邊？」

「我根本忘記了它在這件西裝的口袋裡。」

我狠狠地把竹籤截斷。

「你幹甚麼？」

「你為甚麼這樣緊張？」我質問你。

「你無理取鬧。」

「你甚麼時候才肯忘記她？你只是拿我來代替她，對嗎？你寂寞罷了。」[166]

從這段文字可看出蘇盈雖然和雲生在一起了，但其實她的心裡還是相當不安。

後來，在一次聚會中，蘇盈的好友惠絢給他倆作心理測驗——

「你喝下午茶時，正在讀小說——」

「是愛情小說。」田田更正她。

「對，你在讀一本愛情小說，讀到精采處，不小心打翻了面前的一件蛋糕，你會怎麼做？」

---

[166] 同註一六三，頁一六〇～一六一。

「這個心理測驗是測驗甚麼的？」我問她。

「不行呀，你知道了就不準，你先答，答案有三個：再叫一件。不要了。撿起來吃。」

「不要了。」我說。

「你呢，你選哪個答案？」惠絢問你。

「心理測驗是沒有甚麼根據的。」你說。

「哎呀，蘇盈都答了，你一定要答。」

「我會撿起來吃。」

「那就是第三個答案啦。」

「快把答案告訴我們。」我催促她。

「蛋糕意味著逝去的愛，所以對它計較與否，可以看出一個人對舊情人的愛是否強烈。嗯，選第一個答案的人很執著，對舊情人終生不忘，是癡情種子。」

幸好，你沒有選這個答案。

「那麼第二個答案呢？」我問惠絢。

「選第二個答案的人對蛋糕毫不執著，對逝去地愛，想得開，也放得下。真像你呀！誰說心理測驗不準？」她笑著對我說。

「第三個答案呢？」我問她。

「選這個答案的人對面前的蛋糕十分執著，他無法忘記舊情人，所以到現在為止還找不到真愛，與其說找不到，不如說是他自己每次都故意讓機會溜走。」

也許我們根本不應該玩這個心理測驗，它太準了。[167]

---

[167] 同註一六三，頁一九五～一九七。

作者在小說中所設計的「心理測驗」可看出蘇盈和雲生的關係。還有不能忽略的是蘇盈被這些作者所用心設計的「細節」支配著她忌妒的心，因而導致秦雲生終於選擇搬走。

細節描寫，在小說中佔著舉足輕重的地位，其所描述的範圍相當廣。從人物性格的刻劃、內心世界的陳述，人物的動作、事件的暗示、情節的前後呼應，以及所有細節的映襯、對比和呈現，都可透過細節描寫法來傳達意義。所以，細節描寫小有烘托陪襯人物的作用，大則有著畫龍點睛的效果。

四、懸念設計法

「懸念，是指在文章的開頭或文章中提出問題，擺出衝突，或設置疑團，引起讀者的關注。懸念的特點是，先將疑問懸在那裡，然後，或者『顧左右而言他』，故意不予理會；或者作出種種猜想，令人念念不忘。總之，作者並不急於揭開謎底、解決矛盾，而是蘊蓄比較長的時間後，再解開『懸念』，寫出結局，回答先前擇出的問題。」[168]

「懸念」必須具備真實而新奇的特質。既要能是在讀者的意料之中，又要是在他的意料之外，如此，才能吊住讀者的胃口，引起他的閱讀意願，給予讀者「山重水複疑無路，柳暗花明又一村」的感覺。

大陸學者劉勵操認為：「通過懸念的設置與解決，能直接而充分地展示人物的內心世界和事件的內在蘊含，使得人物形象有血有肉…」[169]

劉向〈馮諼客孟嘗君〉的故事所以吸引人就在於其使用

---

[168] 同註一四四，頁一九。
[169] 同註一四四，頁一九。

「蓄勢待發」的方法，它不是單刀直入，而是吊著讀者的胃口，給他們造成懸念，其藝術感染力是很強烈的。

從孟嘗君向馮諼問起他的嗜好和才能，馮諼給予否定的答案後，孟嘗君左右的人對馮諼便有點狗眼看人低。

當馮諼三番兩次吵著要魚吃、出門要車子、要養家時，孟嘗君一一滿足他，左右的人對馮諼更是相當反感。

孟嘗君需要一個學過會計的人幫他到薛地收債，馮諼自告奮勇，行前他問孟嘗君收完債後，要順便買些什麼回來，孟嘗君說缺什麼就買什麼。結果，他為孟嘗君買回了「義」——原來他假傳孟嘗君的命令，把債賜還給薛地的百姓，燒掉契據——孟嘗君有點不高興。

當孟嘗君被齊王以不用先王的臣子為臣子的理由趕出國後，他只好回到薛地，當他受到薛地百姓高呼萬歲的迎接時，他才體會到馮諼為他所買的義。

馮諼說狡兔有三窟，除了「焚券市義」，收買薛地民心作為後路外，他還「遊梁立名」，藉助外力使齊王央求孟嘗君回去，又「立廟於薛」，祭祀不絕以固其根本。

馮諼這樣的運籌帷幄過程，就很有「懸念」的效果。

張曼娟《喜歡》裡的〈天使的咒語〉也有這樣的懸念設計。

祥祥和馮凱是補習班的同學。聯考放榜後，成績的落差使兩人南北分離。

距離是情感的殺手，在南部的馮凱與祥祥疏於聯繫，令祥祥生氣的是，馮凱讓自己從大學生的身分，躍升為父親，祥祥在哭鬧之餘，毅然為自己下了離開的決定。

阿尉是祥祥租賃公寓裡的室友的親戚，他看著她度過情感的低潮，除了心疼之外，送了她一張「車票」作為生日禮物，車票上寫著——

永 康 站

至

保 安 站

阿尉問她看見了什麼？她說，我看見了火車，也明白你的意思，謝謝你。其實她心裡抱怨的是，他寧願大老遠跑去搭火車，也不願陪她過生日，她有一種失落感。他對她說，你明白就好；她把車票用一種告別的心情，放進收藏紀念品的盒子裡。

多年後，職場上的一場發表會中，阿尉與祥祥有了工作上的合作關係，祥祥以跳脫當年的模式，有了另一面新的自我，在與阿尉的聯繫的過程中，才發現這幾年的順遂，竟是拜當年阿尉送的那張巧妙車票所帶來的好運——天使的咒語——「永保安康」。

張曼娟的另一篇〈乍暖還寒時候〉也利用「懸念」吊著讀者的胃口。

孟琳一直忌妒著大學好友蘇可容優渥的先天條件，但在蘇可容經歷過感情的重大創傷後，她一直以為蘇可容不可能在婚姻上會找到幸福了。所以，當她接到蘇可容的訂婚喜帖後，她設想著怎樣的男子，會真的愛蘇可容，還是被蘇可容那天使般的純潔外表所眩惑？一個留洋的博士，自小就被書本壓迫著，深度的近視眼鏡，光禿無髮的頭頂，微隆的小腹，這樣的一個人猛然遇上了蘇可容便當她是個安琪兒一般的愛寵；而蘇可容也意識到青春稍縱即逝，不容再揮霍。孟琳想到這，真誠地為蘇可容歡喜，蘇可容當年那張憔悴黯然的神情始終盤旋在孟琳腦中。

讀者隨著孟琳的臆測，而想像；接著也急著跟隨孟琳參加訂婚宴，等待男主角的出現。

終於聽見有人喊著新郎來了，先是孟琳的角度見不到他的正面，只看見他的中等身材。等到他張開雙臂，走向蘇可容後，孟琳才和他照面，她簡直為蘇可容感到惋惜，這個頭頂禿，小腹圓的男人看起來最少也有五十歲了，當他擁抱蘇可容時，穿著高跟鞋的蘇可容，足足比他高半個頭，可悲的是，他一點書卷氣也沒有，卻有十足的商人架勢。

正當孟琳還在疑惑蘇可容是為了金錢，才嫁給這個年齡足以當她父親的男人時，她的眼前一亮，她見到一個年輕高大的男子，穿著黑色西裝，戴著一副金絲邊眼鏡，長方臉，稚氣的笑容，溫文儒雅。她想起母親臨出門時交代她眼睛放亮點，為自己找機會。

此時，她卻聽見英俊的男子對著蘇可容的父母喊爸媽。

後來，一切才真相大白，之前的矮短男人是英俊男子的姑父，姑父是這家新開幕的大飯店的老闆。

至此，我們的心情隨著孟琳的起落而起落。

作家若能真實且新奇地運用懸念，小說情節方能設計得曲折而有魅力；且通過懸念的設置與解決，將能充分展現人物的內心世界以及小說主題所要呈現的內涵意義。

初嘗試小說創作的人，若能事先瞭解並研究小說創作的方法和技巧，將能使其作品更具深度。

第三章　敘事觀點

觀點（Viewpoint or Point of View）又稱視角或視點，意指「文學上作者為表達素材時所取的有利的立場」[1]，對讀者而言則係指閱讀作品的角度。

第一節　全知觀點

全知觀點又稱萬能觀點，其敘述者有如上帝掌握著神一般的力量，是無所不在的。全知觀點屬第三人稱的技巧，作者是以第三人稱的語法去表現小說人物內、外在的全貌，對作者而言，應算是最適意的一種敘事形式，因為作者對他自己的作品是無所不知的，所以全知敘述可說是所有敘述技巧當中最自然的一種。例如，魯迅的《阿Q正傳》、白先勇的〈永遠的尹雪豔〉。

《阿Q正傳》，故事從作者要幫阿Q做正傳開始，共分十章，第一章是序。作者說明為何要幫阿Q做正傳，及阿Q的身世經歷。

從第二章開始，作者好像二十四小時跟著阿Q，把在阿Q身上發生的事一一記錄下來，順帶把阿Q內心的想法表達出來，同時也出面交代其他人物的背景。

阿Q不獨是姓名籍貫有些渺茫，連他先前的「行狀」也渺茫。因為未莊的人們之於阿Q，從來只要他幫忙，只拿他開玩笑，從未留心他的「行狀」。而阿Q自己也不說，獨有

[1] 廖瑞銘主編：《大不列顛百科全書》第六冊，台北：丹青圖書有限公司，一九八七年，頁七一。

和別人口角的時候，間或瞪著眼睛道：「我們先前——比你闊得多啦？你算是什麼東西！」

阿 Q 沒有家，住在未莊的土穀祠裡，也沒有固定的職業，只給人家作短工，割麥便割麥，椿米便椿米，撐船便撐船。工作一段時間後，他也住在臨時主人的家裡，但一完就走了。所以，人們忙碌的時候，也還記起阿 Q 來，然而記起的是做工，並不是「行狀」；一閒空，連阿 Q 都早忘卻，更不必說「行狀」了。只是有一回，有一個老頭子頌揚說：「阿 Q 真能做！」這時阿 Q 赤著膊，懶洋洋的瘦伶仃的正在他面前，別人也摸不著這話是真心還是譏笑，然而阿 Q 很喜歡。

作者像是阿 Q 的好朋友，在土穀祠、在酒店、在街道上，極力發揮最大的限度，進入阿 Q 的內心，一而再，再而三，說出阿 Q 當下的動機，表達阿 Q 的想法。

作者進入阿 Q 過去的回憶裡，例如「在阿 Q 的記憶上，這大約要算是生平第一件的屈辱」，「他五六年前，曾在戲台下的人叢中擰過一個女人的大腿。」也輕易進入其他人物的內心——「在未莊再看見阿 Q 出現的時候——人們都驚恐——於是又回上去想到，他先前哪裡去了呢？」「這使趙太爺很失望、氣憤而且擔心。」「趙太爺肚子裡一輪，覺得於他總不會有壞處——」

然而當阿 Q 無法在某些事件發生的現場時，許多事情也由作者出來交代。例如，阿 Q 因為調戲吳媽，後來賠禮贖罪，作者則出面代阿 Q 說明所賠的香燭和留下的布衫，派上什麼用場——「趙家也並不燒香燭，因為太太拜佛的時候可以用，留著了。那破布衫是大半做了少奶奶八月間生下來的孩子的補尿布，那小半破爛的便做了吳媽的鞋。」[2]

---

[2] 魯迅：《魯迅小說合集》，台北：里仁出版社，一九九七年十月，頁二九、三五、四〇。

在小說中，作者同時也對阿 Q 以及其他人物作批評，像作者常在小說中出現「他覺得」（「他」指的是阿 Q）這樣的字眼，表面上看去是作者代替阿 Q 說出了他的想法，其實仍然是作者對阿 Q 作批評。

白先勇描寫尹雪艷時的筆法，看似輕描淡寫，但卻在尹雪艷身上建立起一種若隱若現、忽暗忽明的神秘感，使讀者升起想更進一步一窺究竟的念頭，這正是使用全知觀點的好處。

〈永遠的尹雪艷〉不能以第一人稱來寫，若以尹雪艷自述，不但容易情不自禁地剖露她的內心想法，而且也大大削弱了小說的神秘氣氛，況且尹雪艷也無法自吹她自己令他人動心之處；若以小說中的某一配角以第一人稱作敘事，那麼小說中的時、空範圍必定會受到相當的限制，除非這個人物從過去到現在寸步不離跟著尹雪艷，而尹雪艷視她如無所不談的知己，但回過頭來說，小說若真創造了這樣一個配角，非但有多此一舉之嫌，而且尹雪艷在小說中的地位也就顯得不那麼重要了，因為她必須不能離開這個配角的視線，她再也無法「像一陣三月的微風」或「踏著風一般的步子」來去自如了；假若白先勇以第三人稱，從主角尹雪艷或擇一配角的角度敘事，必然都將無法「天南地北」地展現尹雪艷這個集美麗與邪惡於一身的女人的完整形象。

經過以上的假設分析，我們得知〈永遠的尹雪艷〉唯有以全知的敘事觀點去敘述，在人物的刻劃上才能收到「事半功倍」的美學效果。

歐陽子在〈〈永遠的尹雪艷〉之語言與語調〉一文提過：「我們時常誤以為一篇小說的敘述者，就是小說的作者；敘述者所說的話，就是作者要說的話。其實並不盡然。特別是在諷刺文中，作者有時故意讓敘述者道出與自己本意完全相反的話；而此作者與敘述者之間的差距，最能拍擊而產生諷刺的效果。在〈永遠的尹雪艷〉裡，白先勇就運用了這種敘述者說反面話或歪扭話的諷刺技巧。」[3] 她舉了幾個例子——

> 敘述者的話：尹雪艷總也不老……不管人事怎樣變遷，尹雪艷永遠是尹雪艷。[4]

白先勇的本意：誰能青春永駐，誰能永遠不老？

即使像尹雪艷，外表看似沒有改變，人人以為「永遠」，其實還不是自欺欺人。

敘述者的話：可是洪處長的八字到底軟了些，沒能抵得住尹雪艷的重煞。一年丟官，兩年破產，到了台北來連個閒職也沒撈上。尹雪艷離開洪處長時還算有良心，除了自己的家當外，只帶走一個從上海跟來的名廚師及兩個蘇州娘姨。[5]

白先勇的本意：紅顏禍水，尹雪艷真是個掃把星，尤其她還真是沒良心，洪處長破產後，她不但離棄他，而且還把自己的一切家當與名廚、傭人都帶走。

如果我們將小說中「敘述者的話」全改為「白先勇的本意」，那麼尹雪艷給人的感覺就太直接、太露骨了，而且她也將不再具有令人捉摸不定的神秘感，如此一來，作者勢必破壞讀者對尹雪艷形象的審美想像，因為有關尹雪艷的一切種種，作者已透過他的主觀意識加以告知了。

從這一點更深一層地證明了，白先勇若非使用全知觀點去刻劃尹雪艷是絕對無法達至對此人物的「嘲諷效果」的。

大仲馬《基督山恩仇記》也是使用全知觀點。

---

[3] 歐陽子：《王謝堂前的燕子》，台北：爾雅出版社，一九七八年五月，頁三一～三二。

[4] 白先勇：《台北人》，台北：爾雅出版社，一九七一年四月，頁一。

[5] 同前註，頁四。

十九歲的鄧迪斯是個單純善良的青年，即將由埃及王號的大副升任船長一職，就在他準備迎娶美麗的梅黛絲時，一封誣陷的告密函使得他被捕，關入黑牢。他不明所以，震驚、憤怒、失望、沮喪，最後想以自殺結束一切，所幸後來認識了同被關在黑牢裡的法利亞長老。博學、睿智的長老不但把豐富的知識交給鄧迪斯，和他一起計畫越獄，且把藏於基督山島岩洞中的寶藏秘密告訴他，而且解開了他所以被謀害的謎。十四年後，鄧迪斯因法利亞長老的去世而逃離黑牢，並找到了基督山島上的寶藏，他決心完成復仇計畫，除報答恩人外，還要設陷者一一付出代價。

鄧迪斯被陷害為拿破崙黨份子，在結婚當天被捕，而輾轉被送到法官韋爾福那裡進行審問，下面的引文是描述韋爾福第一眼看到鄧迪斯的情形。

> 韋爾福那一瞥，對那要審問的人就有了一種觀念。他從那飽滿的前額上看出了聰明，從那黑眼睛和濃濃的眉毛上看出了勇敢，從那半開著的、露出一排整齊牙齒的厚嘴唇上看出了坦白。韋爾福對他第一次的印象很不錯；但他常聽人說，不要相信第一次的衝動，他把這句格言也用到印象上去，所以他抑制心頭上的憐憫，面孔冷酷地在辦公桌前坐下來。過了一會，鄧迪斯進來了。他有些不安，但仍然帶著微笑，他從容有理地向法官致敬，四顧尋找一個座位。這時才第一次接觸到韋爾福的眼光，那種法官所特有的眼光。[6]

---

[6] 大仲馬著．黃燕德譯：《基督山恩仇記》，台北：書華出版社，一九九六年一月，頁六三～六四。

這段引文可看到韋爾福對鄧迪斯第一眼印象的內心想法，同時也可以知道鄧迪斯看到法官時，內心的不安。如果作者不是用全知觀點來表現，想必很難計劃逃獄、尋找寶藏並且復仇。

福樓拜《波法利夫人》裡的艾瑪，少女時期被送到修道院陶冶，自此開始夢想貴族般海闊天空的愛情生活。成年以後，她嫁給一位平庸的醫生，成為波法利夫人。平淡的生活很快破滅了她的浪漫幻想，波法利為了解除她的煩悶，於是遷居到雍維勒鎮。在這裡情場老手何多夫乘虛而入，艾瑪錯把它當成夢寐以求的情人，由半推半就到難捨難分，卻在要求與他私奔時遭到拋棄，艾瑪在精神上受到很大的打擊。後來她在盧昂遇到舊識——雷翁，兩人舊情復萌，過了將近兩年偷情的生活，最後也遭到遺棄，並使她債台高築。最後在高利貸商人的逼迫之下，她求告無門，服毒自盡。

雷翁和艾瑪偷情一段日子後，開始互相感到厭煩。

> 如今，他也感到厭煩，當艾瑪忽然偎在他胸口上嗚咽起來的時候，就像某些人只能忍受少量的音樂，而他的心一聽見愛的喧囂就因淡漠而昏昏欲睡，他已經分辨不出愛情的細緻了。
>
> 他們彼此熟悉了，不再因互相佔有而驚喜。她討厭他，他也對她感到厭倦。艾瑪在姦淫之中又發現了像婚姻一般的平淡。
>
> 可是，怎麼擺脫呢？儘管她因這種幸福的卑劣而感到羞辱，但是由於習慣或是由於淫穢，她仍然不放手，她一天比一天抓得更緊。因為她希望太多的幸福，所以耗竭了所有的幸福。她責怪雷翁使她失望，好像他曾經對她不忠，她甚至希望有一種災禍

> 使他們分手，因為她實在沒有勇氣下決心分手。[7]

在這段引文中，可以看到雷翁對艾瑪已經厭煩的內心分析，也可以看到艾瑪內心對他們的感情掙扎，如果不是作者使用全知觀點，是不可能同時知道小說裡兩個以上的人物的內心世界。

張愛玲的《怨女》描述一個出身麻油店的美麗女子——銀娣，因為貧窮的環境，促使她想選擇一個富有的婆家。於是她嫁給殘疾的姚二爺，犧牲自己的愛慾成全她的物質生活，進而開始了她被壓抑、被扭曲、荒涼的、怨恨的一生。

在一位親戚的慶生會上，銀娣發現自己的兒子跟昔日的偷情對象三爺鬼混。萬分生氣的她，索性將兒子關在家裡，並盤問有關他與三爺鬼混的情形。後來銀娣為了牢籠住唯一的兒子，便幫他定下一門親事，但是對方的相貌，她兒子十分不滿意，於是銀娣便以日後會為他娶妾作為交換條件。

> 難怪人家在堂子裏煙舖上談生意，隔著那盞鏤空白銅座小油燈對躺著，有深夜的氣氛，鬆懈而親切。不過他並不在乎這頭親事成功與否，她也知道，接著就說：
>
> 「我就看中馮家老派，不像現在這些女孩子們，弄一個到家裡來還了得？講起來他們家也還算有根底。你四表姑看見過他家小姐，不會錯到哪裡。你要揀漂亮的，等這樁事辦了再說。連我也不肯叫你受委屈。我就你一個。」
>
> 別的父母也有像這樣跟兒子講價錢的，還沒娶親先

---

[7] 福樓拜著．胡品清譯：《波法利夫人》，台北：志文出版社，一九七八年三月，頁三四九。

許下娶妾，出於他母親卻是意外。他不好意思有什麼表示，望著他們中間那盞煙燈，只有眼鏡邊緣的一線流光透露他的喜悅。

「自己可是要放出眼光來揀，不要像你叔叔伯伯那樣垃圾馬車。你三叔自己招牌做壞了，你不犯著跟著他在一起混。一個人窮極無賴，指不定背後拿成頭，揩你的油剪你的邊。這些堂子裏人眼睛多厲害，給她們拿你當瘟生，真可以把人一吊吊幾年，吊你的胃口。」

他臉上有一種控制著的表情，她覺得也許正被她說中了。她要是嚐到了甜頭，早就花了心，這次關在家裏這些時，沒這麼安靜。煙燈比什麼燈都亮，因為人躺著，眼光是新鮮的角度，難得又近。頭部放大了，特別清晰而又模糊。一張臉許多年來漸漸變得不認識了，總有點怪異可怖，但是她自己也不是他從前的年輕的母親了。他們在一起覺得那麼安全，是骨肉重圓，也有點悲哀。她有一剎那喉嚨哽住了，幾乎流下淚來，甘心情願讓他替她生活。他是她的一部份，他是個男的。[8]

張愛玲善於利用全知觀點，展現各個人物之間內心幽微的想法。

廖輝英的《輾轉紅蓮》裡六歲就賣給大戶人家做童養媳的許蓮花，一生命運波濤起伏。因紈袴子弟的丈夫——茂生迷戀煙花，恩斷義絕，終至狠心拋妻奪子。在絕境中蓮花艱苦奮鬥，最後終於苦盡甘來。小說裡有一幕是茂生去找他大

---

[8] 張愛玲：《怨女》，台北：皇冠出版社，一九六六年四月，頁一六〇～一六一。

哥茂林談分家產的事——

> 茂林沉默了一下，打量弟弟的情況，應該也不可能太有發展的樣子，但口氣聽起來又是另一回事。他因之改口問起來弟弟歸來的前因後果，以及八年來的生活狀況。茂生潦草交代了事，談到生活狀況，順口便謅了起來：「本來和人做點買賣，不想船沉了，所有投在上面的錢，包括自己和借來的，全部泡了湯，所以現在連過日子都有問題，催著要債呀。」兄弟相知，茂林早就預料是「要錢」這回事，因此也不心驚。只問：「過午了，你中飯沒吃吧！進屋裡去，我叫裡面準備。」茂生聽他哥哥將話岔開，怕事情又要大費周章，索性便話中有話說了一大段：「一餐飯沒吃事小，一個人沒飯吃也是小事，怕的是餐餐沒有著落，一家大小都在捱餓。」[9]

兄弟雙方對這次見面的主要原因，其實彼此都了然於心。為了錢的問題兄弟倆人在心中各有各的打算，除此外，也臆測著對方的心理。站在全知觀點的角度從「茂林沉默了一下，打量弟弟的情況，應該也不可能太有發展的樣子」我們可以清楚的看到大哥內心對弟弟造訪的獨白；而從「茂生聽他哥哥將話岔開，怕事情又要大費周章，索性便話中有話說了一大段」又可看到弟弟的內心世界。

古華《芙蓉鎮》裡的胡玉音家建了一棟極為顯眼的樓房，卻被李國香批為新富農、資本主義，李國香首先拿秦書田為新樓房所寫的對聯開刀，連帶將芙蓉鎮上的幹部掀出一

[9] 廖輝英：《輾轉紅蓮》，台北：九歌出版社，一九九三年七月，頁三四～三五。

一清算。

> 秦癲子渾身抖索，求救似地看了一眼台下的本大隊支書黎滿庚。黎滿庚低著頭，哪會顧得上答理他。滿庚支書身後，「芙蓉姐子」胡玉音兩口人更是丟魂失魄，張惶四顧。他雙膝發軟識時務地撲通一聲跪了下去。「秦書田，你可以站起來。」李國香卻出乎大家意外地向秦癲子擺了擺手。這也沒有什麼奇怪，上級派來的幹部總是比較講政策。[10]

原本充滿人情味的小鎮，在李國香「插手」後，每一個鎮民都惶惶不安，人人自危。所謂的溫暖在李國香的運動批鬥中躲得不見蹤影，在這樣的「全知觀點」的描述中，我們同時可以看到鎮民面對無情批鬥的三種內心世界，一是黎滿庚自保惶恐的心態；二是胡玉音夫婦嚇昏了的不安心情；三是秦書田的孤立無援，叫天不應，叫地不靈的悲淒心境。

張小嫻的《雪地裡的天使蛋捲》裡，寫的是愛好自由的李澄，遇上一生只想守候一個男人的方惠棗，在這場愛情承諾的角力賽裡，兩個不同愛情觀的人，在情愛追逐裡的紛爭與妥協。雖然是彼此相愛，終究因為觀念的差異，方惠棗選擇離開。

在小說中有一段描寫李澄去參加同事的慶生會，打了一通電話回家——

> 「我忘了告訴你，報館的編輯今天生日，我們在迪斯可裡替她慶祝。」

---

[10] 古華：《芙蓉鎮》，台北：遠流出版社，一九八八年七月，頁九五。

「我知道了。」方惠棗在電話那一頭說。
「我可能會晚一點回來。」
「嗯。」
「你先睡吧，不用等我。」
「知道了。」她輕鬆地說。她在學習給他自由，只要他心裡有她，在外面還會想起她，她就應該滿足。
他放下話筒，雖然只是打了一通電話，但他知道她正在一點點的改變，為了愛情的緣故。[11]

作者在此呈現了兩人為彼此所做的妥協，像是電影鏡頭般，在兩個不同的場景裡，藉著電話線的傳播，不僅讓方惠棗知道李澄的行蹤，也讓讀者藉著這條線，知道了兩人因為這份愛情的轉變，若不是全知觀點，如何辦到？

由以上的舉例可以瞭解全知觀點的神通廣大的特點。

第二節　限知觀點

限知觀點，顧名思義，是有所限制的，它不像第一節所討論的全知觀點那樣的無所不知，無所不能，它必須受限於敘事人的角度。我們可將限知觀點分為：敘事人在小說出面的——第一人稱；敘事人不在小說出面的——第三人稱。

一、第一人稱

[11] 張小嫻：《雪地裡的天使蛋捲》，台北：皇冠出版社，一九九八年十二月，頁一〇九～一一〇。

第一人稱的敘事者，是作者化身為小說中的主角或配角，用第一人稱「我」的形式，親身去演述整個故事的進行，並參與小說人物的交談、動作和對話。第一人稱的角度所以常用，是因為它是最容易藉以去講述故事的一種觀點，其特色就是作者已被揉合於故事中，變成小說人物的一份子，成為推演故事的媒介，除了講述小說裡的「我」對人物事件的所見所聞外，更可以把「我」本身的思想感受、心理活動或對主要人物的看法和感覺，直接而細膩的告訴讀者。

此法有兩種不同類型的人物：

（一）主角敘事

是以自己代替故事中的主要人物，即敘述者已化身為小說的主角，小說中裡的人物或所發生的事都與「我」有關，「我」可以敘述並且評論每個發生的事件，包括「我」自己的內心想望。（此亦適用於第三人稱主角敘事）通過「我」這個人物，然後把整個故事敘述給讀者知道。如白先勇的〈寂寞的十七歲〉，侯文詠的〈裸〉。

高岱君在〈瞬間〉這篇小說中即是以主角阿欣的角度去描述阿嬤對她的養育的用心。

阿欣從小對父親就沒有任何的印象，媽媽在外地工作，偶而才會回來一次，所以從小到大的生活起居都是由開雜貨店的阿嬤照顧，因此與阿嬤的感情也特別深厚。小說裡有幾段描述——

升國二那年的暑假，我拿回學期第一名的獎狀給阿嬤。雖然阿嬤只有國小畢業，但對我的功課還是很

> 注意，所以不管大考還是小考，只要她知道的，就一定要將分數上繳。
> 就像小學時候，常常因為貪玩就會把功課草草了事，因此簿子裡就會出現歪歪斜斜，忽大忽小的圈詞造句。可是，阿嬤就會很有耐心的用橡皮擦一行行的擦掉，然後叫我重寫。
> 最高的紀錄是重寫了四遍，不僅寫得一把鼻涕一把眼淚，連每天必看的卡通也沒看到。後來學乖了，知道什麼都可以馬虎，唯獨對阿嬤要求的事就要細心一點。
> 所以當我拿回第一名獎狀時，阿嬤真的很高興。她問我想要什麼禮物，我說不用，即使是那樣的想要一雙溜冰鞋，我還是搖頭說不用。可是阿嬤終究是阿嬤，那天她早早的就打烊，要我陪她到市區補貨。當我們走進運動商品店，她問我喜歡哪雙溜冰鞋時，我的眼淚差點就要掉下來。「那雙好不好？」阿嬤指著櫥窗裡白色高統靴溜冰鞋問我。除了點頭，我什麼話都想不出來。[12]

從以上的小說引文可看出阿嬤對於阿欣的教育相當注重，也可看出祖孫之間的濃厚感情。

蔡智恆是一個相當善於利用第一人稱主角敘事的作家。〈愛爾蘭咖啡〉主要是敘述主角「我」愛喝咖啡，有一次錯過班機，他發現一間名為「Yeats」的咖啡館，看到Menu的他被「只在十二點後才供應」的愛爾蘭咖啡所吸引，而點了一杯「愛爾蘭咖啡」，因此開始了和咖啡店女老闆的邂逅。

---

[12] 高岱君：〈瞬間〉，《當一顆綠豆蔓生》台北：麥田出版社，二〇〇〇年五月，頁一五七～一五八。

故事結局也因為愛爾蘭咖啡，兩人相互牽繫在一起。.

主角在小說裡抒發他和咖啡之間的情誼——

其實我算是滿喜歡喝咖啡的，但還說不上愛。

會染上咖啡癮，是因為唸書時同研究室的學弟總會順便煮一杯給我。

日子久了，咖啡對我而言便成了生活上必須的飲料。

不過只要一離開研究室，我就很少喝咖啡。

畢了業，在熟悉的台南找了個工作。

那是個學術單位，我的職稱是小小研究助理。

……

這個工作還算好，待遇也不錯，只是缺了個會煮咖啡的同事。

基於自己煮咖啡需要買器材和咖啡豆的麻煩，我便順勢戒了咖啡。

我很懶，這點我承認。[13]

我們透過「我」的眼光去看女老闆煮愛爾蘭咖啡時的用心，那樣的觀察似乎更為親近而敏銳，似乎也聞到了咖啡的香味——

她又拿出愛爾蘭咖啡杯，開始煮愛爾蘭咖啡。

我已經仔細看過她煮了兩次的愛爾蘭咖啡，所以這次我只是看著她。

---

[13] 蔡智恆：《LOVE POST1》，台北：紅色文化出版社，二○○○年十一月，頁十。

我從未仔細觀察她的外表，因為我一直覺得她最美麗的地方是她的認真。
自從知道她有愛爾蘭血統以來，我也只是覺得她帶點異國風情。
如今仔細一看，她除了很會煮咖啡外，外貌也很傑出。
尤其是那雙會說故事的眼睛。
「你看著我幹嘛？」她好像有點不好意思。
「煮咖啡要專心啊。而且妳沒看我，又怎麼知道我看妳呢？」[14]

還有他的另一篇小說〈洛神紅茶〉，故事敘述一名高三生志鴻，因為租房子的關係，和房東的女兒琇蓉之間，所發生的點滴。

小說結尾敘述「我」在市場遇見了琇蓉，但卻選擇繞行別的路，因為心中的琇蓉如今已為人母，在心中無限感慨下，又買了杯洛神紅茶…。整篇小說都以「我」的方式敘述，透過洛神紅茶串起了志鴻和琇蓉的故事，也引起了讀者與小說中人物心靈的共鳴——

看著她忙碌的樣子，我便告訴琇蓉我先去逛逛，待會再回來敘舊。
「你要馬上過來喔！我快收攤了。」琇蓉微笑的聲音在身後響起。
不知怎地，我用比平常慢了好幾倍的速度在夜市晃了一圈。

[14] 同前註，頁三九、四〇。

每走一步，便更思念洛神紅茶的味道。
但就像青澀的日子不可能重來一樣，我的舌頭也喪失了對洛神紅茶味道的記憶。
原來跟我告別的，不僅是青澀的日子和洛神紅茶青澀的味道，還有青澀的戀情。
腦海裏湧上第一次見面時，我急著想跑上樓，而她卻拖著不想走出浴室的往事。琇蓉那時不得不走出浴室面對我，但我現在卻可選擇繞路避開她。繞了路，經過一個涼水攤，竟然看到上面寫著："洛神紅茶"。
心頭一驚，我忍不住買了一杯洛神紅茶。只喝了一口，眉頭便已糾結。洛神紅茶的味道，嗯……？果然微酸。[15]

張曼娟的〈我真的想知道〉用的也是這樣的敘事手法。女主角阿敏為著父母鬧離婚而苦惱——

他們還問我們有什麼意見？
「有人關心我們的意見和感受嗎？」姊姊大聲問，我看見她在發抖。我也覺得好難受，連呼吸都有點困難。爸爸委婉的解釋他們的婚姻原就是個錯誤。姊姊哭起來，她喊著：「那我們算什麼？我們算什麼？」我哭了，媽也哭了。爸還是在那天晚上搬走了。我想，姊也是個錯誤，我呢，就是錯上加錯了。[16]

---

[15] 蔡智恆：《7-11 之戀》，台北：紅色文化出版社，一九九九年八月，頁一五四。
[16] 張曼娟：《喜歡》，台北：皇冠出版社，一九九八年八月，頁七〇。

後來父母分開後，關係反而變和善了，她感到輕鬆，反正不會再更糟了。

阿星是他們班的轉學生，他不聰明但很用功，總是說要出人頭地，不能辜負他父親的期望；他母親在市場擺攤子，相當辛苦。

有一次，阿星沒帶課本，被老師罰站了一天。原來他父親是嘉義的組頭，欠了一屁股債，偷偷搬上來台北，現在黑道又來追債了，全家逃了出來，課本也來不及拿。他說他一定要用功考上高中，然後，半工半讀念大學，他要讀法律系，說是比較不會被欺負。

阿星連續被罰站了三天，他不願意讓老師和同學知道他爸爸是組頭，所以寧願罰站。阿敏想到阿星的可憐相，在前任班導劉老師關心的詢問下，把阿星的隱情告訴了劉老師，劉老師也答應她不會說出去。

阿星順利回家取得課本後，他送了一個打瞌睡的小沙彌給阿敏，謝謝她替他保密。就在這個時候，劉老師在一次和現任班導楊老師的爭執中，責怪她不夠關心學生，而把阿星的狀況說了出去。

模擬考時，數學老師忽然喊了一聲：「不准作弊！」

下午班導進教室說，一個人出身在什麼家庭並不重要，爸爸做什麼事也不重要，但不該自甘墮落，她要害群之馬在放學前認錯。

阿星被幾個男生帶走，說要清理門戶，阿敏跑去拯救他，並對他道歉，但他卻喊著要她走開。放學前，不見阿星回來，阿敏把小沙彌放進他的抽屜，想他大概不要她這個朋友了；隔天，小沙彌又回到了她的抽屜，她很高興他原諒她了。

作弊事件發生過後，「我」覺得更是荒謬——

> 班導帶著數學老師進來了，數學老師說有點誤會，她只是叫我們不可以作弊，並不是我們班有人作弊。班導笑得很高興，像贏得了勝利。我一點也不高興，事情真奇怪，昨天發生的一切好像都不存在似的。[17]

當警察和記者出現後，他們才知道阿星在「育英樓」下被找到，還背著書包，那些書是他冒險從家裡偷出來的。他永遠離開大家了。

一條年輕生命因為大人的明爭暗鬥給犧牲了。大人利用了孩子的善良，爭權奪利；如果作者不是用這樣的敘述手法，我們是不容易聽見孩子的心聲的——

> 我想他是老師應該能幫忙的，所以我就把事情告訴他了，並且拜託他一定不要告訴別人。劉老師答應我，還說我關心同學很可貴，以後有什麼事都要告訴他，他會想辦法的。……我在辦公室外聽見好像有人在吵架的聲音，仔細一聽是班導楊老師激動的聲音：「一天到晚到我班上問長問短是什麼居心？我帶得好不好分數會說話。」另一個聲音是劉老師：「分數就是一切嗎？班上有學生出狀況，你不聞不問。那個轉學生，他爸爸是組頭，他們全家被黑道追殺，妳知道嗎？」我摀住嘴跑開，為什麼？為什麼這樣？他答應我不會告訴任何人的，現在全

[17] 同前註，頁七八。

天下的人大概都知道了。大人怎麼可以說話不算話呢？我那麼相信他。[18]

小說主角從自己在家中的被忽視，再透過阿星的事件向大人的世界提出質疑，作者以此敘事觀點來表達小說的主題意義是最切恰的。

鄭豐喜所著的《汪洋中的一條船》是家喻戶曉的真實故事，故事敘述一個殘疾青年奮勵自強卻也燦爛一生的歷程。鄭豐喜出生雙腿殘疾，險遭拋棄，幸虧爺爺與二嬸等人的疼愛與庇護，終於能夠從艱難的困境中成長。

因為家貧，幼年的鄭豐喜經歷了街頭賣藝，養鴨時又幾乎喪生洪水，環境的艱苦折磨，激勵了鄭豐喜自強不息的毅力與上進心，不但靠雙手生存下來，還爭取上學，取得了優異的成績。可是因為他的殘疾卻使他受到了一些老師的刁難以及同學的欺辱，鄭豐喜寵辱不驚，以他的聰慧及過人的勇氣與毅力贏得了大家的尊重與欽佩。

為完成中學學業，鄭豐喜到處打工，他以《汪洋中的一條船》參加徵文比賽，引起社會很大的迴響，許多人表示願意資助他完成學業，但是他卻不願過多依靠他人。最讓鄭豐喜欣喜的是專家徐錦章替他裝了義肢，使他站了起來。

鄭豐喜終於不負眾望考上了中興大學法律系，並繼續撰寫《汪洋中的一條船》。大學時，鄭豐喜和同學吳繼釗相戀。吳家二老雖欽佩鄭豐喜的奮鬥精神卻不願將女兒嫁給他，鄭豐喜上門與他們懇談，吳母要他為吳繼釗的幸福著想，而鄭豐喜堅持只有自己才能給她幸福，幾經周折，鄭豐喜終於與吳繼釗結為連理。婚後鄭豐喜與吳繼釗生活幸福美滿，育有

[18] 同註六，頁七四～七五。

兩女。三十一歲時鄭豐喜因癌症不治辭世，身後留給世人一段自強不息的感人故事。

小說中不乏出現「勵志」的詞句——

> 正當我和五哥談星的時候，五哥突然若有所思的說:「這些星斗，我最敬佩月亮的了。」他接著說:「因為她有時雖然只有半邊，卻也比眾星明亮。」我問他:「五哥！我能不能像月亮呢？」他很肯定的說:「能的，只要你努力！奮鬥！」[19]

考上中興大學法律系的鄭豐喜，在報到當天他說：

> 下午是各班自由活動。自我介紹時，同學們一直盯著我看，有的說我是「新聞人物」，有的說我是「下港人，草地佬」，還有人說:「像這種人，也來上大學，真是奇蹟。」不管他（她）們怎麼說，怎麼笑我，反正，我明天就要站起來了。[20]

《少年維特的煩惱》是歌德只花了四個星期便寫成的書信體小說，故事情節簡單，描寫維特在給好友威廉的信中訴說自己畸戀的經歷與痛苦。

小說中以「我」與友人的書信往返，每篇都以日期分隔，由於是以第一人稱主角敘事，更能表現出個人情感。讀者易感受書中人物的心靈，也因此《少年維特的煩惱》這本書發表後引起了相當大的震憾，直到現代仍占有一定的地位，當

---

[19] 鄭豐喜著:《汪洋中的一條船》(原名《汪洋中的破船》)，一九七六年二月，吳繼釗發行，頁四三。

[20] 同前註，頁一五九。

時許多青年為此書而瘋狂，學著維特的穿著，甚至學維特為愛情而自殺，這是作者始料未及的。

> 六月十六日
> 我為什麼不寫信給你？你是聰明的學者，居然還問我這句話！我想你應該猜得出來，我近況很好，真的。簡單地說，我認識一個使我著迷的人。我認識了——真不知道怎麼說才好。若要井井有條告訴你我認識一位可人兒的經過，可不是一件簡單的事情，我現在心滿意足，萬分快樂，所以不可能說得清清楚楚。[21]

> 十二月二十一日
> 綠蒂，我心已決。我決心一死，我寫這封信給妳，心境很安詳，沒有什麼浪漫與得意的感覺，今天早上我要見妳最後一面。[22]

巴金〈狗〉的主角是一位連自己姓名都不知道的孤兒，不論他走到哪裡總是受到別人的嘲笑與嫌惡，於是他開始懷疑自己究竟算不算是一個人，在他不斷地遭遇到非人的待遇後，他發現原來他的處境宛如狗一般，於是到最後他認為自己就是一隻狗。

本篇小說採用第一人稱，通過狗的遭遇，指控高等洋人、高等華人的霸道與殘忍，象徵貼切，寓意深刻，是一篇具有獨創性的小說。

---

[21] 歌德著；黃碧蓮編譯：《少年維特的煩惱》，台北：遠志出版社，一九八九年十一月，頁二九。
[22] 同前註，頁一三九。

> 一隻異常鋒利的腳向我左臂踢來，好像這隻手臂被刀砍斷了一樣，我痛得倒在地上亂滾。
> 「狗」！我清清楚楚地聽見這個字從偉大的人的口裡吐出來。
> 我的手揉著傷痕，我的口裏反覆地唸著這個「狗」字。
> 我終於回到了破廟裏。我忍住痛，在地上爬著。我搖著頭，我擺著屁股。
> 我覺得我是一條狗。
> 我心裡很快活。我笑著，我流了眼淚地笑著。我明白我現在真是一條狗了。[23]

嚴歌苓的《人寰》是一本有關戀父情結自傳類的小說，書中的「我」從小就迷戀父親的朋友——賀叔叔，一直到長大成人也一樣，而她之所以如此迷戀賀叔叔，其實是為了要從賀叔叔身上找到心目中理想的父親形象。為求從此種情形解脫，她決定去看心理醫生，而故事就由此開始，作者使用倒敘的手法，透過看病時，緩緩對醫生說出這段長達幾十年的愛戀。

這本書是完完全全的第一人稱敘述，書中只聽到「我」這個角色的說話及回應，看不到心理醫生所說的話，所以，讀者只能藉由「我」這個角色的話來猜測他人的反應。

主角第一次看診時，「我」對醫生說：

> 有一點不自在，這個你已經注意到了。

[23] 巴金：《中國作家選集七》，台北：書林出版社，一九九二年十二月，頁四一。

> 夠亮了，不需要太多光線。
> 的確有點尷尬：中國人一般不為此類原因就醫的。
> 謝謝，請別加冰，我可以坐到壁爐邊上去嗎？謝謝，沒想到診所會有壁爐。也沒想到你會這樣年輕，這樣沈默。這麼沈默的笑容。[24]

小說中的「我」形容對父親的感覺：

> 是的，的確，我在講到我父親時會情不自禁。我非常愛我的父親。他的基因，是我內心所有的敏感、激情和危險。[25]

有關賀叔叔和她對彼此的愛，作者是這樣寫的：

> 是他愛我，我知道得很清楚。愛一個孩子，愛一個小姑娘，愛一個改頭換面的少女，不管有多少種愛，對我，他對那孩子的愛始終壓在其餘之上。
> 他不像我。我對他的愛主要是因為恨。現在我知道，崇拜包括那麼多恨。[26]

嚴歌苓利用這位已接受過西方教育的留美中國女性在接受治療時對醫生的口述，道出了當代中國幾十年來政治鬥爭中男人與男人之間的道德、友誼與倫理在性格方面所承受的考驗。若非作者以此敘事法，相信很難全面見出西方觀點

---

[24] 嚴歌苓：《人寰》，台北：時報文化出版有限公司，一九九九年十二月，頁一。
[25] 同前註，頁一一。
[26] 同註二四，頁一二六。

所審視的東方倫理問題。

利用這類由主角敘事的寫法，可以把第一人稱角度的優點發揮出來——讀者讀了「我」的陳述，會產生一種由「當事人」講述他自己親自經歷的親切感，無形中更容易接受小說人物、故事和情節，因為作者、人物與讀者之間的交流達到了最高效益，敘事者的敘述則使讀者有如聽當事人侃侃而談，其內容皆為敘事者的親身見聞與感想，所以真切感人、生動鮮明。

（二）配角敘事

一種是把自己當做小說故事或事件的見證人而寫進文章中，作者透過配角「我」的觀察和思想去展現有關主角的故事，而建立讀者對這個「我」的同體感。該敘事觀點是有限度的，他只可以告訴讀者他的見聞，如果敘述者要超出他的觀察，可以接受的程度只在於他所表露的是推測。如琦君的〈橘子紅了〉，白先勇的〈金大奶奶〉、〈玉卿嫂〉。

〈橘子紅了〉是琦君就她的年少經驗寫成的小說，琦君化身為故事中十六歲的秀娟，以她「純真」的眼睛去看主角令他們難懂的世界。

這個受過新式教育的女子秀娟，慶幸自己不過和買來的三太太秀芬相差兩歲，但卻有著天壤之別的命運。她同情秀芬「她要跟一個像她父親一般老的男人過一生世，卻又不能經常在一起，我心中又不由得為她擔起沈重的心事來。也有點怪大媽，她一廂情願地製造這麼一件古裏怪氣的事，安排了一個年輕女孩的命運，究竟是憐惜她，還是害了她呢？」[27]

白先勇的〈金大奶奶〉敘述抗戰勝利那一年，故事的敘述者——「我」——容哥兒，跟著他奶媽順嫂回到上海近郊的虹橋鎮安居。在那邊最有名的便是金家了，容哥兒常去金家找他們的同齡玩伴小虎子玩，卻發現大家都討厭金家的大奶奶，歷經多次事件後，容哥兒逐漸瞭解金大奶奶是個怎樣的人，直到金大先生要迎娶新娘子時，順嫂叫容哥兒送東西給金大奶奶吃，才發現金大奶奶已上吊自殺了。

整個故事透過容哥兒這個外人的「我」去敘述，是最能公平客觀地為金大奶奶的委屈申冤的。

白先勇的〈玉卿嫂〉和金大奶奶的敘述者相同，皆為容哥兒，借用容哥兒的孩童口吻，講述玉卿嫂與慶生錯縱複雜的乾姊弟的愛情關係。

讀者先從配角容哥兒的眼中見到玉卿嫂的外表和為人。再從容哥兒小孩子的眼光看大人的世界，他見到玉卿嫂堅拒滿叔的提親，毫不貪戀他的錢財。

> 「表哥，這些話你不要來講給我聽，橫直我不會嫁給你就是了！」玉卿嫂轉過身來說道，她的臉板的鐵青，連我都嚇了一跳。她平常對我總是和和氣氣的，我不曉得她發起脾氣來那樣唬人呢。[28]

當玉卿嫂看見慶生跟戲子金飛燕在纏綿，她的心如刀割，也由容哥兒傳達給讀者。

---

[27] 琦君：《橘子紅了》，台北：洪範書店，二〇〇一年五月，頁二五。

[28] 白先勇：《寂寞十七歲》，台北：允晨文化出版公司，一九八九年九月，頁七三。

> 玉卿嫂不曉得什麼時候已經滑倒在地上去了，她的背軟癱癱的靠在木桿上，兩隻手交叉著抓緊胸脯，混身都在發抖。我湊近時，看到她的臉變的好怕人，白得到了耳根了，眼圈和嘴角都是發灰的一大堆白吐沫從嘴裡淌了出來。她的眼睛閉得緊緊的，上排牙齒露了出來，拼命咬著下唇，咬的好用力，血都沁出來了，含著口沫從嘴角掛下來，她的胸脯一起一伏，抖得衣服都顫動起來。[29]

玉卿嫂的強烈反應，透過容哥兒這個小孩來看，給讀者的感受比讓玉卿嫂自己去敘述來得好，因為玉卿嫂不可能自己去形容自己的表情反應。

張大春〈公寓導遊〉裡的敘述者從一個配角的角度介紹各個樓層的人的趣事——

> 各位千萬不要期待會從我這裡聽到什麼故事，我只是個導遊而已。
>
> 感謝各位從百忙之中抽空來參加我們的活動，而放棄了那些可能很有趣、很有意義、很值得回味的旅行——譬如說北海道雪之祭、好望角看哈雷、奈洛比野生動物巡禮或者古羅馬探訪等等。
>
> 我們所安排的節目非常簡單，各位要參觀的只是一幢非常普通的十二層樓公寓。公寓牆上有兩排黑漆銅質大字「富禮大廈/Fortune building」是大廈的名字。負責設計和建造這幢大樓的范揚帆總工程師此

[29] 同前註，頁一〇四。

> 刻住在十二樓 A 座，他臥室的床頭正頂著那牆外「富」字的寶蓋。老實說：他並不滿意「富禮」的英文命名，可是又實在想不出那個英文字能兼含「富而好禮」的意思？又可以貼切「富禮」的發音。他的妻子林南施曾經是大學英文系的系花，一度替他出主意，給大廈起了個「Fully building」的名字。范揚帆不同意，他認為聽起來「笨笨的」，唸不好成「Foolish」。[30]

從最重要的設計整棟大樓的范揚帆開始，接著再一一介紹管理員與各住戶的生活背景及其之間所發生的事情。

而在賴香吟〈清晨茉莉〉這篇小說中，作者則透過即將結婚的配角「小崔」，藉由他自己對婚姻的想法、觀察和思想，來展現他對小姑姑和姑丈的看法。

小崔的小姑姑患有輕度智障，姑丈則是個拘泥於傳宗接代，渴望一個能禦風寒，可供基本溫飽的家的外省人。

小姑姑婚後，小崔陪祖母拜訪小姑姑，對小姑姑的形象，有了這樣的想法：

> 不知道是因為她身上零亂的穿著，還是因為我心中早已將她歸類為一般村婦應有的模樣；總之，與原本在我眼中純淨的少女形象相比，婚後的姑姑一下蒼老許多。在那張沾著汙垢的臉龐，我看到的不再是失神的純真，而是令人不耐的痴呆。[31]

---

[30] 張大春：《公寓導遊》，台北：時報文化出版，二〇〇二年五月，頁一六五～一六六。

[31] 周寧編：《七十九年短篇小說選》，台北：爾雅出版社，一九九一年四月，頁一五〇～一五一。

作者藉小崔對小姑姑婚前婚後的截然不同的觀感，向讀者暗示，其姑丈不知如何去疼惜小姑姑，也暗示自己本身逐漸失去少年般的純真，而同旁人一樣以異樣的眼光看待小姑姑。

小崔對姑丈的態度也從厭惡，排斥至習慣、崇敬。他和姑丈第一次見面時，因姑丈是外省人而有語言間的隔閡，又因姑丈娶了他所思慕的小姑姑而心感不悅，但他在拜訪過姑丈和小姑姑後，得知姑丈欲自力更生在山上栽種果樹和建屋，而感到驚訝。後來他再度拜訪姑丈時，果實已結實纍纍，房子也將近建築完成。她對姑丈的印象完全改觀，那時他非常希望自己能趕快長成像姑丈這樣強壯勇敢的大人

這場婚姻是悲劇的，姑丈一人自大陸飄洋過海來到台灣生根，他只懂得傳宗接代的重要性和求得溫飽，不知如何去照顧疼惜患有輕度智障的小姑姑。小崔把隱藏在自己心中的秘密——小姑姑喜歡茉莉花之事，告訴姑丈時：

> 我不安的指指屋前平臺說：「可以在這裡種好多茉莉花。」我以傾訴秘密口吻說：「姑姑最喜歡茉莉花了。」「哦？她還會欣賞花嗎？」姑丈突然喃喃自語的悶聲說道：「我真怕她會給我生出一個瘋兒子。」[32]

當姑丈在颱風天時被山上的泥漿淹沒後，小姑姑在喪禮中對姑丈的棺木又哭又笑，小崔前去安慰，小姑姑抱住小崔，放聲痛哭。但小崔卻狠狠的推棄了她。

---

[32] 同前註，頁一六三～一六四。

當時他的心情是十分複雜的。

蕭颯〈我兒漢生〉裡的潘漢生是一個具有熱忱和正義感的青年，他在高中時因為懷著虛無和無政府主義心態，從玩鎖匙到和同學去書店偷書被抓，甚至後來因打抱不平殺傷同學，轉學後在學校辦報紙抨擊師長。大學畢業後秉持著熱忱，積極參與社會服務，從教育協進機構、傷殘服務中心、保險公司、廣告公司到開計程車，因堅持自己的理想，不願面對現實，最後面臨被倒帳欠債的結局。

全篇透過漢生母親的觀點，來描述漢生從年少到出社會後，因堅持理想而凡事處處碰壁的經過。整篇故事明顯地表示出漢生和他身邊環境的對立。小說一開始，寫到漢生高中時玩鎖匙，稱此為「也算一種收集」，並說是「一種心智訓練」，接著，漢生和同學到書店偷書被抓，說道：「哎呀？誰偷書嘛，只是，只是打賭看誰拿得了。」從此可約略感覺出漢生的不同。在他轉學後，在學校辦報紙抨擊師長，理由是：只是為了正義，說大家不敢說的話……導師沒有學問沒有品德，兼課外活動組長的時候只知道汙學校的錢。當母親要他只唸書，不去管學校的事情，他回答：「怎麼不關我的事，我要接下去辦校刊，怎麼不關我的事。」對於漢生不願同一般人一樣只求潔身自保，要能積極參與謀求改進，卻不曾考慮如何在社會許可範圍內發揮他的熱忱和正義感，他的母親所感受到的是：

> 他握牢了的拳頭像是隨時會迸出火花一樣，好一頭憤怒的小乳獅。可是他又知道我這做母親的感受嗎？我的憤怒早已經不只針對他的某一件罪行了，我真為他以後的前途擔心，他早踰出常軌，我不能想像，這樣孩子可能正常的成為一個成功的男

人嗎？[33]

漢生畢業後，在求職道路上一直碰壁，只因為他「實在受不了一些同事，成天抱怨薪水低，沒有前途……看著生氣，還不如離開他們遠些。」因為漢生的這份志氣，使他看似一個虛幻的理想主義者。他的雙親只得暗中幫他拉保險、籌錢，甚至幫他還債。看到漢生處處碰壁，而心感沮喪時，他的母親擔憂地想：

> 我和裕德商量結果，是等他賣了車，如果錢還不夠，替他賠上，另外把現在住的這幢二層樓房抵押出去，為他在忠孝東路開家書店……，裕德和我心底都有一樣的矛盾，我們多希望他願意，順順利利的創出自己的事業；可是又真怕他就這樣同意了！這似乎不像當初那個正義凜然、要奮鬥、要自力、要為社會做楷模的漢生。[34]

他的母親想幫助漢生順利創業，卻又怕漢生會接受這安排而失去他早先想要自力更生，為社會做楷模的理想和熱情。

漢生的問題在於自我要求作一個獨立自生的年輕人還不夠成熟，而他能力不足，但卻空有熱忱，要去幫助別人，在這樣不穩固的根基上，當然容易形成架空的虛幻理想。

透過漢生母親的角度敘事，不僅客觀，還能見出母親心底的憂心，因為，大抵上，母親應該是最瞭解她自己的孩子

---

[33] 李昂：《七十七年短篇小說選》，台北：爾雅出版社，一九九〇年九月，頁一六三。
[34] 同前註，頁一八三。

的弱點的。

鍾阿城〈棋王〉的故事是從敘述者「我」，在火車上邂逅「棋呆子」——王一生開始的。

敘述者「我」在文革時因父母死亡後，便前往外地工作，在火車上，巧遇棋呆子：

> 棋呆子紅了臉，沒好氣兒說：「你管天管地，還管我下棋？該你走了。」就催促我身邊的對手。我這時聽出點聲音來，就問同學：「他就是王一生？」同學睜了眼，說：「你不認識他？唉呀，你白活了。你不知道棋呆子？」我說：「我知道棋呆子就是王一生，可不知道王一生就是他。」說著，就仔細看著這個精瘦的學生。王一生勉強笑笑，只看著棋盤。[35]

後來，在兩人交談中，王一生告訴「我」自幼如何家貧，及如何在中學開始迷上象棋，跟一個撿爛紙的異人老頭兒學會了道家傳統「準贏不輸」的棋道。最後故事結尾寫到王一生在千百村民及下放知青圍觀之下，以車輪戰大勝九名高手。被擊敗的象棋冠軍最後還出面求和，慶幸因為有王一生，所以「中華棋道，畢竟不頹」。

鍾阿城〈樹王〉是寫鄉下老漢「蕭疙瘩」（也就是樹王）抗拒知青砍伐老樹，而最後與樹皆亡的事。小說的敘述者是前往砍伐樹木，種植有用之樹的一名知青。

敘述者在初次見到蕭疙瘩時，就對他印象深刻：

---

[35] 鍾阿城：《當代世界小說家讀本（50）》，台北：光復書局股份有限公司，一九八八年十二月，頁四。

> 我見到與他握過手的人臉上都有些異樣，心裏正不明白，就輪到我了。我一邊伸出手去，說著「你好」，一邊看這個矮漢子。不料手好似被門縫狠狠擠了一下，正要失聲，矮漢子已去和另外的人握手了。[36]

後來敘訴者和蕭疙瘩漸漸地熟起來了，原來他本是貴州的一個山民，年輕時就入伍，當上了偵察班長，但卻因為他部下偷橘子，他打斷了部下的腳，被記處分，便到農場來，終日在大山裏鑽，倒也熟悉，但他不能明白為什麼要將好端端的森林砍倒燒掉，因此，他反對砍倒那老樹。但最後老樹還是在砍了四天後倒下，這期間蕭疙瘩整整守了四天，那一晚敘述者就去看他：

> 蕭疙瘩呆呆坐在矮凳上，見我來了，慢慢地移眼看我，那眼極乾澀，失了精神，模模糊糊。我心中一酸，說：「老蕭」只四天，蕭疙瘩頭髮便長出許多，根根立著，竟是灰白雜色；一臉的皺紋，愈近額頭與耳朵便愈密集；上唇縮著，下唇鬆開；脖子上的皮順下去，似乎洩走一身力氣。[37]

過不了幾天，樹王——蕭疙瘩也同老樹般地逝去。

陳若曦〈查戶口〉裡的彭玉蓮被懷疑在丈夫下放勞改時偷漢子，在共產社會，這是眾人都管得著的事。於是大家集會設計，借「查戶口」之名，時常突擊檢查她的住處，以便捉姦，最後彭玉蓮的苟且行為果然暴露，哄傳鄉里，而其夫無意追究的寬宏大量頗令人稱奇。

---

[36] 同前註，頁五六。
[37] 同註三五，頁九九。

全文以配角「文老師」的視角展開。文老師對彭玉蓮的第一印象相當深刻，因為在一個冬天的早上，文老師穿厚棉襖、棉褲、棉鞋，外罩毛大衣和風雪帽出門，但彭玉蓮竟穿了紫紅包鴨色便鞋、花綢面的絲棉襖、紫紅的毛線帽黑手套，穿得色彩鮮套，在當時「文化大革命」的背景下是不容許打扮華麗的，使文老師對彭玉蓮的膽量佩服。

當鄰居們開會決議以查戶口的方式對彭家進行突擊檢查後，代表居民委員的常主任向文老師表示需要她留意彭玉蓮的舉動，文老師的內心卻是相當複雜的：

> 我不禁暗罵起來。她闖了禍，卻弄得鄰居為她失眠！繼而一想，她幾乎當眾出了醜，也夠險的了，似乎又為她慶幸起來。…我就住在她家對面，竟從來不曾注意到有什麼面生的男人進出她家。我想，這大宿舍裡，密密麻麻的多少戶人家住著，人多自然嘴雜，說不定哪個好事的隨口亂說，結果人云亦云，弄出一場無謂的騷擾。[38]

然而，彭玉蓮的作為在作者的暗示下，可隱約看出她的作為，是為了解救其被下放勞改的丈夫——冷子宣。

十年前冷子宣在「四清」運動而下鄉勞改時，彭黃蓮和黨支書馬遂私通，後來冷子宣返回家中，沒幾天功夫頭髮都白了一半。

文老師向周敏詢問結果，周敏反而說：「怪就怪在這裡，施奶奶住在她們家後門的斜對面，也十年多了，據說從不曾聽見他倆吵過嘴！」

---

[38] 林瑞明、陳萬益編：《陳若曦集》，台北：前衛出版社，一九九四年六月，頁六一～六二。

後來冷子宣再度因寫詩，被視為具有反動思想再次勞改，當彭玉蓮這次和外人私通的事傳到他耳中時，他只說：「如果彭玉蓮要離婚，我隨時答應，我自己絕不提出。」冷子宣返家當天，彭玉蓮滿面春風的拎了一隻老母雞回家殺雞慶賀，這便是作者在暗示彭玉蓮的作為全是為了挽救丈夫的厄運。

文老師偶然的在一個清晨，見到一名男子自彭家走出，接著她看到了彭玉蓮：

屋裡沒有亮燈，窗簾也低垂。不，下面的一角被拉開了，一張臉突然貼上了玻璃。我們四目相對，彼此都慌得縮回頭，忙不迭地放下簾角。如果我這輩子再見不到彭玉蓮，我也忘不了她那雙睜得滾圓的眼精。是驚慌？羞愧？還是叛逆？我無法知曉。[39]

作者以文老師的觀點用若隱若現的側筆，有意讓讀者自由詮釋真象為何。

魯迅〈孔乙己〉是由故事的敘述者「我」，一名酒店伙計，遇到一名常客「孔乙己」而展開。

「孔乙己」讀過書，卻沒有進學，又不會營生，於是愈過愈窮，弄到要討飯了，雖然偶而替人抄抄書混一口飯吃，但他卻好吃懶做，常穿著又破又髒的長衫，對人說話總是滿口「之乎者也」。他總是酒店裡大家談笑的對象。因此他便不喜歡和他們說，有一次，他竟和這小伙計說話：

「你讀過書麼？」我略略點一點頭。他說：「讀過

[39] 同前註，頁六一～六二。

> 書，……我便考你一考。茴香豆的茴字，怎樣寫的？」我想，討飯一樣的人，也配考我麼？便回過臉去，不再理會。孔乙己等了許久，很懇切地說道：「不能寫罷？……我教給你，記著！這些字應該記著。將來做掌櫃的時候，寫帳要用。」我暗想我和掌櫃的等級還很遠呢，而且我們掌櫃也從不將茴香豆上帳。[40]

雖然他做過偷竊的事，卻從不拖欠酒錢；就算欠著，必定一月之內還清。有一次，他偷了書，但他卻理直氣狀地說：

> 「竊書不能算偷....竊書！...讀書人的事，能算偷麼？」[41]

他如此苟且活下去，有一次他竟偷到丁舉人家裏，結果被打斷腳了。往後，許久沒再來酒店；後來，再度出現的孔乙己神情早已不是原來的樣子。而那一次也是酒店伙計最後一次看到他了：

> 我溫了酒，端出去放在門檻上。他從破衣袋裏摸出四文大錢，放在我手裏，見他滿手是泥，原來他便是用這手走來的。不一會，他喝完酒，便又在旁人的說笑聲中，坐著用這手慢慢走去了。[42]

---

[40] 魯迅：《當代世界小說家讀本（41）》，台北：光復書局有限公司，一九九九年三月，頁二〇。
[41] 同前註，頁一九。
[42] 同註四〇，頁二二。

在魯迅的〈孔乙己〉中，對話相當重要，因為旁觀的敘事者——「我」，無法進入人物的內心世界，當然也沒有必要進入人物的意識活動，敘事者只須客觀地將問題呈現，便可充份表達作者所要表現的題旨。

白先勇〈花橋榮記〉裡的名為「花橋榮記」的飯館的老闆娘以「我」的口吻，敘述一名同鄉盧先生的遭遇。

老闆娘從故鄉廣西桂林輾轉到台北來，對故鄉有著無限依戀。於是開了一家米粉店，像幼時爺爺經營的米粉店一樣，取名為「花橋榮記」。與她同鄉的盧先生，因對未婚妻的承諾，努力教書攢錢，希望也把她接來台灣。後來他表哥竟然坦誠要幫他，使他整個人都歡喜起來：

> 「是不是有喜訊了，盧先生？」有一天我看見他一個人坐著，抿笑抿笑的，我便問他道。盧先生臉上一紅，往懷裡掏了半天，掏出一信封來，信封又粗又黃，卻是摺得端端正正的。
> 「是她的信——」盧先生嚥了一下口水，低聲說道，他的喉嚨都哽住了。
> 他告訴我，他在香港的表哥終於和他的未婚妻連絡上，她本人已經到了廣州。
> 「要十根條子，正好五萬五千塊，早一點我也湊不出來——」盧先生結結巴巴的對我說。說了半天我才了解過來他在講香港偷渡的黃牛，帶一個人要十根金條。盧先生一面說著兩手卻緊緊的捏住那封信不肯放，好像在揪住他的命根子似的。[43]

[43] 同註四，頁一四二。

但沒想到，所有的錢都被表哥給騙走，從此他性情大變，而且姘上個洗衣婦——阿春。有一次，老闆娘就瞧見盧先生和阿春在一起：

> 兩個人迎面走來，阿春走在前頭揚起頭，聳起她那大胸脯，穿得一身花紅柳綠的，臉上鮮紅的兩團胭脂。果然，連腳指甲都塗上蔻丹，一雙木屐，劈劈啪踏得混響，菜籃子跟在她身後，他進來的時候，我猛一看，嚇了大跳。我原以為他載著黑帽子呢，那曉得他竟把一頭花白的頭髮染得漆黑，染得又不好，硬幫的張著，臉上大概還塗了雪膏，那麼粉白粉白的，他那雙眼睛卻坑下去，眼塘子發烏，一張慘白的臉上就剩下兩個大黑洞。[44]

最後盧先生發現阿春偷人，回去捉姦，反被她狠狠打了一頓，不成人樣。最後，死因不明，說是「心臟痲痺」！

馮菊枝〈風在迴蕩〉裡的吉姐和志達藉著一盆虎尾蘭回憶起他們的一位摯友——依貞。依貞患有癲癇，家人將她賣給周子平做妻子。周子平是個有暴力傾向的人，時常虐待依貞，逼得依貞不得不向吉姐與志達求救，志達為了依貞，不惜跟著表哥上山做苦工為她贖身，但因為吉姐本身的私心和依貞聽天由命的想法，最後依貞去世，以悲劇收場。

小說中，吉姐以第一人稱「我」的觀點去看待主角陸依貞及其夫周子平還有他弟弟志達的關聯。依貞悲劇的開始在於她患有癲癇，因此她的家人以買賣婚姻的方式將她許配給周子平，好趕她走。而吉姐雖知其弟志達和依貞是青梅竹馬

---

[44] 同註四，頁一四二。

且相互愛戀，但礙於依貞的病症和母親去世前要她照顧志達的叮嚀，致使她不斷想妨礙依貞和志達的情誼：

> 她是善良的好女孩，但是她不能和我的達弟相提並論…我不能不為達弟著想，畢竟達弟是我唯一的同胞手足，我有責任保護他。我深知他的性格，我不能讓他為了依貞而受傷害。[45]

雖然吉姐一心阻撓，但依貞還是和志達見面了。志達溫柔的對待依貞，使吉姐內心有著劇烈的起伏：

> 我聽到客廳裡的達弟和依貞又哭又笑，只覺得一片茫然，是對不起他們？還是對不起把撫養責任托付給我的父母？依貞純潔善良，但她配不上達弟。不只因為她有病，也是因為她已是周子平的人。我說不上來什麼感覺，達弟在我眼中是一條龍，而依貞卻只是一隻不起眼的小麻雀。…陸依貞是可憐，但用不著我的達弟陪葬。[46]

依貞離去後，吉姐與志達為了依貞的事發生爭執，志達的一席話讓吉姐了解他對依貞的真摯情誼：

> 「依貞在別人看來是個又笨又弱又多病的女孩，可是在我心目中，意義卻不同，她善良柔順，凡事總先顧慮到別人。如果依貞生活幸福，我絕不敢有一

---

[45] 隱地主編：《六十六年短篇小說選》，台北：爾雅出版社，一九八九年二月，頁一四七。
[46] 同前註，頁一五二～一五三。

> 絲妄想，我絕對退得遠遠的。可是我們都看得出來，她是在過著怎樣的日子，我們怎能袖手旁觀，見死不救？」[47]

後來吉姐在偶然間遇到了周子平，周子平給她的感覺是恐怖的：

> 形容不出那笑聲有多恐怖，只覺那笑不是正常人所發出的，它像巫婆的詭計得逞，又像困獸在作最後的扭扎，而又幾近於神經質的女人暈倒前的尖叫，它讓人毛骨悚然，血液為之凝結，彷彿你突然陷身於又黏又膩的蛛網中，而動彈不得。笑聲罩過來，使人窒息。「就是他！竟然是他！周子平！依貞的剋星，我夢中的魅影。…高大壯碩，但眼光飄忽，使人覺得他有什麼事隱著你瞞著你，但又隨時企圖吞噬你。感覺中，他像老鼠，又像餓狼，雖然軀體高大，卻又猥瑣的令人噁心。這就是周子平——達弟、依貞和我共同要應付的敵手。[48]

吉姐對周子平的第一印象竟是如此令人感到畏懼又噁心，也暗示依貞所受的痛苦絕非常人所能想像。

但是依貞認命的無知思想逼她自己走向了絕路，吉姐雖有心要幫她，卻無能為力。當周子平惡狠狠地挾持依貞而去時，吉姐嚇壞了，但也做出了結論：

> 我嚇呆了，就在這一瞬間，我眼睜睜的看著周子平

---

[47] 同註四五，頁一五五。
[48] 同註四五，頁一六〇。

把依貞挾持而去，依貞靜靜的，沒有絲毫的扭扎或喊叫，就是認命了，她從小所受的教養，就是要她對一切認命。[49]

作者透過吉姐之口，把依貞不幸的命運做出了總結，使讀者對依貞有著無限的同情，也提示了作者在無形中為作為一個「人」的基本權利和義務，大大痛斥了所謂的認命思想。

第一人稱限知——「我」為配角的觀點，觀察事件的發展及主角和人物的互動，投以旁觀者的看法和感受。「我」不在的現場，不能直接描述，只能間接描寫。而對於別人的心理活動只能間接推想，常用於偵探小說上；且使用「我」的寫法更容易引起讀者的共鳴和真實感，想充分發揮思想的作品時，特別容易運用。

有經驗的作家會善用角度固定，易於剪裁、集中的第一人稱，把那些頭緒複雜的材料，和自己的感受勾連在一起，相互映襯補充，並不時地變換角度，及改變敘事者，使各個人物能以戲劇的方式充分表演。

馬振方先生說：「不同的人見聞不同，感受也不一樣，甚至可能完全相反。選取什麼人作敘述關係作品的基調和全局，關係構思的巧拙成敗。有經驗的作者總是精心選擇敘述人，使『我』在提煉情節、刻劃人物、表現主題諸方面充分發揮能動作用，成為藝術構思的重要手段。」[50]

二、第三人稱

[49] 同註四五，頁一七○。
[50] 馬振方：《小說藝術論稿》，北京：北京大學出版社，一九九一年二月，頁三三三。

第三人稱的敘事者，是指敘事人不在小說中出面，而是通過小說中的某一主角或配角以第三人稱的角度敘事的。

（一）從主角的角度敘事

透過主角的眼睛去觀看，並通過其思維去想像，通過其感覺去感受，如此一來，這種方法便相近於第一人稱的主角敘事了，只是在第一人稱技法中的敘事者與主角是同一人，而在第三人稱的技法中，兩者不是等同的。

第三人稱「從主角的角度敘事」之所以最常被採用，乃因為此觀點不會流於太過主觀，結構也不易散漫，而且較能將一個人物完整而清楚地呈現出來。

而黃春明的〈瞎子阿木〉又是一例，小說敘述主角瞎子阿木在某日清晨出門後，陸陸續續遇到村人。在與他們打招呼時，想起了自己的女兒秀英已失蹤好幾天了。

> 阿木深深的吸了一口菸，長長的吐出一團煙霧。他說：「要是丟掉了也是命，死掉了也是命，不過、不過……」只是他對現實的答案感到心有不甘。不過事到如今，他不能不承認現實，另方面還想騙騙自己，以為同樣的問題問多了，可能會出現另一種讓心裡好過一點的答案。他換一種口吻，給在場的人一種提示，希望事情由別人來告訴他。[51]

[51] 黃春明：《放生》，台北：聯合文學出版社，一九九九年五月，頁三八。

之後，阿木遇到村人祥雷，祥雷好心提醒阿木，天冷了，該穿冬天的衣服保暖。

> 阿木一想到冬天的衣服，就好像人家又提到秀英一樣，心又酸起來。要是秀英在的話，這哪裡是問題。只是今年夏天，房子燒光，東西也沒了。秀英先發落人把房子搭起來，其他東西慢慢補充，生活上也已經感到沒什麼不便。哪知道，冬天才到，秀英就跟人跑了。那幾天還說要帶他到城裡買幾件衣服哪。[52]

後來阿木繼續走到鄰居久婆家。久婆告訴阿木，可以利用類似招魂的方式找回秀英。於是，久婆交代孫子阿全準備好東西，陪阿木回家。回到家後，阿木便照著作。

> 寅時的催促，瞎子阿木不敢再怠慢。他拿起秀英的梳子抱在懷裡，口中喃喃的叫著：「秀英回來，秀英回來……」向來就沒用過這麼動聽的聲音叫過女兒，也向來沒覺得叫女兒的名字會令他這麼疼痛和感動。到了叫第三聲，一股傾滿了感情將大聲呼喚時，另一股斂力鎖住喉頭，而使瞎子阿木最後叫出「秀英——，回——來——」的聲音，在寒冷的空氣中顫然帶著無限的蒼勁。[53]

張愛玲的〈花凋〉裡的川娥有三個姐姐，而她總是沒有任何主見地聽從姐姐們的意見，不去反駁，所以總是撿姐姐

---

[52] 同前註，頁四〇。
[53] 同註五一，頁五一。

或媽媽不要的衣物用，因為她們覺得那是適合川娥的。

> 她姐姐們對美容術研究有素，他們異口同聲的斷定：「小妹適於學生派的打扮。小妹這一路的臉，頭髮還是不燙好看。小妹穿衣服越素淨越好。難得有人配穿藍布掛子，小妹倒是穿藍布長衫挺俏皮。」於是川娥長年穿著藍布長衫，夏天淺藍，冬天深藍，從來不和姐姐們為了同時看見一件衣料而爭吵。
>
> 她這件衣服，想必是舊的，既長，又不合身，可是太大的衣服另有一種特殊的誘惑性，走起路來，一波未平，一波又起，有人的地方是人在顫抖，無人的地方是衣服在顫抖，虛虛實實，實實虛虛，極其神秘。[54]

就連到了最後，她交往的對象（一位醫生）都是父母所選，雖然到了後來川娥動了情愫，但是她卻生病了，肺病讓她在人世拖了幾年。

> 她受不了這痛苦。她想早一點結束了她自己。
>
> 早上趁著爹娘沒起床，趙媽上廟燒香去了，廚子在買菜，家中只有一個新來的李媽，什麼都不懂，她叫李媽背她下樓去，給她僱一部黃包車。她爬在李媽背上像一個冷而白的大蜘蛛。
>
> 她身邊帶著五十塊錢，打算買一瓶安眠藥，再到旅館裡開個房間住一宿。多時沒出來過，她沒想到生

---

[54] 張愛玲：《第一爐香》，台北：皇冠出版社，二〇〇二年一月，頁二〇五、二一三。

> 活程度漲到這樣。五十塊錢買不了安眠藥，況且她又沒有醫生的證書。她茫然坐著黃包車兜了個圈子，在西菜館吃了一頓飯，在電影院裡坐了兩個鐘頭。她要重新看看上海。[55]

之後她漸漸看輕人世的冷暖，也親眼看見醫生移情別戀，而家裡也似乎允許，只因為醫生免費為她包辦一切醫療，就連最後她死去了，她的碑陰都還虛假地行述著：「……川娥是一個稀有的美麗女子……十九歲畢業於宏濟女中，二十一歲死於肺病。……愛音樂、愛靜、愛父母……無限的愛，無限的依依，無限的惋惜……回憶上的一朵花，永生的玫瑰……安息罷，在愛你的人的心底下。知道你的人沒有一個不愛你的。」因為作者站在主角的角度敘述，所以，這一段話，更讓人著實感到悲哀、諷刺與悽涼。

張愛玲〈傾城之戀〉裡的女主角白流蘇是一個寡婦，丈夫去世後便回到娘家去，在娘家卻一直到處落人口實，大家都希望她再改嫁，不要再增添家裡的負擔。

> 白流蘇在她母親床前淒淒涼涼跪著，聽見了這話，把手裡的繡花鞋幫子緊緊按在心口上，戳在鞋上的一枚針，扎了手也不覺得疼。小聲道：「這屋子裡可住不得了！……住不得了！」她的聲音灰暗而輕飄，像斷斷續續的塵灰吊子。她彷彿作夢似的，滿頭滿臉都掛著塵灰吊子，迷迷糊糊向前一撲，自己以為是枕住了她母親的膝蓋，嗚嗚咽咽哭了起來道：「媽，媽，你老人家給我做主！」她母親呆著

---

[55] 同前註，頁二二〇。

> 臉，笑嘻嘻的不作聲。她摟著她母親的腿，使勁搖撼著，哭道：「媽！媽！」恍惚又是多年前，她還只十來歲的時候，看了戲出來，在傾盆大雨中和家裡人擠散了。她獨自站在人行道上，瞪著眼看人，人也瞪著眼看她，隔著雨淋淋的車窗，隔著一層無形的玻璃罩——無數的陌生人。人人都關在他們自己的小世界裡，她撞破了頭也撞不進去，她似乎是魘住了。忽然聽見背後有腳步聲，猜著是她母親來了。便竭力定了一定神，不言語。她所祈求的母親與她真正的母親根本是兩個人。[56]

最後經過了一些波折後，和一個有錢人——范柳原相戀。原本她只是抱著逃避的心態，想逃避這個醜陋的家庭，尋找長期飯票。在兩個人同居後，流蘇徬徨了，開始思索未來的方向——

> 如果她正式作了范太太，她就有種種責任，她離不了人。現在她不過是范柳原的情婦，不露面的，她份該躲著人，人也該躲著她。清靜是清靜了，可惜除了人之外，她沒有旁的興趣。她所僅有的一點學識，憑著這點本領，她能夠做一個賢慧的媳婦，一個細心的母親；在這裡她可是英雄無用武之地。『持家』罷，根本無家可持。看管孩子罷，柳原根本不要孩子。省儉著過日子罷，她根本不用為了錢操心。她怎樣消遣這以後的歲月？[57]

---

[56] 張愛玲：《傾城之戀》，台北：皇冠出版社，二〇〇〇年十一月，頁一九二～一九三。

[57] 同前註，頁二二二。

不久發生了戰爭，香港的淪陷成全了她，在戰爭中兩個人試鍊出真情。白流蘇離了婚再嫁，竟有了驚人的成就，旁人都要效而仿之。她不覺得她在歷史上的地位有什麼微妙，傳奇中傾城傾國的人大抵如此吧！

金正賢《爸爸》裡的韓正洙原是個工作認真的文官，突然被診斷出罹患惡性胰臟癌，於是開始思索該如何告訴家人這個消息。

當他要向家人開口時，才發現自己喪失了和最親密的親人的溝通能力。長久以來忙碌不已的他，因為多年的缺席，這個家早已沒有了他的位置。面對身患重疾的妻子和一雙兒女對他的不諒解，他所有的悲傷和痛苦湧上心頭。

徬徨失措的韓正洙在一次藉酒澆愁後，回到家中和妻女有了爭吵，後來因病狀產生嘔吐衝到廁所，卻被妻女以為是酒醉的嘔吐。在廁所中嘔吐完的韓正洙心裡一面感到慶幸，一面心中又有股說不出的空虛及酸楚。

當家人知道正洙的病情時，妻子和兒女後悔萬分，且妻子決定再搬回去和正洙一起住以方便照顧他——

> 正洙打開房門後，不覺吃驚地張開了嘴，向後退了好幾步。什麼都不見了。好像自己才一離開，房間就被清理過一樣。這比恐懼更可怕的是，他感到死亡的的影子向他襲來了。其實這一切都來自於自己怕被家人知道實情而感到的一種恐懼。自己還沒做好準備，告訴他們很快自己就要永別、死亡。他到現在都還沒想過該怎麼把這些事實告訴瑛信和孩子們。他突然想逃。他要逃離這裡，要把自己隱藏

起來。[58]

正洙決定不想再讓家人承受無止盡的痛苦而決定安樂死。

「你現在還沒有死的資格。將你的傲慢全部丟掉到真正能夠愛為止，不管有多痛苦，也應該活著。不能體會生命是多麼珍貴、多麼美好的東西，那樣的人有資格死嗎？」正洙慢慢在動搖。不知不覺，他的眼角滾下了晶瑩的淚珠。站在背後的南醫師並沒有看到這些。「南醫師……」突然傳來和著哭聲的話音，南醫師止口不語，那分明是抽泣。「讓我死。求你了……放我走吧……」[59]

作者站在主角的立場敘事，我們更容易見到他的心理變化。

〈烈火紅蓮〉講的是一個悲嘆自身命運的女子，為家庭墮入紅塵污泥，身受百千劫難，卻在家中面對漸漸被疏離的難堪。

她喜歡黑暗，「或許是因為職業吧！」她自嘲自謔的想。即使回到家裡，她也習慣了不開燈，關在漆黑的房內自作一個無面目的女子。她的家，父親漸能拄杖行動，母親幫人洗衣拖地的傭婦工作，也操勞出硬朗身體，弟妹優異的成績更是父母的希望。

---

[58] 金正賢：《爸爸》，台北：圓神出版社，一九九九年八月，頁二四二～二四三。
[59] 同前註，頁三四九～三五〇。

只有她，她！幾年來母親接過她一次次大筆的金錢，也曾經一次次哭著求她勸她，然而歡場人事淬煉的精明冷漠，讓她懂得如何隱藏自己內心的感覺；如何劃分一條不能互犯的鴻溝，家和親情，便在她有意的隔絕下，越離越遠。

她的世界，弟妹不敢過問，慢慢的連父母對她也添幾分客氣，再慢慢的，她發現她的家，開始……….怕她！[60]

她怨命運造物弄人。於是，只有把那顆無所依歸的心，寄託在清幽的山上寺廟。怨只怨寺廟也只是個暫時避風港。回首，仍得面對現實的人生。

張小嫻《流波上的舞》也是以第三人稱主角的角度敘事的。

于曼之和交往七年的男朋友——胡樂生分隔兩地相戀，一個在香港工作，一個在波士頓求學。于曼之因為幫朋友轉交日記而認識了李維楊。後來，李維楊幫于曼之介紹新工作，倆人有了交流，並產生好感；此時，胡樂生卻回到了香港，並希望于曼之能搬到波士頓去，于曼之掙扎在兩個男人之間不知該如何抉擇。

在小說中作者客觀地以第三人稱來表現主角的進退維谷。有一次她在心裡比較起這兩個男人，想起胡樂生——

他從來沒有珍視過她的夢想。

當然，他是愛她的，這一點，無庸置疑。她是他生命裡的一張很特別的獎狀。一個致力追求榮譽的

---

[60] 陳秋見：《一道馬不停蹄的旅痕》，台北：晨星出版社，一九九六年四月，頁二二〇。

> 人，對於身邊的一切，自然也會漠不關心……而她，是他唯一珍愛的女子，她是應該感動的。
> 她不能辜負他的愛，雖然那四年共處的回憶彷彿已經越來越遠了。[61]

李維楊的出現讓于曼之開始檢視自己與胡樂生之間的愛情。于曼之麻疹痊癒後，李維楊約她出來慶祝，回家的路上，于曼之唱了首童謠給李維楊聽。

> 她重覆一遍：「星期四出生的小孩，要離開自己出生的地方很遠。」這句話剛剛說出口，她忽然醒覺，那不是說她自己嗎？要離開她出生之地很遠，不正是美國嗎？那隻兒時唱過的歌原來很準。人生漫漫長途，終有落腳之地。她會和樂生在波士頓重聚。有一天，或許在不久的將來，她要跟眼前的這個男人分離。她的心沒有在砰砰的跳，而是換過一種很悲涼的調子。她低過頭，把皮包從左手換到右手，讓自己的左手空了出來。[62]

我們可以很「不濫情」地見到于曼之對於要到波士頓感到的是悲傷而不是欣喜。

〈妻妾成群〉是電影《大紅燈籠高高掛》的原著小說，敘述女主角頌蓮嫁入陳家之後周旋於她的丈夫和其他三位太太之間的故事。

小說描述頌蓮嫁入陳家的第二天，丈夫帶著她一一見過他的元配、二房和三房，而在二房太太卓雲房裡時——

---

[61] 張小嫻：《流波上的舞》，台北：皇冠出版社，一九九九年五月，頁八四。
[62] 同前註，頁一二六。

> 頌蓮在卓雲那嗑了半天瓜子，嗑得有點厭煩，她不喜歡這些零嘴，又不好意思表露出來。頌蓮偷偷地瞟陳佐千，示意離開，但陳佐千似乎有意在卓雲這裡多待一會兒，對頌蓮的眼神視若無睹。頌蓮由此判斷陳佐千是寵愛卓雲的，眼睛就不由得停留在卓雲的臉上、身上。卓雲的容貌有一種溫婉的清秀，即使是細微的皺紋和略顯鬆弛的皮膚也遮掩不了，舉手投足間更有一種大家閨秀的風範。頌蓮想：卓雲這樣的女人容易討男人喜歡，女人也不會太討厭她。頌蓮很快地就喊卓雲姊姊了。[63]

後來頌蓮在經歷了發現三太太梅珊和一位醫生有姦情；二太太卓雲狠毒的笑裡藏刀，以及她和大太太的兒子產生曖昧的情愫，還有梅珊的姦情東窗事發後，她終於受不了這種爭奪權利的遊戲而崩潰。

陳慧婉〈考驗〉裡的女主角阿蘭、阿珍、阿宇和丁倩倩是大學同學，阿蘭和阿宇結婚後擁有一個幸福的家庭。某天，阿蘭發現阿宇的抽屜裡有舊情人丁倩倩寫來的訴苦信，並在信中約定見面的日子。於是，焦急的阿蘭便打電話向好友阿珍求助，並聊起以前和阿宇、丁倩倩之間的三角戀情。後來阿蘭讓阿宇去赴約。在等待的煎熬中，電話響了！原來阿宇出了車禍並沒有赴約。在去醫院的路上，阿蘭自招在新車動了手腳，為的是不想阿宇開新車出門，提高他的身分，阿宇沒辦法只好開舊車出去，因此才出了車禍——

---

[63] 蘇童：《妻妾成群》，台北：遠流出版社，一九九〇年九月，頁一六四。

> 阿蘭是個傻氣的女人，她的傻氣不是那種搞不清到底是十兩棉花比較重，或是一斤豬肉比較重的傻氣；也不是那種出了門忘了拉褲子拉鍊，或走路掉到水坑裡的傻氣，而是一種善良所造成，不知如何保護自己的傻氣……[64]

張曼娟在〈架空之城〉也是用這樣的敘事觀點。它說的是這樣一個故事：

阿育的女友莎莎，哭著對他說，她母親簽賭欠下幾百萬，準備要送她去陪酒，莎莎提議要綁票證券鉅子在住院的嬰兒。阿育為了莎莎，潛入醫院偷偷抱走了一個嬰兒，阿育打電話聯絡莎莎時，才發現他抱錯了小孩，他手上抱著的是一個等待社會捐款，準備要開刀的心臟病女嬰。

莎莎把所有的責任丟給阿育，阿育才發現拜金的莎莎騙了他，她母親根本沒有欠債。

阿育在經過電視牆時，從新聞中才知道莎莎和同夥的豪哥，冒充綁匪向要收養心臟病女嬰的證券鉅子勒索三千萬。

阿育跳上一輛列車，抱著小嬰兒回想起他悲慘的童年，他也像手中的小嬰孩是個沒人疼愛的棄嬰。童年記憶的流轉，讓他決定把小嬰兒抱回醫院，說是在捷運站看見她的。他慶幸沒有讓莎莎得逞。

如果作者不是用第三人稱的主角角度去敘事，我們很難集中去理解阿育最後是在怎樣的心情下做出決定的。

（二）從配角的角度敘事

[64] 陳慧婉：《我的偶像》，台北：月房子出版社，一九九五年九月，頁一。

站在配角的角度敘事所以有趣，在於這個觀點使讀者可以看見其他觀點可能遺漏的許多點。配角可說是對小說中行為特別敏銳而有價值的評論者，他和第一人稱的配角敘事一樣，可將他所認識的主角的一切告之讀者。而其不同點在於；第三人稱在本質上似乎就存在著一種「敘述和描寫」的態度，而讀者則處於一種超然的「旁觀」地位，這時的敘事者和讀者就像是同一陣線聯盟，高高在上的對小說中的人物評頭論足；這種敘事方法及其超脫性是不同於第一人稱的「自我剖白」的態度，和讀者所扮演的「聽眾」角色的。

「第三人稱配角敘事」與「第一人稱配角敘事」是十分相近的，它們的分別只在於所使用「人稱」不同，而第一人稱是自我剖白的態度，第三人稱是敏銳客觀的描寫，是與讀者站在同一邊的。

白先勇〈國葬〉的主角是已去世的陸軍上將李浩然將軍，這篇小說是以一個重要的配角——李將軍過去的副官——秦義方的視角去展開的。

敘述李浩然將軍的副官秦義方，參加了將軍的喪禮，時勢轉變，引發他記憶中一連串當年伺候將軍的種種過往。

> 長官直是讓這些小野種害了的！他心中恨恨的咕嚕著，這些吃屎不知香臭的小王八蛋，哪裡懂得照顧他？只有他秦義方，只有他跟了幾十年，才摸清楚了他那種拗脾氣。

秦義方朝著將軍那幅遺像又瞅了一眼，他臉上還是一副倔強樣子！秦義方搖了一搖頭，心中嘆道，他稱了一輩子的英雄，哪裡肯隨隨便便就這樣倒下去呢？可是怎麼說他也不應該拋開他的。…他倒嫌他老了？不中用了？主人已經開口了，他還有臉在公館裡待下去嗎？

> 秦義方伸出手去，他想去拍拍中年男人的肩膀，他想告訴他：父子到底還是父子。他想告訴他：長官晚年，心境並不太好。他很想告訴他：夫人不在了，長官一個人在台灣，也是很寂寞的。可是秦義方卻把手縮了回來，中年男人瞅了他一眼，臉上漠然，好像不甚相識的模樣。[65]

方娥真的〈佳話〉敘述一個女子徐家雯，十分熱愛作家薛淺晴的作品，然而，她對薛淺晴以自殺結束生命的做法十分不解，於是展開一連串對薛淺晴生前的作家男友陸振放的追索。

最終，徐家雯知道了真相，也知道薛陸這對文壇佳偶名不符其實。薛淺晴所愛另有其人，但是，徐家雯並未將此事公諸於世，使得薛淺晴與陸振放之間的情愫得以在文壇上繼續流傳。

> 徐家雯為了要知道他是不是真的能夠對她好下去，她變成薛淺晴和陸振放的長期讀者，只要兩人偶爾在文章中提到對方她就莫名感到欣慰，他希望從陸振放和薛淺晴身上看到一個完美的結局。[66]

張曼娟〈乍暖還寒時候〉裡的孟琳瞞著好友蘇可容和她的男朋友——秦展揚交往。秦展揚對孟琳說：「假如我在認

[65] 同註四，頁二六七、二六八、二七〇。
[66] 方娥真：《舊情綿綿》，台北：林白出版社，一九八五年四月，頁一三九。

識容容之前，先認識妳，我一定……」孟琳曾對秦展揚說：「你要愛我！你是我的——」孟琳是秦展揚的魔星，得不到他，便想毀掉他，他有時候簡直怕她，卻不能抗拒她。

當蘇可容與秦展揚相偕出現在孟琳面前時，她簡直到了忍無可忍的地步，憑什麼蘇可容就是天之驕女？憑什麼一切美好的事物都該屬於蘇可容？

終於，秦展揚決定要走了，要結束這樣痛苦的三角關係，臨行，秦展揚百般逃避蘇可容，倒是約了孟琳見面，除了質疑她究竟是愛他，還是要報復蘇可容外，並請求她放過蘇可容。

秦展揚離去後，蘇可容將失意與創傷在狂歡中發洩，有一次，扶醉而歸，拉住孟琳的頭髮問她，為什麼秦展揚不再愛她？為什麼要離去？孟琳將所有的真相告訴她；隔天，蘇可容雖裝得若無事然，但往後她倆已經冷淡到儼然成了陌生人一般。

大學畢業前夕，蘇可容割腕自殺，後來被孟琳救了回來。蘇可容回台北後，四年來，她重新扮演乖女兒的角色。順從父母安排相親的活動。孟琳約略聽說蘇家夫婦為女兒物色對象的挑剔時，禁不住在心中冷笑，沒有人比她更知道蘇可容了！就像她腕上那道紋線，縫合得再成功，終究留下痕跡。別人不知道是怎麼回事，孟琳可太清楚了。

作者因為使用第三人稱的限知觀點，我們能夠全然見到表裡不一的孟琳。有一次蘇可容約孟琳見面——

「找個好的，嫁了吧！」孟琳輕鬆地說。

「妳知道我……」

蘇可容的眼光黯然，落在茫茫遠方：

「我怎麼嫁人？」

孟琳心中升起一股悲憫，秦展揚剛走的時候，蘇可容曾攀著她的脖子，哭著說不嫁人的話。而今說同樣的話，卻已是迥然不同的心情與光景。
「其實……也沒那麼嚴重。」
孟琳嘴裡安慰蘇可容，心中卻不是這樣想。不嚴重嗎？究竟嚴不嚴重，只有她自己心中最明白了。等著瞧吧！可不是我咒妳，可容！世間只怕沒有這樣大度量的男子。[67]

之後，孟琳接到蘇可容精美的訂婚喜帖，地點在台北新開幕的大飯店。孟琳刻意打扮一番，買新鞋，燙頭髮，要去看蘇可容嫁了個怎樣的人。她心裡一直認定以蘇可容這樣歷盡滄桑的女子，能找到怎樣優秀的人呢？雖說頂著留美博士的頭銜，想必應該長得不怎麼樣。

到了飯店，孟琳才知一直被自己的想像所欺騙——喜宴佈置得金碧輝煌，蘇可容依然美麗動人，最令孟琳失望的是，蘇可容的未婚夫除了長得體面，對蘇可容又溫柔多情外，又即將在婚後帶著蘇可容赴美，這一切孟琳看在眼裡，彷彿失落許多。她突然悟到，顫抖的是自己，是自己惶然無依的心。

林懷民〈逝者〉這篇小說的副標題是「寫給兩個為祖國獻血的人」，顧名思義就是兩個逝者的事蹟。藉由一位剛踏入社會工作的年輕人哲生的視點展開，對象一位是他的大表哥，另一位是服官役時的部屬景欽。

大表哥死了！他對自己說。兩頰綿延過一段痙攣。

[67] 張曼娟：《海水正藍》，台北：皇冠文化出版事業有限公司，二〇〇〇年九月，頁一八三～一八四。

斜躺在床中央，右手緩緩爬出去，僵直僵直，猛然抓起一把床單，抓的死緊，手因用力而微微抖著：大表哥死了！[68]

特別的是，它是錯亂的時空型態，依照哲生的心裡的時間來敘述，故事運用了意識流的方式來銜接不同的時空背景，兩種死亡：其一事發生在風沙席捲的前線戰地；另一個則是非洲尼日。其中的情景在哲生現在的時間裡交錯浮現。

晚飯後來，哲生踮起腳尖，隔著玻璃往裡眺。一眺之後，心霎時涼了半截，約莫五個塌塌米的空間中央，兩條木凳撐住一個擔架，一塊白布覆著景欽。[69]

哲生下班回家，接到了意外的噩耗，大表哥在非洲設計渠道，因車禍而身亡。在一個下雨天，他前往大姨家弔唁，路上的雨聲更令他想起受到敵人砲擊而戰死的士兵。

哲生不斷追憶起二人，他的意識流中，時而重疊，時而分離，組成了悲傷的旋律——

景欽走在後頭，吹著口哨，「十八姑娘一朵花」。這個人什麼都好，就是喜歡的流行歌，叫人不敢恭維。母親愛花如命，父親難得從她手中拿花送人，只有大表哥有這特權，他也喜歡養蘭，每次來都不會空手而去，怒放的美齡蘭，新萌的蝴蝶蘭，一缽缽，

[68] 隱地編：《五十八年短篇小說選》，台北：爾雅出版社，一九七〇年三月，頁二一四。
[69] 同前註，頁二二三。

一株株往家搬。[70]

從第三人稱配角的角度敘事，很能客觀地呈現作者所要塑造的人物形象。

第三節　客觀觀點

黃慶萱對客觀觀點介紹說：「以客觀觀點敘事法寫成的作品，完全敘述事實而不及其他。作家置身於作品之外，使所呈現的事物保持客觀之面貌，即所謂『作者的分離』。詳細地說：作者站在一個連續的時空，客觀地報導事情發生的經過。沒有內心刻劃，而由言語行動表情來反映人物心理；不牽涉過去，除非對話中展示過去；對所發生的一切，沒有分析、沒有解釋、沒有結論，而完全由讀者自己去分析、去解釋、去下結論。這種敘述法，乃師承科學研究的客觀態度。」[71] 這是一段十分詳盡而清楚的「客觀觀點」之介紹，由此很容易能分辨出全知觀點與客觀觀點的差異性。

以完全客觀觀點敘事的小說，最重要的是小說人物的對話，因為作者不能直接說明，只能通過人物之間的對話，讀者才能得知人物的過去與其內心的想法，讀者必須負起自己想像、下結論的義務。白先勇的〈梁父吟〉、〈歲除〉和〈思舊賦〉這三篇小說，正可說是建立在人物的對話上，而對人物進行刻劃，使主、從人物的性格能透過其對話內容，栩栩如生地呈現出來。

---

[70] 同前註，頁二九一、二二七。

[71] 黃慶萱：〈細品〈梁父吟〉〉，台北《中央日報》第十版，一九七六年十月十日。

黃慶萱先生在《細品〈梁父吟〉》一文中說：「白先勇的〈梁父吟〉，嚴格地遵守著客觀觀點的規則，甚至比海明威的『殺人者』更標準。」[72]

小說一開始白先勇先向讀者介紹：「一個深冬的午後，台北近郊天母翁寓的門口，一輛舊式的黑色官家小轎車停了下來，車門打開，裡面走出來兩個人。前面是位七旬上下的老者，緊跟其後，是位五十左右的中年人。」[73]

從這段話讀者可以推知小說的主人翁應該姓「翁」，而且身居非當權的官職，因為他所乘坐的官家黑色小轎車是舊式。接著上一段文字，白先勇把老者和中年人的衣著介紹給讀者，讓讀者在她們心中對這兩個人物產生概括的形象。但至目前為止，讀者和白先勇一樣都還不知道這兩個人物的姓名，甚至還不確定他們兩人是否為「翁寓」的主人。一直到應門的老侍從出現，向老者和中年人不停地點著頭說：「長官回來了？雷委員，您好？」讀者才確知老者是「翁寓」的主人，而中年人則是雷委員，老者姓翁，但別人對他的稱呼呢？這從雷委員接著的話可以得知：「樸公累了一天，要休息了吧？我要告辭了。」樸公挽留雷委員，並叫：「賴副官。」這位老侍從沏茶到書房。至此讀者和白先勇已經同時知道如何稱呼出場的人物了。所以小說後面的篇幅中，白先勇就將原先的「老者」、「中年人」、和「老侍從」的稱呼，改口為「樸公」、「雷委員」和「賴副官」。透過這樣只「訴諸事實」的客觀觀點敘事，「可以逼使作者更仔細地去觀察人物，更精確地去記錄言語、表情、動作。不能偷懶地用主觀的敘述去搪塞。」因此，使用客觀觀點為敘事基礎的小說，其作者對人物的刻劃實比任何一種敘事觀點來的深刻動人。像〈梁父吟〉中，

---

[72] 同前註。
[73] 同註四，頁一二三。

白先勇就通過樸公和雷委員的動作對話、外表反應去暗示樸公對以故的老朋友以及過去那段結「隊」起義的革命懷念——

「我記得恩師提過：他和樸公、仲公都是四川武備學堂的同學。」
「那倒是。不過，這裡頭的曲折，說來又是話長了——」
樸公輕輕的嘆了一下，微微帶笑的合上了目。雷委員看見樸公閉目沉思起來，並不敢驚動他，靜等了一刻功夫，才試探著說道：
「樸公講給我們晚輩聽聽，日後替恩師做傳，也好有個根據。」
「唔——」樸公吟哦的一下，「說起來，那還是辛亥年間的事情呢。仲默和他夫人楊蘊秀，剛從日本回來，他們在那邊參加了同盟會，回來是帶了使命的：在四川召集武備學堂的革命份子，去援助武漢那邊大舉起義。那時四川哥老會的袍哥老大，正是八千歲羅梓舟，他帶頭掩護我們暗運軍火入武昌。其實我們幾個人雖然是先後同學，彼此並不認識，那次碰巧都歸成了一組。我們自稱是『敢死隊』，耳垂上都貼了紅做暗記的，提出的口號是『革命倒滿・倒滿革命』。一十各路人馬，揭竿而起，不分晝夜，兼水路紛紛入鄂。仲默的夫人楊運秀倒底不愧是有膽識的女子！」樸公說著不禁讚佩的點了幾下頭。[74]

客觀觀點的重要特色是作者的筆觸不能涉及小說任何人物的內心，所以為了讓讀者能更接近人物，作者除了以人

[74] 同註四，頁一二八～一二九。

物的外表去反映他的內心，以動作去述明他的感情外，還可利用環境中客觀事務的陳述，以引起讀者自我意識的主觀想像。

白先勇描寫〈梁父吟〉中尊重傳統的樸公，他那古色古香的書房，就是為了表現樸公的性格：

> 一壁上掛著一幅中堂，是明人山水，文徵明畫的寒林漁隱圖。兩旁的對子卻是鄭板橋的真蹟，寫得十分蒼勁雄渾：
>
> 錦江春色來天地
>
> 玉壘浮雲變古今
>
> 另一壁也懸著一副對聯，卻是漢魏的碑體，乃是展堂先生的遺墨。上聯提著「樸園同志共勉」。下連書名了日期：民國十五年北伐誓師前夕。聯語錄的是　國父遺囑：
>
> 革命尚未成功
>
> 同志仍須努力[75]

這樣的陳設是十分古雅的，靠窗左邊是一張烏木大書桌，桌上文房四寶一律齊全。一個漢玉鯉魚筆架，一塊天籟閣珍藏的古硯，一隻透雕的竹筆筒裡插著各式的毛筆，桌上單放著一部大藏金剛經，旁邊有一隻三角鼎的古銅香爐，爐內積滿了香灰，中間插著一把燒剩的香棍。

歐陽子說：「細讀〈梁父吟〉裡作者對樸公的描寫，即發現樸公除了具有不屈不撓、貫澈始終的創國精神，更秉具中國五千年積留下來的傳統文化之精神。正如劉備是漢室正

---

[75] 同註四，頁一二五～一二六。

統後裔，樸公是漢族的正統後裔，身體不混雜一滴外族血液，靈魂未受到一絲外族沾染。我們很可以說，王孟養代表中華民國的精神，樸公則更代表中華民族的精神。」[76]這段話的意義，正好可透過以上以客觀觀點的景物的烘托加以呈現。

且看〈歲除〉中自視甚高的賴鳴升，在喝醉前後不同的說話語氣。

喝醉前——賴鳴升帶來一打金門高粱，說是過去一個老部下送的。

> 「大哥，你也是我的老長官，我先敬你一杯。」劉營長站起來，端著一杯滿滿的高粱酒，走到賴鳴升跟前，雙手舉起酒杯向賴鳴升敬酒。
> 「老弟臺，」賴鳴升霍然立起，把劉營長按到椅子上，粗著嗓門說道，「這杯酒大哥是要和你喝的。但是要看怎樣喝法。論到我們哥兒倆的情份，大哥今晚受你十杯也不為過。要是你老弟臺把大哥拿來上供，還當老長官一般來敬酒，大哥一滴也不能喝！一來你大哥已經退了下來了。二來你老弟正在做官。一個營長說大不大，說小不小，手下也有好幾百人。你大哥呢，現在不過是榮民醫院廚房裡的買辦。這種人軍隊裡叫什麼？伙伕頭！」[77]

喝醉後——劉營長夫婦見賴鳴升已有醉意要他喝慢點，賴鳴升卻誇說：以前貴州茅臺都喝過幾罈了，台灣的金門算什麼。

---

[76] 同註三，頁一五〇。
[77] 同註四，頁五六。

「大哥的酒量我們曉得的。」劉營長陪笑道。

「老弟臺，」賴鳴升雙手緊緊的揪住劉營長的肩帶，一顆偌大的頭顱差不多擂到了劉營長的臉上，「莫說老弟當了營長，就算你掛上了星子，不看在我們哥兒的臉上，今天八人大轎也請不動我來呢。」

「大哥說的什麼話。」劉營長趕忙解說道。

「老弟臺，大哥的話，一句沒講差。吳勝彪，那個小子還當過我的副排長呢。來到台北，走過他大門，老子正眼也不瞧他一下。他做得大是他的命，捧大腳的屁眼事，老子就是幹不來，幹得來現在也不當伙伕頭了。」[78]

白先勇利用劉營長和賴鳴升兩人的對話，把賴鳴升對「官位」的敏感話題，在喝醉前後以截然不同的講話語氣和態度，具體的呈現出來，不去分析他的性情，他所作的「祇是在故事進展中『目擊者』基於官能感應所報導的事實」[79]然而，這就足以使讀者在不知不覺中就發覺出賴鳴升心靈內在層次的寂寥情感，白先勇無須多加批評或說明，賴鳴升這個人物就已經活生生的撼動讀者的心靈了。

〈思舊賦〉也是一篇以客觀觀點敘事的作品——「一個冬日的黃昏，南京東路一百二十巷李宅的門口，有一位老婦人停了下來，她抬起頭，覷起眼睛，望著李宅那兩扇朱漆剝落，已經沁出點點霉斑的檜木大門，出了半天的神。……李宅是整條巷子裡唯一的舊屋，前後左右都起了新式的灰色公

---

[78] 同註四，頁六七。

[79] 丁樹南譯：《小小說的寫作與欣賞》（台北：純文學出版社，一九六七年），頁九五。

寓水泥高樓，把李宅這幢木板平房團團夾在當中。」[80]從白先勇這樣的客觀描寫，讀者可以輕易地感受到一股陰暗的氣氛籠罩著李宅，由此可想像李宅應是一個衰落不興的家庭。

那位在門口徘徊的老婦人，原想按門上的電鈴，卻又將手遲疑地縮了回來，她繞到房子後門去，喊著：「羅伯娘」，接著又對探出的頭說：「二姐，是我順恩嫂」。至此讀者可推知順恩嫂和羅伯娘，這兩個剛出場的人物，應該就是要交代小說主題的口述者，也是白先勇要藉其口去刻劃其他人物的配角，所以白先勇才會先將她們兩人「老態龍鍾」的形象介紹給讀者，讓讀者瞭解〈思舊賦〉的基調是絕對「灰暗衰敗」的。

從順恩嫂和羅伯娘兩人的對談，我們看到由盛而衰的李家——夫人的死、少爺的瘋、小姐的走、僕人的逃以及長官絕望地要削髮出家，都像一幕幕轉動的畫面映入讀者的眼簾。

由此來看，〈思舊賦〉本可說是一篇情感激烈的小說，但白先勇以看似「冷酷無情」的客觀觀點去敘事，不但避免了作者可能把持不住的「氾濫情感」，而且那種僅僅「提示事實」的陳述，遠比除了說明事實外，再加上自己的主觀情感和現身說法要顯得更為動人了。

由以上的分析可知，白先勇利用客觀觀點，讓各人物在相當的情狀中自由演出，把昔日那個憂患重重的時代，通過人物的造型予以呈現。白先勇無須使用任何贅詞浮文就把〈歲除〉、〈梁父吟〉和〈思舊賦〉中出場或未出場的人物直接或間接地在讀者的眼前出現，其人物形象，可說是具備了相當高度的藝術概括性。

---

[80] 同註四，頁一一一～一一二。

後記

大學時代有一位教授說過，做學術研究的人要有錢、有閒、身體好，我想，這三個條件對於所謂的「專業作家」來說應該更是重要。因為作家不可能每天閉門造車，他必須透過交朋友、旅行或人際關係的互動去積累生活中所能提供的小說材料。

關於專業作家的問題，陳雨航提到自己從小立志要做個專業作家，因此在報社工作五年後，就決定離職。離職後，每天待在家裡，只寫了一篇短篇小說。且因為自我管理能力太低，時常去開冰箱，但那並不是要找吃的東西，而是心理恐慌及壓力伴隨而來。因為一方面自己已有妻小，另一方面是他一直感覺會再重回職場，在害怕落伍的情況下，半年之後，就又回到時報出版社上班。

吳若權說：「我也很慶幸自己，沒有把寫作當成唯一的工作。也許，每個人的資質不同，但我知道自己沒有辦法過那樣的生活。如果，要等著稿費或版稅的收入，才能上市場去買菜回家煮，我的人生可能會變得很僵硬。」[1] 他說，寫作對他來說還只是一項業餘的興趣而已。

吳若權的這段話說出了台灣「專業作家」的窘境，舉對岸的例子來說，大陸的專業作家有國家給予的固定薪水，他們不用上班，可以安心且專心地寫作，當作品出爐後，他們除了向雜誌社領取稿費外，還可以一稿數投。

有著「八大軍旗司令」的稱號的陳村，就是因為他寫了一篇文章後，投稿到八個地方，結果都被刊登出來，得到一

---

[1] 吳若權：《幸福月光》，台北：時報文化出版公司，二〇〇一年十月，頁二二八。

大筆稿費。這在台灣就不行，報章雜誌上清楚明白地特別標示：請勿一稿數投。

唯有當作家的生活有了穩定的保障後，那麼其作品的數量和品質才能有所提昇，像蘇童和王安憶幾乎每年都有長篇小說發表，而且都得到很不錯的評價。

期待台灣有關的文化當局能夠正視這樣的問題，讓優秀的創作者能夠在更自由的空間下呼吸，讓文學的種子得到適當的灌溉、茁壯、開花結果。

關於小說作品如何受到歡迎？先舉兩位暢銷作家的經驗談來看。

吳淡如說：「我只是喜歡寫而已，如果我寫的能夠受歡迎，很可能是因為大家都看得懂吧！用食物來比喻的話，我煮的應該不是魚翅燕窩，倒像平民百姓大家吃得起的小吃攤。」[2]

吳若權在〈寫作路迢遙〉一文中回憶他的創作歷程和看法：「還有一次很特別的經驗，是參加一項文學獎的頒獎典禮，得獎人中有一位知名作家，已經蟬連這個獎項五年之久，他每次出手，都不曾落空。席間，有一位文壇前輩告訴我：『他抓得很準，知道評審要的是什麼。』這句話，對剛剛開始培養固定寫作習慣的我來說，是一記重擊。原來，我和許多有志寫作的文藝青年一樣，埋首案前的努力，只不過是抒發心中的鬱悶而已，從不曾以讀者的角度，來審查自己的作品，是否流於自言自語的褊狹，甚至到了敝帚自珍的地步。一篇誠懇的創作，當然必須要先感動自己，不能感動別人，寧可它藏諸名山，不必拿出來發表或出版。而故意投其所好、為了迎合讀者口味的創作，有可能流行一時，卻很難

---

[2] 吳淡如：《擁抱自信人生》，台北：大田出版社，二〇〇一年九月，頁一六三。

令人在反覆咀嚼之後，留有餘味。」[3]

吳若權的這段話有兩個重點：其一，是他說出了初創作者最容易犯的毛病——自言自語，當然這個毛病在累積小說創作的經驗後，應該就能改善，所以我會要求學生在把小說習作繳給我之前，每位同學都先請一位同學過目，同學發現他「敝帚自珍」的地方，便提出意見，他可再斟酌修改，如此，「自言自語」的缺失，相信將會漸漸有所改善。其二，是投其讀者所好或以商業利益為考量而創作的作品，的確很難與「文學」齊名；不過從另一個角度思考，那些租書店的愛情小說所以搶手，確實是在於那些作品滿足了某一些層次人們的心靈渴望。

初寫小說者應注意事項：

（一）創作小說，在資料蒐集方面，只要有心，便有所獲；但實際創作時卻有其困難之處。

夏曾佑在《小說原理》中，認為「作小說有五難」：

第一、「寫小人易，寫君子難。人之用意，必就己所住之本位以為推。人多中材，仰而測之，以度君子，未必即得君子之品性；俯而察之，以燭小人，未有不見小人之肺腑也。試觀《三國志演義》，竭力寫一關羽，乃適成一驕矜滅裂之人，又欲竭力寫一諸葛亮，乃適成一刻薄輕狡之人；《儒林外史》竭力寫一虞博士，乃適成一迂闊枯寂之人。而各書之寫小人，無不栩栩欲活。此君子難寫、小人易寫之徵也。」

第二、「寫小事易，寫大事難。小事如吃酒、旅行、奸盜之類；大事如廢立、打仗之類。大抵吾人于小事之經歷多，而于大事之經歷少。《金瓶梅》、《紅樓夢》均不寫大事，《水滸》後半部寫之，惟三打祝家莊事，能使數十百人，一時並

[3] 同註一，頁二二四。

見於紙上，幾非《左傳》、《史記》所能及，餘無足觀。《三國演義》、《列國演義》專寫大事，遂令人不可向邇矣。」

第三、「寫貧賤易，寫富貴難。此因發憤著書者，以貧士為多，非過來人不能道也。」

第四、「寫實事易，寫假事難。金聖嘆云：最難寫打虎、偷漢，今觀《水滸》寫潘金蓮、潘巧雲之偷漢，均極工；而武松、李逵之打虎均不甚工。」「蓋虎本無可打之理，故無論如何寫之，皆不工也。打虎如此，鬼神可知。」

第五、「敘實事易，敘議論難。以大段議論羼入敘事之中，最為討厭。」「若以此習加之小說，尤為不宜。有時不得不作，則必設法將議論之痕跡滅去始可。」「其法是將實景點入，則議論均成畫意矣。不然，刺之不休，竟成一《經世文編》面目，豈不令人噴飯？」[4]

夏曾佑所要表達的重點在於：作家應該要寫自己身邊所熟悉的事，和自己思想境界較為相近的人，因為那些是自己本身所經歷的事，所能夠體會的人，所以在小說中比較容易呈現。再者，小說不便加入太多的議論。

以上小說創作的五個困難點，是初學小說創作者要格外注意的。

（二）創新：小說家除了要從傳統中吸取營養外，在小說創作中，必須要有創新的精神，探求新的藝術表現手法和形式，開發新的題材領域，讓小說與時俱進。例如：高行健的《靈山》得到諾貝爾文學獎，小說中已不同以往的第二人稱來敘述，這就是一種創新。因此，第二人稱成為熱門討論的話題。

王鼎鈞先生曾提及，五〇年代，他們一群文藝青年學習

---

[4] 葉朗：《中國小說美學》，台北：里仁書局，一九八七年，頁三三〇～三三一。

小說創作，那時，就已經知道文學藝術貴乎創新，創新要在傳統中找一個突破點。他說：「小說作家為甚麼要這樣處理他的作品呢？第一個理由是他需要創新，然後，他未必還要第二個理由。鑒諸以往，小說每一次變革都改變讀者的固定習慣，創造出新的趣味，前提是，這種新興的寫法不斷出現更好的作品，由巧立名目到奉為正朔。」[5]

（三）修改：完成小說後的修改功夫也是相當重要的。小說裡有些字句可能本身很美麗，但與小說本身關聯不大，很明顯是冗贅的，此時就要毫不眷戀地毅然刪去；相反地，若有一些還寫得不夠深入之處，就應該再字斟句酌增加進去。很多作家對於自己已完成的作品常常都是一修再修，臻至心中完美的標準，才發表出來。

（四）在模仿前人的作品外，不但切記不要被其形式所拘泥，還要能創造出自己的風格，小說反映人生，所以要能給人親切感，不要嚴肅說教。

（五）多閱讀，多用心觀察生活中的現實，多關懷週遭的人事物，多方面探索可能創作的方向，開發創新的寫作技巧，這些都有助於創作。

（六）讓自己的生活盡量多采多姿，擴大視野，培養善感易動的心，把熱情豐富的情感激發出來，有助於小說內容的充實與情境的精彩描寫。

（七）投稿前先弄清楚所投稿的期刊或報章雜誌的性質特色，因為不同的刊物或版面有不同的風格，例如：《中國時報》的「家庭婦女版」、「中時副刊」或「浮世繪」；《聯合報》的「家庭親子版」和「繽紛版」所邀的稿件的方向皆各有異。此外，值得推薦的是《明道文藝》這本刊物，算是提

[5] 王鼎鈞：〈談第二人稱的小說〉，《聯合報》第三十九版，二〇〇一年十月二十五日。

供在學學生發表作品的優良雜誌，其每年所主辦的「全國學生文學獎」也受到相當的肯定。

（八）現在投稿用 e-mail 很方便，節省到了郵局郵寄的時間，稿件的錄用與否，也能很快就有答案；尤其使用 e-mail 也能給編輯人員帶來文字編輯上的便利。

（九）隨時注意報章雜誌的徵文啟示。這一類的徵文大抵都會有其主題，比如：《中國時報》的「浮世繪」、《聯合報》的「繽紛版」或《自由時報》的「花編副刊」，目前都有每月不同的主題徵文，創作者可以針對其主題創作，如果作品有幸被印成鉛字，無疑是相當大的鼓舞，如此循序漸進，先從小型的徵文出發，經過磨練後，再參加大型的文學獎嘗試看看。在孤寂的創作過程中，文學獎的肯定，相信是激勵創作者繼續往前的力量。

（十）不要害怕被退稿，要有愈挫愈勇，鍥而不捨的精神，維持堅持的創作動力。

【參考書目】

丁樹南譯：《寫作的方法和經驗》，台北：大地出版社，一九八四年。
楊昌年：《現代小說》，台北：三民書局，一九九七年。
瑪仁・愛爾渥德著，丁樹南譯：《人物刻劃基本論》，台北：傳記文學出版社，一九七〇年。
周伯乃：《現代小說論》，台北：三民書局印行，一九七一年。
甘勒著　陳迺臣譯：《小說的分析》，台北：成文出版社，一九七七年。
胡菊人：《小說技巧》，台北：遠景出版社，一九七八年。
黃武忠：《小說家談寫作技巧》，台北：學人文化事業公司，一九八〇年。
姚里軍：《寫作方法論》，北京：語文出版社，一九八九年。
劉孟宇：《寫作大要》，台北：新學識文教出版，一九八九年。
劉勵操：《寫作方法一百例》，台北：國文天地雜誌社，一九九〇年。
德慶路主編：《作家談創作》，廣州：花城出版社，一九九六年。
李喬：《小說入門》，台北：時報文化出版公司，一九八六年。
鄭明娳：《小說批評》，台北：正中書局，一九九三年。
佛斯特：《小說面面觀》，台北：志文出版社，一九七三年。
陳惠齡：《現代文學鑑賞與教學》，台北：萬卷樓圖書有限公司，二〇〇一年。
馬振方：《小說藝術論》，北京：北京大學出版社，一九九九年。

劉世劍：《小說敘事藝術》，吉林：吉林大學出版社，一九九九年。

陸志平等著：《小說美學》，台北：五南圖書公司，一九九三年。

美 W・C・布斯：《小說修辭學》，北京：北京大學出版社，一九八九年。

魏飴：《小說鑑賞入門》，台北：國文天地出版社，一九九九年。

葉朗：《中國小說美學》，台北：里仁書局，一九九四年。

朱光潛：《文藝心理學》，台北：開明書局，一九七四年。

安貝托・艾柯：《悠遊小說林》，台北：時報出版公司，二〇〇〇年。

陳碧月：《小說選讀》，台北：五南圖書公司，一九九九年。

【附錄】

擺渡

哦，親愛的媽媽，我又餓又渴，一直等著妳來餵我吃東西，但你始終毫無食慾，妳是不是那裡不舒服，生病了嗎？看來，妳今天似乎特別緊張……。

媽媽，我們究竟要坐船到那裡去呢？

這是我第一次坐船，儘管長久沉浸在羊水裡，早該適應這種翻江倒海，波濤洶湧的氣勢，但是，暈船的滋味實在相當難受，而且，船上的魚腥味好臭，難怪船上每個人的表情凝重，沒有絲毫笑容。

有位阿姨，坐在媽媽旁邊，她顯得非常疲憊，原來是搭乘了一天一夜的車子才來到東澳，她的小腹微突，說是肚子裡也有個和我一樣的小傢伙，不過它還小，我看不太清楚它，但我總算有個小同伴，也可聊慰旅途孤獨。

媽媽和阿姨聊了起來，阿姨說，就在去年清明節，朋友將她介紹給他——阿姨所指的「他」，應該就是我那位小同伴的爸爸吧！原來他是陪父親回廣東祭祖的，和阿姨幾天相處下來，日久生情，離情依依……。回台灣後，他時常打電話給她，互訴情意，然而，距離還是阻擋不了他對她的相思之情，他先後兩度到廣東與她約會，今年二月間發現有了「我的小同伴」，就又馬上趕回潮陽縣去探望她，並且要她放心，他會在最短時間內，安排她「偷渡」到台灣的。

阿姨紅著臉講到這兒，而在我小小的腦袋瓜裏，就已生出了好幾個問題。

我的靈魂在前世和今生的邊緣游移，似乎已記不起什麼叫「偷渡」了，但冥冥中卻還能認得「偷」字——「偷竊」、

「偷看」、「偷生」，這些都是不正當的行為，既然都是不正當的行為，這麼說來「偷渡」的行動應該也不怎麼磊落吧！

我看那阿姨長得慈眉善目的，一點也不像是壞人，怎麼會作出這種不法的勾當呢？

可是……可是媽媽和我呢？我們和阿姨坐在同一艘船上，是不是也算「偷渡」的共犯呢？不會的，再過兩個月，等我出世後，媽媽就要開始養育我、教育我，身教重於言教，我相信媽媽絕不會做出這樣違法的事的。

還有，「台灣」到底是個什麼樣的地方？

有人說她四季如春，就像我們的昆明一樣嗎？嗯，那她應該是個度假勝地吧！還有人說她「經濟起飛，豐衣足食」，那麼她有上海的繁華嗎？還是，她是個兒童樂園的天堂，有沒有狄斯奈樂園那麼大？

看著阿姨肚子裏的小傢伙，我不禁要神氣而自得地對它炫耀——我的爸爸比你的爸爸好。你看，你爸爸到現在都還沒有負起責任和你媽媽結婚；而我爸爸卻是多方奔波，才好不容易拿到我們這邊核准的「結婚證」，所以我爸爸比你爸爸偉大，而且，我爸爸和我媽媽的相遇是非常戲劇性的，那就叫「有緣千里來相會」。

爸爸是隨著他們蘇澳籍的漁船，在福建外海作業時，不小心與大陸的漁船擦撞，所以漁船被拖往福州市整修，就在整修這段時間，爸爸到處遊覽，結果有一次，在福州閩江飯店附近，因為向媽媽問路，才相遇而結識，兩人一見鍾情，墜入情網，談論婚嫁。四個月後，漁船修復，準備回蘇澳去，臨走前，爸爸深情地握著媽媽的手，他要媽媽不可太過悲傷難過，因為分離是為了下一次的相聚，爸爸要媽媽一定等他，他說等他回到台灣後，會馬上探聽，可否循正當管道，將媽媽接回台灣住，爸爸還說，等到了台灣後，要媽媽為他生一窩小寶寶。

其實，在那時候，我早已在媽媽的肚子裏，為著他們「悲莫悲兮生別離」的痛苦而落淚！媽媽說，她會一直期待再見的一天。就這樣，媽媽含著淚送走了爸爸。

一個月後，爸爸知道有了我，就再隨漁船出海作業，不久便帶著他們台北地方法院所開立的未婚的証明，與媽媽會面，然後一起到福州省民政廳去辦理婚證。

相聚匆匆，又不免終須一別，爸爸再一次執起媽媽的手，深情地告訴她：「希望下次團聚已經是在自由的寶島……」

「自由」是個名詞？動詞？還是形容詞？我好像聽過，但……，喔，是的，我記起來了，曾經，我特地在字典上將「自由」劃上了一筆——

「自由」：

「由自己的意思而行，不受拘束」

「在法律範圍內，不受他方干涉者。」例如：「言論自由，結社自由。」

更重要的是，我是為它而死的——六月四號，當眼睛閉上時，我看見自由女神成了棄婦，但在耳邊迴盪的還是那句口號：「甘為民主自由流血死，不為獨裁專制苟且生。」

我恍然大悟了，記得媽媽做任何事總是百般受阻，好像橫在眼前的，都是重重層層的關卡，她不能為所欲為，更無法暢所欲言。難怪，媽媽的生活老是過得心不在焉的，直到後來認識了爸爸，有了我這個愛的結晶，媽媽清靈的面頰，才有了些許燦爛，原來，她正開始體味什麼是自由，什麼是希望。

但是，多日來，我反覆思量，輾轉難眠，我還是想不通、猜不透啊！

我最最敬愛的爸爸，為什麼你從台灣來，卻又一定要回到台灣去？喔，我明白了，因為那裏有自由，而我們這邊沒有，是不是？可是，我記得你們那邊說：「好東西要和好朋友分享。」更何況媽媽是你百日恩的一夜夫妻啊！你為什麼不帶媽媽一起回去享受呢？喔，我也明白了，是不是因為媽媽的肚子裏有了我，所以你不忍心讓媽媽忍受風浪的顛簸，嗯，我就知道你是個體貼細心的好丈夫。可是……可是你怎麼忍心丟下媽媽和我在這邊呢？你為什麼不能像其他寶寶的爸爸一樣，留在媽媽身邊照顧她呢？你可知道，在這個節骨眼是媽媽最需要你的時候啊！

在船艙那頭，我聽見幾個叔叔伯伯七嘴八舌地談論——

前陣子，有三名淪為應召女郎的大陸妹被查獲，她們本來打算要去台灣打工的，誰知接應者慫恿她們當應召女郎，賺錢比較快，而且懷孕後結婚，就有機會留在台灣了，所以她們應召時都不避孕，誰知道沒能如願就被查到。

還聽說，有兩名年輕的大陸妹在台北偷渡上岸後就被捕了，然後立刻送往中部靖廬留置，在等待遣返的一天晚餐後，他們各帶一支竹筷回寢室，分別將筷子插入喉管，後來，因疼痛喊叫，才被人發現，送到醫院醫治。聽說，她們好像是為了不願被遣返才企圖自殺的……。

聽起來好恐怖喔！

還有，更怪異的是，居然有個台灣丈夫告大陸妻子「詐欺」，理由只是為了要她留下來。

聽到這裏，不禁教人打了個寒顫……我不能理解呀，真不能理解啊！爸爸和媽媽一樣是黑頭髮、黑眼睛、黃皮膚的中國人，為什麼爸爸可以住在月薪兩萬多塊台幣的台灣；而媽媽就得住在月薪兩百多元人民幣的福建？而今，我們不過是渡海去尋夫、尋父，卻要面對未來那麼多不可測知、可怕難懂的情況，難道從福建到台灣，不是和從廣東到福建一樣的道理嗎？

我真無法想像我和媽媽像面對什麼樣的命運！我好恐懼，忍不住對媽媽拳打腳踢起來，母女連心，媽媽似乎會意到我的心情，她撫著我最外層的保護膜，安慰著我說：「別怕，乖孩子，你就快見到你爸爸了……。」

媽媽很堅強，她還一直安慰身旁的阿姨說，台灣的人很仁慈、很友善的，而且他們都很注重人權，萬一真的怎麼了……，他們也一定會基於人道的立場來處理，絕不會毫不留情的。

我想，既然台灣是那麼多人嚮往的地方，那麼出生在那裏的小孩，一定是最幸福快樂的囉！

對了，就像那幾個叔叔伯伯說的，只要船能平安到台灣……是啊，只要船能平安到台灣，我就要在台灣呱呱墜地，到時候，我的哭聲一定要比別人響亮，因為我是那麼艱苦才去到那「自由」的仙境……，這樣一來，我也可和台灣的小朋友一樣，喝最貴最營養的 S-26，用最新最舒適的「幫寶適」，穿最美最可愛的「麗嬰房」，我還要向爸爸要那種可以換衣服、換髮型、換首飾的芭比娃娃，我也要媽媽再為我多生幾個弟弟、妹妹，我可以照顧他們，和他們玩在一起……。

喔，爸爸、媽媽請相信我，我會懂事，會聽話，會努力用功，而且每次都拿第一名，只要我們一家人，永不分離，長相聚守，答應我，好嗎？

媽媽……請妳等我，我想闔上眼睛，到夢中去追尋爸爸的樣子，我快記不起他了，萬一，待會兒他來接我們，我要是認不出他來，他一定會心傷難過的，希望一覺醒來，就能見到令我朝思暮想，闊別已久的爸爸。

× × ×

喔，媽媽，這兒是什麼地方？

魚腥味沒有了，我也不再感到暈船，那麼我們已經上岸囉！可是，怎麼還不見爸爸的人影？媽媽，你怎麼還呆呆坐在這裡，趕快起來找爸爸，爸爸找不到我們會很著急的，妳知不知道？還是……，還是妳和爸爸說好了在這邊等他來接我們？

咦！那幾個穿制服的，大概是台灣的公安人員吧！他們手上端著東西，朝我們走來，哇！多麼美味可口的食物啊！媽媽快吃，這是爸爸派人送來的吧！可是，怎麼每個人的桌上都有一份呢？我笑了，爸爸真是太慷慨了，一高興，全船的人都請了……可是，怎麼還是見不著爸爸的人影？

飯後，媽媽斜靠在乾淨舒適的床上，一聲聲啜泣起來，我正想問她為什麼落淚，門打開了，幾個自稱是紅十字會的人員，關心地詢問關於我的一切，以及媽媽的身體狀況，他們說他們會盡可能地給予我們醫療照顧，要媽媽放心，其中有個長得很漂亮的阿姨對媽媽說，爸爸知道我們過來了，很關心我們的情況，但目前還沒有辦法讓他和我們見面。

天啊！目前沒辦法？那到底還要等多久？明天？後天？大後天？還是等到我出世那天？

我合掌誠心地懇求她：漂亮阿姨，拜託妳讓我和爸爸見見面，我們不是那些海盜船上，劫財奪命，窮兇惡極的海盜；也不是嚮往台灣賺錢容易，才冒險渡海而來的，我只是想和我爸爸團聚啊！

阿姨變得不漂亮了，她幾乎粉碎了我和媽媽的夢想……。

月光從窗外篩進來，我在媽媽那張削瘦的面頰上，看到一雙憂鬱深沈的眼睛，喔，我的好媽媽，請不要灰心失望，妳一定得為我和爸爸堅強地撐下去，再大的狂風巨浪，我們都安然渡過了，那眼前小水花還怕無法克服嗎？何況，漂亮阿姨說：「目前沒辦法讓我們見面。」那並不表示我們和爸爸今生今世就永遠無法重聚了啊！我們還是會有再見的一天，不是嗎？而且妳也說過：「台灣的人很仁慈、很友善的，他們一定會站在人道的立場處理。」不是嗎？

媽媽，妳可知道我現在最大的心願是什麼嗎？我現在最大的心願就是：早日呼吸到台灣自由的空氣，我真是迫不及待啊！

「哇！哇——」我的哭聲真的比別人響亮，一方面是要證明在長久等待中，終於來到了人間，另一方面，則是要為誕生在台灣的自己慶祝賀喜一番。哭聲還在繼續，我又發現，我的左邊，我的右邊，我的四周圍都是台灣寶寶，我要大聲而驕傲地告訴他們：「我也是台灣寶寶，和你們一樣。」白衣天使的護士阿姨朝我走來，是不是我的哭聲太大，吵壞了其他寶寶，她溫柔地抱起我，走向那一大片潔淨的透明窗，窗外有好多喜悅的爸爸正在找尋他們的小寶寶。

護士阿姨在窗中央停了下來，她把我的頭放在她的左手掌心裡，右手肘托起我的身體，然後做三十度的傾斜，像是在對窗外的人展示著我，我微微地張開和媽媽相似的眼睛——在我眼前的，竟是爸爸，是那個叫我魂牽夢繞，日夜期待的人兒啊！是爸爸——是的，他正笑盈盈地向我招手，我們四目相對，一種骨肉相連的親情，衝破了中間那層窗玻璃的阻礙，相信他現在的心情也一定和我一樣，期待一家三口長相廝守，永不離分。

媽媽對爸爸說，還好這女孩不是生在那邊，否則也難保要想盡各種「超生」的方法，我們是既不能學人家「未婚先生」等弄璋後再補婚事；也沒有那種經濟條件，可以「樂捐」罰款，然後再試；更何況，我們也不忍心謊報女兒病死，好準備再一舉得男。

我不管「責付暫時照顧」是什麼意思，我只知道這一刻是值得珍惜的，一家人心手相連的團聚一堂——這一幕，在夢中我已尋了它幾百回、幾千回了。

我一直以為這是我們幸福快樂日子的開始，我真的這樣以為，一直到爸爸、媽媽都同時掉下了相同的眼淚……。

媽媽，我不管什麼叫「併船遣返」，我只知道我和爸爸不能沒有妳，我只知道我不要妳離開我。

媽媽抱起我，她早已淚落連珠了，她哽咽著說：「我的好女兒，妳一定要乖，要聽話，媽媽隨時都有可能要離妳而去，但妳留在台灣，留在爸爸身邊，總比留在媽媽身邊要好得多……」

媽媽，留在台灣吧！我對她吶喊，妳不要回去嘛！台灣樣樣都比妳那邊好，妳為什麼一定得回去？妳怎能忍心丟下我和爸爸，夫妻不住在一起怎麼稱得上是夫妻，一個家庭沒有了女主人，怎麼稱得上是一個完整的家；孩子得不到母愛的滋潤，又怎能正常地成長。媽媽，妳說過要教我唱爸爸以前教妳的台灣民謠，難道妳忘了？

爸爸用顫抖的聲音讀著報紙：「我政府國安法的規定，大陸親戚要在大陸以外地區居住三年以上，始能進入台灣；而中共法律的最新規定，與台胞結婚者，必須五年以後始能移居香港和國外。」天哪！三年加五載，二千八百多個日子，怎麼等？要用什麼樣的心情去等？也許我能等，但爸爸、媽媽有幾個八年可以等？爸爸用顫抖的手放下了報紙。

我想，我該喜的是：生對了地方；該怨的是，生錯了時代。

親愛的爸爸、媽媽，請耐心地等待我成長，等待我在歷史進程中找到真象，之後，我將用生命的真理去等待——

或許該等八年後的團聚；

或許更該等中國統一於民主康莊大道的一天，早日到來。

（原載於《明道文藝》，一九九二年六月，第一九五期）

飄洋過海兩情傷

蕭瑟的冬夜裡，汪莉無法入眠，她的失眠並不是因為經過長久的等待，終於拿到了居留權，興奮地無法入眠，而是為了和婆婆在晚餐時的爭吵，她的情緒還無法平復。

汪莉走到廚房，沖了一杯茉莉花茶，濃郁的茉莉花香隨著蒸汽氤氳上騰，她想起五年前離開重慶老家時，也是在農曆年前，全家人圍坐在小火鍋前歡送她，親友鄰居無不羨慕她將成為台灣媳婦。

晚飯時，婆婆端上最後一道菜，才一坐下來，便講起鄰居的一個親戚的朋友，嫁給了一個年紀大她很多的老榮民，原以為要開始享受榮華富貴，誰知才到台灣沒多久，老榮民得了癌症，住進了醫院，大陸新娘成了沒日沒夜的看護。

婆婆揚著眉毛，高著嗓門，趁勢告誡汪莉：「今天妳已經正式成為台灣人了，要知足囉！你們大陸人要過這種不用做事，又不愁吃穿的日子，怎麼可能！」

「我也想工作，我也不想白吃白喝，是你們台灣人不允許的！」在大陸受過高等教育的汪莉實在氣不過，故意強調「你們台灣人」五個字，因為她再也無法忍受一直以來婆婆都拿她當外人看。

× × ×

婆婆本來就不滿意汪莉。獨生兒子吳雄到大陸做事，錢還沒賺到，便吵著要先為在上海結識的汪莉買一間房子，然後結婚。

吳雄並無積蓄，只能求助於父母，父母直覺汪莉是來騙錢的，說什麼也不答應。吳雄為此兩地協商，鬧得天翻地覆，更威脅父母若不答應，便不再回台灣。

吳雄的妹妹吳萍特地從台中回高雄鄉下勸母親，她說她家附近的市場有一個小販也娶了個大陸妹，人很勤儉，嘴巴又甜，不但幫忙做生意，還把中風的公公照顧得很好。

汪莉終於同意吳雄這邊所提出來的，先結婚再買房子的條件。

汪莉到台灣後，突然感覺夢想破滅，她所要生活的環境根本和她所想像的差距甚遠，簡直比上海還落後。吳雄有房、有車沒錯，房子是祖先留下來的四合院，車子是中古車，還在繳貸款。當時在內地一個月五萬多塊，聽起來是那麼地動人，怎麼想得到五萬塊在台灣根本不夠花用。她有種受騙的感覺，再加上兩岸文化習俗的差異，她簡直過不下去了，很想回家。

× × ×

吳雄的叔叔過世，家裡忙成一團，汪莉想利用機會幫忙，融入大家族，她找了很多家商店，好不容易才買來鞭炮，回家向公公邀功時，被一家子人罵了一頓，原來在他們家鄉，人死後都要放一串鞭炮歡送往生的。

汪莉覺得在整個家族中，只有吳萍對她比較好。吳萍自己也是人家的媳婦，她深知要在一個新的環境中生活是相當不容易的，更何況汪莉又是離鄉背井。

汪莉很喜歡吳萍從台中回來，一方面她會送一些漂亮的禮物給她，另一方面她也有說話的對象。

「在上海，女人幾乎都是不用做家事的。」汪莉邊洗碗，邊對整理餐桌的吳萍說著。

「這麼好！那都誰做？」吳萍回頭問汪莉。她知道吳萍對於做家事有很多抱怨，母親常常在電話中數落她很懶惰，不會主動幫忙，叫她幫忙，還會擺臉色給她看。

「當然是男人做囉！女人體力比較差，上班回家都累了，男人一定要幫忙的。」

吳萍安撫說：「我們這邊鄉下的女人還很傳統，總覺得做家事是女人的天職。大嫂，反正妳現在也還不能打工，就幫幫媽媽，等妳以後可以出去工作了，媽媽會體恤妳的辛勞的。」

汪莉沒有回應，反而又問了一個問題：「小姑，妳也跟婆婆住嗎？」

「是啊！」吳萍知道汪莉為了想搬到大城市去和吳雄吵了很多次。

「好奇怪喔！我們那邊都不興和公婆一起住的。」

吳萍開導著懷著五個月身孕的汪莉說：「等到妳把小孩生下來後，就會發現和公婆住的好處了，他們可以免費幫妳帶小孩，而且還照顧得很好。」

「是嗎！可是讓老一輩的人照顧小孩，方式不同，也是問題很多吧！」汪莉持不同意見。

汪莉就是這樣一個心直口快的人，吳萍心想，難怪媽媽老對她抱怨說：「汪莉老是和我頂嘴，好像她比我還大似的。」

× × ×

剛到台灣的時候，走在街上，人們都會用異樣的眼光看著汪莉，不是上下打量，就是在背後批評。有一次去買菜，她居然聽見有人對她指指點點說：「妳看，她們大陸妹還會穿高跟鞋，塗口紅呢！」

每次電視新聞如果有中共的消息，汪莉覺得他們就會故意在她面前強力地批評中國大陸，好像她就是共產黨的代表，讓她覺得無地自容。

以前還沒拿到居留權，汪莉總覺得自己比外籍新娘還不如，現在她拿到了身份證總可以抬頭挺胸地走在路上了，因為她是名正言順的台灣人了。

× × ×

汪莉和吳雄婚後不時地爭吵，她總覺得吳雄沒有辦法滿足她的生活。她想搬到大城市去住，可以逛街，可以購物，可以上餐館，可以過高級一點的生活。

「你以為大城市的日子好過，連一間小房子我們都買不起。」吳雄把現實問題告訴汪莉。

「總之，都怪你，錢賺那麼少，長那麼大了還要靠家裡。」汪莉氣沖沖地說。她撫摸著肚子，臉上呈現出痛苦的表情。

吳雄見狀，過來撫著她說：「再忍兩個月吧，把小孩生下來，媽會幫妳帶，妳就可以出去工作，日子就不會那麼難過了。」

汪莉的氣又上層樓：「我當然難過。」她說那天婆婆找不到東西，她也幫忙在找，婆婆居然喃喃自語說：「奇怪了，以前東西從來都不會不見的。」

「你媽媽真的很欺負人，你知道嗎？」汪莉哭了起來，情緒頗為激動。

吳雄又安慰說：「好啦！別哭了，我媽媽是鄉下人，不會講話，她沒有那個意思的。」

「是啊！是啊！又是她對，我錯，可以了吧！」

當晚，又是一個不歡而散的夜晚，吳雄又和朋友跑出去喝酒了，面對著汪莉的經濟壓力，他覺得自己很容易產生不穩定的情緒。

× × ×

兩個月後，汪莉產下了一個女嬰。吳雄把汪莉從醫院接回來，幾天後，便連同營造公司的代表往大陸談生意去了。

在汪莉坐月子的這個月中，吳雄不在身邊，她的心情十分沮喪，吳萍說這可能是產後憂鬱症，要她放寬心，吳雄到大陸去，也是想多賺些外快，補貼家用；汪莉埋怨婆婆不會坐月子，煮的東西她都不想吃，婆婆還要忙農會裡的工作，小孩幾乎都還要她親自帶，一點也不像在坐月子。

吳萍和母親溝通，母親也是滿腹委屈地說，她實在命苦，兒子不肖，把老婆、小孩都丟給她，她幾乎已經是從早做到晚了，還要被媳婦抱怨。

在紛紛擾擾中，一個月終於過去了，吳雄正好趕回來喝女兒的滿月酒。

就在席上，吳雄宣布公司以兩倍的薪水派他到大陸監工，吳萍也說她幫汪莉找到了一個作業員的工作，家裡的氣氛沈浸在喜洋洋中。

× × ×

誰知，好景不常，就在汪莉因為工作結交了朋友，生活方才感到踏實時，吳雄居然傳出在大陸包二奶的消息，汪莉聽到時，簡直氣到五官都變形了。她氣得說要帶孩子去自殺，被家人勸阻後，她決定前往上海，把吳雄帶回來。

× × ×

吳萍那陣子帶著小孩住回娘家，她擔心爸媽承受不了。她想，吳雄和汪莉並未牽繫過深刻的感情，再加上兩岸文化觀念的差異，婚姻其實是岌岌可危的，最可憐的就是孩子了，還不知汪莉是否真能帶回吳雄，而吳雄就算回來後，是否還有辦法和汪莉在同一個屋簷下生活，她一想到這些問題就感到頭痛。

（原載於《明道文藝》，二〇〇二年五月，第三一四期。）

碧海藍天

二〇〇一年歲末，他們在一場研討會上重逢。

在咖啡館裡他告訴她，他曾在網站上「搜尋」她，但沒想到她棄法從文，他一直以為那個發表了許多文章的人，只是一名和她同名同姓的女子。

他們對坐著，「近鄉情怯」的感情悸動著。

已過「而立」之年的他們，說起對方缺席的那段長長歲月，說得淡然，其實是千山萬水啊！沒想到，他們各自讓自己恢復單身的時間點，竟只有一個月之差。

「和妳重逢，彷彿一切都有了答案。」他如是說。

他們談起旅行，他說計畫要到加拿大的白馬寺看北極光；她心一驚，想起讀到張抗抗的〈北極光〉時，為小說裡對極光的敘述撼動著，也希望自己能夠有機會見到能夠帶來幸福的北極光。

因為「閱讀」，讓他們距離拉近，他說前一陣子在報上剪了一篇文章，講的是中年人才是談戀愛最適合的年紀；她訝然地說：「我好像也剪了那一篇文章。」

「這樣的機率有多高？」他問她。她笑而不答。

× × ×

隔天，他約她午餐，他們各自拿出剪報，才發現，那篇〈戀愛適齡期〉分前後兩天刊出，他剪了「之一」，她剪了「之二」，合起來才是一篇完整的文章。

用完餐後，他拿出兩張機票，說要約她舊地重遊。

× × ×

週五近午，飛機抵達台東的豐年機場。

他的朋友到龍泉路上的溫泉飯店來找他，開車載他們到杉原海水浴場旁的一家義大利餐廳用餐，那是一間種滿了玫瑰花的木屋餐廳，在海風吹拂中，頗具異國情調。

他向朋友介紹她：「你應該見過她的。大四那一年你邀請班上同學來參加豐年祭，我就是在那裡認識她的。」

朋友眼睛大亮，對著她頻點頭：「喔！我老妹的朋友的同學，對不對？總共四、五個女生嘛！都是美女！」

他和朋友心照不宣，相視而笑。

朋友交出車鑰匙，對他說：「既然是載美女，當然要用四輪的，怎麼好讓人家吹風日曬。」

她趕忙說：「真是謝謝你啦！台東有我們太多年輕時的回憶，騎著摩托車，感覺可以離年輕更近、離台東更近。」

朋友回憶起說：「喔！對了！我想起來了。他在十股綠色隧道摔車，就是教妳騎車的嘛！妳把油門催到最後，整輛摩托車飛了起來……」

「是啊！好糗！過了十七年，你到現在都還記得。」她低下頭偷笑，長長的直髮流洩下來。

朋友關懷地側過頭問他：「對啊！你不是舊傷復發，安排好要開刀？什麼時間？」

他對朋友擠擠眉，含糊地說：「下星期吧！先不提這個。」

他們騎著車往森林公園而去，林蔭間，蝴影相隨，換上自行車後，穿越一大片木麻黃所組成的茂密叢林，午後斜陽，也穿透綠林，她對他說，這裡林木扶疏，一點也不輸給德國的「黑森林」，他們平行地在步道上和波紋粼粼的琵琶湖裡的魚兒一般優游其間。

下午經過更生路，她被一間充滿藝術氣息的咖啡館給吸引，兩個異國相戀而結婚的老闆到門口招呼。

澳洲籍的先生送來印度奶茶時，順口說他倆有夫妻臉，問說結婚了沒？他笑燦燦地看了她一眼，然後對老闆說:「我們先一起出來旅行，看能不能在一起……」

他看著她吸起一口冰奶茶時幸福的神情，說:「我都不覺得過了十七年，妳還像是個小女孩似的，記不記得，那一年我們蹲在路邊看一條水溝？」

「嗯！水往上流！」她興奮起來:「我記得當時你對我解釋著說，那是在地形落差下所形成的一種視覺錯覺，感覺好像是水要往高處流一樣。」

「呦，妳還記得，不過我記得的倒是妳吃著釋迦冰的滿足模樣。」他一面咧嘴而笑，一面從紙袋裡拿出一本東西，遞給她說:「送給妳。」

原來，他注意到她在隨身的記事本上密密麻麻地紀錄心情；剛剛經過市區，趁著她吃完萬分懷念的米苔目，還在和「榕樹下」的老闆閒聊時，他飛快找到一家書店為她買了一本手札，說一是為了封面的書名——〈二○○二，在愛的時光〉，二是因該書版稅全數捐出，幫助 921 受災的孤兒。

她捧著那本手札感動得難以言喻，打開第一頁，在上面寫著：因為重逢，於是生命有了更閃亮的樂章。

× × ×

晚上回到飯店，她從行李袋裡拿出了一個裝滿貝殼的瓶子，交到他面前，她迎接他訝然的表情:「這是…？我們一起在三仙台撿的貝殼？」

她點點頭，然後遞上一本泛黃的日記給他，便往浴室去。

這本日記記錄了他們年少時那段青澀的戀情－－他們邂逅、相戀，但不知該如何回去各自和身邊陪伴的人說明這樣的情愫；再加上他即將入伍，他不忍她為他等待。

——我喜歡凝聽他專注地介紹著：八仙洞，在阿美族的神話故事裡，是一個美麗的女子被處死後所隆起的石壁洞穴；知本的原名是「卡地布」，就卑南族的語言解釋，就是團結的意思。我欣賞他對每件事物的關注，包括對我，他居然可以搶在我之前，蹲下身為我繫鞋帶。

——他在石雨傘下，很自然地牽起我的手，我早已聽不見他在向我說明著這個長岬是因為波浪侵蝕和岩礁受海蝕……；我只知道，我的心被他侵蝕了。

——太麻里的金針花搖曳著黃金似的優美身段，讓人感覺生命的美好，他說，下次要帶我看看午後的大霧，又是別有一番風情，我期待著。

——我打電話到火車站，問好火車停靠的月台，我想在松山上車，可以陪他坐車到台中，我提前到，可是火車沒有來，我很著急，後來才聽見廣播，他搭的車在第三月台快要開了，我擠出人群，往第三月台跑，但我人還在天橋上，就見到火車開走了。我心碎了，想一切都是天意吧！

× × ×

他緊緊地抱住她，對她說：「是天意安排我們重逢，我們明天到金針山，去等待午後的大霧，十七年前欠妳的一場飄邈風情，一定要還給妳。」她噙著淚，抬起頭認真地對他說：「我要陪你開刀，十七年前為我摔傷的肩，我有義務照顧他。」

（獲「來台東看風景寫故事」小說徵文入選，二〇〇三年十一月。）

國家圖書館出版品預行編目

小說創作的方法與技巧 / 陳碧月著, -- 二版.
臺北市 : 秀威資訊科技, 2004[民 92]
面； 公分. -- 參考書目 : 面
ISBN 978-957-30429-8-3(平裝)
1. 小說 - 寫作法

812.71 92000906

語言文學類 PG0130

小說創作的方法與技巧

作　　者 / 陳碧月
發 行 人 / 宋政坤
執行編輯 / 詹靚秋
圖文排版 / 張慧雯
封面設計 / 鄧素芬
數位轉譯 / 徐真玉 沈裕閔
圖書銷售 / 林怡君
網路服務 / 徐國晉
法律顧問 / 毛國樑律師
出版發行 / 秀威資訊科技股份有限公司
台北市內湖區瑞光路 583 巷 25 號 1 樓
電話：02-2657-9211 傳真：02-2657-9106
E-mail：service@showwe.com.tw

2003 年 1 月 BOD 一版
定價：500 元

讀者回函卡

感謝您購買本書，為提升服務品質，請填妥以下資料，將讀者回函卡直接寄回或傳真本公司，收到您的寶貴意見後，我們會收藏記錄及檢討，謝謝！如您需要了解本公司最新出版書目、購書優惠或企劃活動，歡迎您上網查詢或下載相關資料：http:// www.showwe.com.tw

您購買的書名：＿＿＿＿＿＿＿＿＿＿＿＿＿＿＿＿＿＿＿＿

出生日期：＿＿＿＿年＿＿＿＿月＿＿＿＿日

學歷：□高中（含）以下　□大專　□研究所（含）以上

職業：□製造業　□金融業　□資訊業　□軍警　□傳播業　□自由業

□服務業　□公務員　□教職　□學生　□家管　□其它＿＿＿

購書地點：□網路書店　□實體書店　□書展　□郵購　□贈閱　□其他

您從何得知本書的消息？

□網路書店　□實體書店　□網路搜尋　□電子報　□書訊　□雜誌

□傳播媒體　□親友推薦　□網站推薦　□部落格　□其他＿＿＿＿＿

您對本書的評價：（請填代號　1.非常滿意　2.滿意　3.尚可　4.再改進）

封面設計＿＿　版面編排＿＿　內容＿＿　文／譯筆＿＿　價格＿＿

讀完書後您覺得：

□很有收穫　□有收穫　□收穫不多　□沒收穫

對我們的建議：＿＿＿＿＿＿＿＿＿＿＿＿＿＿＿＿＿＿＿＿

＿＿＿＿＿＿＿＿＿＿＿＿＿＿＿＿＿＿＿＿＿＿＿＿

＿＿＿＿＿＿＿＿＿＿＿＿＿＿＿＿＿＿＿＿＿＿＿＿

＿＿＿＿＿＿＿＿＿＿＿＿＿＿＿＿＿＿＿＿＿＿＿＿

請貼
郵票

11466
台北市內湖區瑞光路 76 巷 65 號 1 樓
秀威資訊科技股份有限公司 收
BOD 數位出版事業部

....

（請沿線對折寄回，謝謝！）

姓　　名：________________ 年齡：________ 性別：□女 □男

郵遞區號：□□□□□

地　　址：____

聯絡電話：(日) ________________ (夜) ________________

E-mail：____